講談社文庫

鷹の砦

警視庁殺人分析班

麻見和史

講談社

目次

鷹の砦《とりで》

警視庁殺人分析班

◉おもな登場人物

〈警視庁刑事部〉

如月《きさらぎ》塔子《とうこ》……捜査第一課殺人犯捜査第十一係　巡査部長

鷹野《たかの》秀昭《ひであき》……同　警部補

早瀬《はやせ》泰之《やすゆき》……同　係長

門脇《かどわき》仁志《ひとし》……同　警部補

徳重《とくしげ》英次《えいじ》……同　巡査部長

尾留川《びるかわ》圭介《けいすけ》……同　巡査部長

神谷《かみや》太一《たいち》……捜査第一課　課長

手代木《てしろぎ》行雄《ゆきお》……捜査第一課　管理官

樫村《かしむら》伸也《しんや》……捜査第一課特殊犯捜査第一係　係長

〈警視庁五日市警察署〉

猪狩《いがり》哲二《てつじ》……刑事課　巡査長

犬塚《いぬづか》泰《やすし》……刑事課　巡査

西崎《にしざき》恭一《きょういち》……食品メーカー　アルバイター

和久井《わくい》裕弥《ゆうや》……木工所　経営者

加賀《かが》稔《みのる》……機械部品メーカー　アルバイター

丹波《たんば》弘影《ひろかげ》……運送会社　アルバイター

江本《えもと》則之《のりゆき》……ソフトウェア開発者

宮下《みやした》舞《まい》……ソフトウェア開発者

清原《きよはら》美千代《みちよ》……会社員

清原加寿子《かずこ》……美千代の母

清原拓人《たくと》……食品輸入会社　経営者

草壁《くさかべ》隆茂《たかしげ》……飲食店　アルバイター

輿石《こしいし》……スナック経営者

堺《さかい》篤弘《あつひろ》……サバイバルゲームショップ店員

堂島《どうじま》周一郎《しゅういちろう》……元政治家

第一章　ワンボックスカー

1

携帯電話からインターネットに接続し、天気予報サイトを確認してみた。今日は夕方から雨になるらしい。台風でないのは幸いだが、かなり風雨が強くなりそうだ。

十月十五日、午前七時四十分。如月塔子《きさらぎとうこ》は女子更衣室のテーブルの上に、携帯電話を置いた。

鏡を覗《のぞ》き込み、ボブにした髪を整えて軽く化粧をする。身長百五十二・八センチと小柄な上、童顔だから、二十七歳になった今も学生と間違われることがある。こればかりは努力してもどうにもならないのだが、それにしても仕事がやりにくい。

塔子は警視庁捜査一課十一係の刑事だ。捜一は警視庁の中でも花形部署と言われていて、殺人・強盗などの大きな事件を扱っている。先輩たちはみな強面《こわもて》で押しの強い人ばかりだ。そんな中に学生のような自分が交じっているのだから、明らかに浮いてしまう。聞き込みに行っても、この人は誰だろうという目で見られることが多かった。

——でも、少しは認めてもらえるようになってきたかな。

最近塔子はさまざまな事件で成果を挙げている。たまに嫌味を言う人もいるが、おおむね周囲は好意的だ。女性ならではの活躍が期待されている、という部分もあるのだろう。

塔子は階段を上って所轄署の講堂に向かった。

今塔子たちが詰めているのは、東京都あきる野《の》市にある五日《いつか》市《いち》警察署だ。講堂には「五日市廃アパートにおけるアルバイター殺人事件」——通称「五日市事件」の特別捜査本部が設置されている。

十一係がこの事件の担当となったのは十月十一日のことだった。あれから四日、捜査はひとつの山場を迎えている。塔子は気持ちを引き締めて、特捜本部に入った。

講堂の中は、一見するとセミナールームのようだった。前方に幹部席が用意され、それに向かい合う形で多数の長机が並んでいる。ホワイトボードや各種資料、パソコンなども運び込まれていて、事件捜査の最前線となっていた。

室内にはすでに二十名ほどの捜査員が集まり、資料をチェックしたり、仲間同士で情報交換をしたりしている。部屋の隅にあるテレビで、ニュース番組を見ている者もいた。

　壁際にあるワゴンに電気ポットとインスタントコーヒー、ティーバッグ、紙コップなどが置いてある。そのそばで、十一係の先輩たちが立ち話をしていた。塔子は足早に近づいていった。

「おはようございます。今日もよろしくお願いします」

「なんだ如月、今朝は遅かったじゃないか。寝坊したのか?」

　軽い調子で声をかけてきたのは、尾留川《びるかわ》圭介《けいすけ》巡査部長だった。先日三十一歳になったという、塔子と一番年齢の近い先輩だ。彼はいつものように高そうなスーツを着て、ベルトの代わりにサスペンダーを着けていた。刑事にしては柔らかい印象の風貌《ふうぼう》で、知らない人が見たらIT系のビジネスマンだと思うかもしれない。

「あ……いえ、寝坊したわけじゃないんです」塔子は窓の外に目をやって答えた。「昨日の捜査で、車に泥が付いてしまったでしょう。朝いちで洗車しておいたんですよ」

　え、と言って尾留川は目を丸くした。

「少しタイヤが汚れたぐらいだろう?　慌てて洗車しなくてもいいのに」

「でも、今日は張り込みがありますから」

「どういうこと？」

「車が汚れていたら、マル対に怪しまれるんじゃないかと思って……」マル対というのは監視対象者のことだ。「汚れた車は、そこに停まっているだけでも目立ちますよね。被疑者の行動確認をする場合、できるだけ気配を消さなくちゃいけませんから」

塔子が説明すると、尾留川は感心したという表情になった。

「だから洗車をしたってわけか。如月もずいぶん気が回るようになったなあ」

「おい尾留川、感心してる場合じゃないだろう」

そう言ったのは、体の大きな門脇仁志《かどわきひとし》警部補だった。年齢は三十八歳。大学時代はラグビーをやっていたというばりばりの体育会系で、十一係では兄貴分と言える存在だ。

「おまえは先輩なんだから、しっかりしなくちゃいけないんだぞ」

門脇に睨《にら》まれて、尾留川は焦っているようだった。

「いや、俺も気がついてはいたんですけどね」彼は慌ててタブレットＰＣを操作した。「ほら、天気予報では夕方から雨ですよ。洗ってもすぐ汚れるだろうと思って」

「いいから、おまえの車もきれいにしておけよ」

了解です、と答えて尾留川は姿勢を正した。

「最近、尾留川は少したるんでいるんじゃないか？」

うしろから声が聞こえた。振り返ると、ひょろりとした体形の鷹野《たかの》秀昭《ひであき》警部補がこちらを見ていた。細い顎《あご》と涼しげな目、ときどき「へ」の字になる口元に特徴がある。コンビニで買ってきたのだろうか、彼はトマトジュースの缶を手にしていた。

「そんなことはないですよ。俺だって、やるときはやるんですから」

尾留川の返事を聞いて、鷹野は左右の眉《まゆ》を上げた。

「おまえはエンジンがかかるのが遅いんだよ。女友達のことばかり考えているんじゃないのか」

「女友達じゃないです。あれはみんな俺の協力者ですよ。彼女たちのことを考えるのは、仕事の一環と言えるわけで……」

彼は情報収集と称して、女性と一緒に新宿《しんじゅく》辺りへ飲みに行くことが多い。だが正直なところ、その情報がどれだけ役に立っているかはわからない、というのが先輩たちの見方だった。

「大丈夫ですよ。捜査できちんと結果を出せばいいんでしょう？」と尾留川。

「なんだよ、おまえ開き直ったのか」

にやにやしながら門脇主任が言う。運動部のキャプテンが、新入生をからかっているような表情だ。

真面目《まじめ》な顔で尾留川は咳払《せきばら》いをした。

「見てください。今日から重要な捜査になりますよね。きっと手柄を立てて見せます」

門脇や鷹野に発破《はっぱ》をかけられ、尾留川はやる気を出したようだった。捜査員なら誰でも成果を挙げたいと考えているはずだが、先輩からのプレッシャーはやはり特別だ。

「まあ、その意気で頼むぞ」門脇は、尾留川の背中を何度か叩《たた》いた。「手柄さえ立てれば、周りは何も言わなくなる。事実、俺はそうやって今まで仕事をしてきた。おまえも俺みたいになりたいだろ？」

「いや、別に俺は……」

「なんだよ、煮え切らない奴だな。そういうときは、はい、頑張りますって答えるんだよ」

「はい、頑張ります！」

尾留川は直立不動の姿勢で答えた。それを見て、門脇は満足そうだ。鷹野はトマトジュースを飲み干すと、塔子に声をかけてきた。

「如月、捜査の打ち合わせをしよう」

「わかりました」

塔子は鷹野とともに、自分の席に向かう。鷹野は身長百八十三センチと長身で、ふたりが並んで歩くと凸凹コンビという印象だった。塔子はこれまでいつも、三十センチほど上にある鷹野の顔を見上げてきた。鷹野は先輩として、常に塔子より高い位置にいる。だが、いつか彼に追いつき、一人前の刑事として認めてもらいたい、と塔子は思っていた。


午前八時三十分から、五日市事件の捜査会議が始まった。

講堂前方の席には幹部たちが座っている。捜査員席に集まっているのは五十人ほどの刑事たちだ。

捜査一課十一係の早瀬《はやせ》泰之《やすゆき》係長が、ホワイトボードのそばに立った。銀縁眼鏡《めがね》をかけた彼は、今日もあまり顔色がよくない。早瀬は体質的に胃が弱く、薬をのみながら捜査の指揮を執っているそうだ。

「捜査は五日目ですが、応援で今日から特捜入りした捜査員もいると思います。これまでの経緯を簡単に説明しておきます」

眼鏡のフレームを押し上げながら、早瀬はみなを見回した。

「十月十一日、あきる野市五日市の廃屋で男性の遺体が発見されました。ここは十年ほど前から空き家になっているアパートで、ほかの家と離れているため、不審者が侵入するところは誰も見ていなかったようです。十一日の午前七時ごろ、近隣住民が散歩していると、建物の壁際に男性が座り込んでいるのが見えた。左手に手錠をかけられ、玄関のドアハンドルにつながれていたそうです。すでにその人物は死亡していました。手錠は防犯グッズの店などで調達されたものだと思われます。

被害者は西崎恭一《にしざききょういち》、三十五歳、独身。国分寺《こくぶんじ》市に住み、同市内の食品メーカーでアルバイトをしていました。死亡推定時刻は十月十日の二十一時半から二十三時半。ロープのようなもので絞殺されていましたが、ほかにも多数の傷がありました。資料を見てください」

塔子は手元の資料に目を落とした。そこには人体図を描いたものと、遺体を撮影した写真が掲載されている。すでに何度も見ているものだが、それでも事件への嫌悪感は薄れない。

「体中に傷があります」早瀬は続けた。「右の大腿部《だいたいぶ》と、左の上腕部が骨折。肋骨《ろっこつ》も三本折れています。そして頭部に挫傷《ざしょう》。そのほか顔面をはじめとして、全身に殴打の痕《あと》が多数。そして最後に首を絞められて死亡したというわけです」

資料写真を見て塔子は眉をひそめた。ここまで徹底した暴行の痕はあまり見たことがない。

——犯人は被害者をよほど恨んでいたのか、あるいは……。

塔子の考えを読み取ったかのようなタイミングで、幹部席から太い声が聞こえた。

「あらためて遺体の写真を見ると、ひどい状態だな。これだけ執拗《しつよう》に暴行したということは、犯人はひとりではないかもしれない」

捜査員たちは一斉に幹部席を見た。声を発したのは、色黒で意志の強そうな顔をした男性だ。現場からの叩き上げで捜査一課の責任者となった、神谷太一《かみやたいち》課長だった。たしか五十六歳だと聞いている。

神谷は指先で机をこつこつ叩きながら言った。

「単なる怨恨《えんこん》ではなく、複数の人間が西崎を襲った可能性がある。集団リンチというやつだ」

忌まわしい言葉だ、と塔子は思った。

過激派やテロ組織を担当するのは公安部であり、塔子たちは集団リンチのような事件を捜査することはあまりない。ただ、以前所轄署にいたとき一度だけ、凄惨《せいさん》な少年犯罪の捜査に関わったことがあった。地域の少年たちがいくつかのグループを作り、対立するグループと衝突したのだ。

少年のすることだから喧嘩《けんか》程度のものだろう、と最初は思っていた。だが死亡した被害者の姿を見て、塔子は息を吞《の》んだ。何人もの人間に殴られ、蹴《け》られ、しまいには鉄パイプなどを振り下ろされて、その少年は死んだ。体中が傷だらけになり、顔は大きく変形してしまって人相がわからなくなっていた。

未成熟な少年たちがなぜこんなことを、と当時の塔子は思った。だが、そうではないのだ。未成熟だからこそ歯止めが利《き》かないし、後先考えずに突っ走ってしまう。相手に怒りをぶつけるうち、少年たちは我を忘れてしまうのだろう。

「アパート内に多数の血痕がありました。犯人はおそらく自動車で西崎を運んできたんでしょう。そして屋内で暴行し、殺害したあと遺体を外に運び出して、玄関のドアハンドルに手錠でつないだと考えられます」

屋内で殺害したのに、犯人はわざわざ遺体を玄関の外に運んでいる。自分のしたことを世間に知らせたかったのか、あるいはほかに何か意図があったのだろうか。

「西崎の所持品であるアドレス帳や、彼の交友関係を調べたところ、和久井裕弥《わくいゆうや》、四十歳が捜査線上に浮かびました。彼はあきる野市の五日市で木工所を経営しており、この会社に西崎が出入りしていたという情報が出ています。和久井については、そこに写真を用意しました。もともと五日市署で、窃盗事件の被疑者としてマークしていた人物です」

早瀬の言うとおり、手元の資料に顔写真が載っていた。和久井裕弥は身長百七十五センチ。大柄ではないが筋肉質の体形だ。特徴的なのは頭だった。まだ四十歳だが髪が真っ白なのだ。髪を染めず、このままの頭でいるとしたらかなり目立つのではないだろうか。

早瀬は資料のページをめくった。

「昨日までの捜査で、和久井は暴力団とも関係があるとわかりました。これまで仲間とともに、貴金属店を狙う窃盗や、計画性の高い強盗傷害事件を起こしていた疑いがあります。現在、和久井は自分の経営する『有限会社和久井木工所』にこもっていますが、暴力団や半グレ集団からの情報では、何かを計画している可能性があるとのこと。今回の西崎の死と関係あるのではないかと思われます」

塔子たちは今、捜査会議を行っているが、昨日から和久井木工所には二十四時間態勢で監視がついているそうだ。その任務を担当しているのは特命班だった。

捜査員たちは大きく三つの班に分けられている。事件現場付近で情報を集める地取り班、被害者や被疑者の人間関係を探る鑑取り班、そして証拠品捜査を担当するナシ割り班だ。それらに加えて予備班やデータ分析班などが設けられるが、今回は特命班が活躍しているというわけだった。

「そのほかの情報については、各自資料を見ておいてください」早瀬は腕時計に目をやった。「このあと特命班の監視メンバーが交代するから、引き継ぎを正確に行うこと。和久井は今日、何か動きを見せるかもしれません。それに備えて鷹野・如月の遊撃班には、現場で指揮を執ってもらいます」

了解です、と塔子は答えた。

質問を受け付けたあと早瀬は起立、礼の号令をかけ、会議の終了を告げた。

外出の準備が済むと、塔子はバッグを肩に掛けて鷹野のほうを向いた。鷹野は捜査資料を鞄《かばん》にしまい込んでいるところだ。

十一係に配属されてから、塔子はずっと鷹野とコンビを組んでいる。これは刑事部長が推進する「女性捜査員に対する特別養成プログラム」によるものだった。女性刑事として一人前になることを目指して、塔子は鷹野から捜査指導を受けている。

捜一でトップクラスの検挙率を誇る鷹野は、まさに捜査員の鑑《かがみ》というべき存在だった。とはいえ、捜査の技術と、指導教官としての能力は別物だ。それに鷹野は世事に疎《うと》く、口の悪い者からは「昼行灯《ひるあんどん》」などと揶揄《やゆ》されることもあった。

「行確《こうかく》の途中、和久井は外に出てくるでしょうか」塔子は鷹野に話しかけた。「もし彼らが事件を起こせば、緊急逮捕という可能性もありますよね」

「ああ。そういう事態を想定して、俺と如月も奴の行動確認に加わるわけだ。……ところで、特命班の交代要員はどこかな」

鞄を手に持つと、鷹野は辺りを見回した。そこへ、うしろから声がかかった。

「おお！　如月さん、鷹野さん、お久しぶりです！」

振り返ると、身長百八十五センチほどの巨漢が立っていた。歳《とし》は三十代後半だろう。プロレスラーのような巨体なのに目が細くて、笑っているようにも見える。緩くパーマのかかった髪に茶色いブルゾン。靴も茶色だ。

「ご無沙汰しています。五日市署の猪狩哲二《いがりてつじ》です。イノシシを狩ると書いてイガリ。まさかお忘れじゃないでしょうね」

人なつこさを感じさせる口調で、彼は言った。まるで、久しぶりに会った友人と話しているような雰囲気だ。

「その節はありがとうございました」塔子はぺこりと頭を下げたあと、彼の顔を見上げた。「五日市署の特捜ですから、いずれお会いするんじゃないかと思っていました」

今年六月に九歳の少年が巻き込まれた事件があり、捜査の過程で、塔子たちはあきる野市の山を調べにやってきた。そのとき現場を案内してくれたのが、五日市署・刑事課の猪狩巡査長だったのだ。

「捜査が始まって五日目ですけど、猪狩さん、昨日までは特捜本部にいませんでしたよね？」

塔子が尋ねると猪狩は、そうなんです、と答えた。

「若いのと一緒に、別件の捜査に当たっていましてね。こんな土地だから、事件なんてそんなに起こらないと思うでしょう？　でもけっこうあるんです。暴走したイノシシにお年寄りが撥ねられる、とかね。あいつら野生動物だから信号を無視するんですよ」

ははは、と愉快そうな声で猪狩は笑っている。塔子たちがぽかんとしていると、彼は腰を屈めてささやくように言った。

「今のは冗談ですよ」

「ええ……そうですよね。わかります」と塔子。

「猪狩さん、そちらの方は相棒ですか？」

鷹野は、カーキ色のジャンパーを着た男性に視線を向けた。髪をスポーツ刈りにした、二十代後半の人物だ。

「こいつは同じ刑事課の犬塚泰《いぬづかやすし》。猪狩とは対照的に目が大きく、耳も大きい。ええと、二十七歳だったかな」

「二十八っすよ、猪狩さん」

犬塚の身長は百六十センチぐらいだろうか。声は少年のように高かった。

「そうか、二十八か」猪狩は腕組みをした。「知らない間にみんな歳をとるよなあ。まあ、俺がもう三十八なんだから仕方ないか。……如月さんはいくつでしたっけ？」

「ちょっと猪狩さん、まずいっすよ。女性に年齢を訊《き》くなんて」

犬塚に言われて、猪狩ははっとした表情になった。

「これは失礼。じゃあ鷹野さん、教えてください」彼は鷹野のほうを向いて、声のトーンを落とした。「如月さんって何歳でしたっけ？」

「猪狩さん、何やってんすか」犬塚が猪狩の袖《そで》を引っ張った。「本当にもう。真面目なのか天然なのか……」

若い犬塚のほうが先輩に突っ込んでいるが、猪狩は不快とは感じていないようだった。それがこのふたりの距離感というものなのだろう。

「じゃあ出かけましょうか。うちの車が先導しますけど……」猪狩は一段と目を細めて言った。「途中、イノシシには気をつけてくださいよ」

「出るんですか？」と鷹野。

「いや、イノシシはたいしたことないんです。でも、ほら、こいつがね」猪狩は犬塚を指差した。「俺の相棒は犬っぽいですから。野生動物なんかが出てきた日には、我を忘れて追いかけていくかもしれません」

「行きませんよ。……ほら猪狩さん、鷹野主任に怒られますよ」

犬塚が言うのを聞いて、鷹野は困ったような顔をしている。

「鷹野さんは怒ったりしないさ」猪狩は首を横に振った。「いつも静かに事態を見守っているんだよ。鷹だけに、タカミの見物ってね」

猪狩はひとり笑っている。咳払いをしてから鷹野は言った。

「そろそろ出発しましょう。途中イノシシが出ても、我々は無視しますので……」

2

車で移動する間、鷹野はしきりに襟の辺りを気にしていた。張り込みのため黒いジャンパーを着ているのだが、先ほどから体をもぞもぞ動かしている。

「大丈夫ですか？」

運転席から塔子が尋ねると、鷹野は顔をしかめた。

「これ、襟がきついんだよな」

「ああ……サイズが合っていないんですね」

「スーツで張り込みをすると目立ってしまうから、今日はこれで我慢するしかない」

塔子のほうは着慣れたジャケット姿だ。この恰好《かっこう》なら、特に人目を引くことはないだろう。

ハンドルを操作しながら、塔子は周囲に目を配った。猪狩の車に続いて、住宅街を進んでいく。

有限会社和久井木工所は、五日市の住宅街の一画にあった。道路から見て左側に二階建ての住居が、右側に箱形の作業所がある。

猪狩車と鷹野車は作業所の前を通過し、そのまま直進した。

木工所から五十メートルほど離れた場所に、軽自動車と紺色のセダンが停まってい
る。紺色のほうを見ると、目つきの鋭い男性がふたり乗っていた。一晩中、木工所を
監視していた刑事たちだろう。
猪狩の覆面パトカーは次の角を左折し、路肩に停まった。塔子もブレーキを踏んで
そのうしろに停車させる。
様子をうかがっていると、前の車の助手席から猪狩が降りてきた。それに合わせる
ように、角を曲がってひとりの男性が現れた。青いジャンパーを着て、帽子を目深に
かぶった人物だ。先ほど紺色の車に乗っていた男性のひとりだった。
ふたりは自動販売機の陰に隠れて、何か言葉を交わし始める。やがて情報交換が済
んだのだろう、猪狩は帽子の男性と別れた。
鷹野車のそばにやってくると、猪狩は後部座席のドアを開けた。よいしょ、と言っ
て乗り込んでくる。鷹野と塔子は体をひねって、うしろの席に顔を向けた。
「どうでした？」と塔子。
「昨日の午後四時ごろ、銀色のワゴン車が敷地に入っていったそうです」猪狩は窮屈
そうに体を動かしながら言った。「何人乗っていたかはわからないらしいです。運転
手は三十代と思える、顎ひげを生やした男。それ以降、人の出入りはありません。木
工所のほうは、引き戸がずっと閉まったままだった、ということでした」

「じゃあ、今のところ特に問題はないんですね」

「そうでもありませんよ。ゆうべ人の出入りはなかった……。すなわち、顎ひげの男は家に帰っていないということです。現在、作業所の中には少なくともふたり――和久井と顎ひげの男がいるわけです」

それは妙な話だ。塔子は猪狩に尋ねた。

「ふたりは一晩中、中で何かやっていたわけですか」

「ええ、おそらく」猪狩は腕時計を見た。「今、九時二十分ですよね。普段なら木工所の引き戸が開いているころだというんですが、今日はまだ静かなままらしいです。……鷹野主任、どう思われます？」

鷹野は難しい顔で何か考えていたが、ややあって口を開いた。

「今の段階であれこれ判断すべきではないでしょう。しかし、いつもと様子が違うという点には注意したほうがいい。そういうものは、何かのサインだったりしますからね」

その件は、すでに帽子の刑事が特捜本部へ報告しているという。猪狩は自分の車へ戻っていった。猪狩車が動き始めたので、塔子はサイドブレーキを解除してあとを追った。

二台の車は何度か左折を繰り返して、元の道に戻った。前方に木工所の建物が見えてくる。猪狩車はその六十メートルほど手前で停まった。この位置で監視を行うのだろう。

塔子はもう一度木工所の前を通り、紺色の覆面パトカーのうしろに車を停めた。それを確認してから、紺色の面パトは現場を離れた。

ポケットから携帯電話を取り出し、鷹野は耳に当てた。

「今、監視場所に着きました。……ええ、何か気づいたことがあれば連絡します」

後方にいる猪狩に電話をかけていたようだ。

携帯を元どおりポケットにしまうと、鷹野はひとつ息をついた。

「さて、しばらくはこのままだな。如月、居眠りするなよ」

「大丈夫です。監視は任せてください」

ルームミラーを見ると、木工所が小さく映っていた。これから夜まで、塔子たちはターゲットの動きを見張ることになる。

平日の午前九時半、住宅街を歩く人はそれほど多くない。たまにベビーカーを押す母親や、杖《つえ》をついた高齢者が通りかかるぐらいだ。ただ、ここは抜け道になっているらしく、自動車の通行はかなりあった。一般の乗用車のほかに、タクシーや宅配便のトラックなども走っている。

鷹野は鞄から捜査資料を取り出した。

「和久井はどういう男なんだろうな。木工所を経営しているというから、案外堅実なのかと思っていた。しかし捜査の結果、窃盗や強盗をやっているらしいという証言が出ている。最近の生活状況を調べたところ、不定期でかなりの収入があったようだ」

「でも今の時代に、窃盗団だの強盗団だのがあるんでしょうか」

「窃盗団なんていうとかなり古いイメージだが、少し前には中国人のグループが宝石店に押し入る事件もあった。日本人でも、仲間と協力して犯罪の計画を練る者はいるだろう」

「和久井はそのリーダーというわけですか」

「指紋のデータベースを調べてみたが、前歴はなかったんだよな。だが、指紋が登録されていないからまともな人間だとは言い切れない。今までうまくやっていて、一度も捕まっていないだけかもしれない」

ここで塔子は、ふと首をかしげた。

「西崎さんの件は集団リンチのように見えましたよね。ひょっとして、和久井たちが寄ってたかって暴行を加えたという可能性も……」

「しかし、西崎さんが和久井のグループに所属していたという情報はないんだ。木工所に出入りしていたから、面識があったことは間違いないんだが」

「だとすると西崎さんは何か仕事を頼まれて、失敗したんじゃないでしょうか。それで始末されてしまったのでは？」

そうだな、とつぶやいて鷹野は腕組みをした。そのまま彼は黙り込んでしまった。

面パトの近くには何軒かの民家があった。晴れた日なら洗濯物を干そうとする住人もいるだろうが、今日は曇っているから誰も顔を出さない。これは塔子たちにとって幸運なことだった。万一、不審な車が停まっているなどと通報されたら厄介だ。

塔子はときどき腕時計に目をやって時刻をたしかめた。気にしていると、なかなか時間はたたないものだ。

たまに鷹野と言葉を交わしながら、塔子は監視を続けた。途中、コンビニで弁当を買ってきて、鷹野とともに車内で食べた。食事が済んだら、また監視だ。

午後も、何事もないままだった。塔子は買ってきたコーヒーを飲みながら、鷹野に話しかける。

「こんなふうに鷹野さんと過ごすのは、初めてですよね」

「そうだな。これまでの捜査で、張り込みをすることはあまりなかったから……」鷹野は資料から顔を上げた。「不満か？」

「いえ、そんなことはありませんけど」

「本来、刑事の仕事なんて地味なものだよ。犯人逮捕となればわっと盛り上がるが、そこに至るまでには大勢の努力が必要だ。先輩たちはみんな、それを知っている。如月の親父さんもそうだったはずだよ」

おや、と塔子は思った。塔子の父・如月功《いさお》のことを、鷹野が口にするのは珍しい。

「私、父とそういう話をしたことがないんですよね」

「ああ、そうか……。親父さんが亡くなったとき、如月はまだ高校生だったんだよな」

父の顔を思い出しながら、塔子はうなずいた。

「当時、警察官になるとは決めていなかったんです。もし、将来捜一の刑事になるとわかっていたら、父からもっといろいろ聞いておいたのに」

「まあ、そんなものだろう。俺だって昔を思い出せば、後悔することばかりだ」

「鷹野さんでも、何か大きなミスをしたことがあるんですか？」

「それはそうだ。制服警官だったころは、拳銃《けんじゆう》の扱いが本当に苦手でね。……しかし一度犯したミスは二度と繰り返さないようにしている。たいていのことはそれで何とかなる」

その言葉を聞いて、塔子は微笑《ほほえ》んだ。

「鷹野さんが言っても説得力がないような気がしますね」

「どうしてだ」

「だって捜査一課のエースなんですから。誰もが鷹野さんと同じようにできるわけじゃないですし、同じ失敗を繰り返してしまう人もいると思いますよ」

「それは、どうにも困った人だな」

鷹野も口元を緩めている。仕事中にこんな話をすることは、今まであまりなかった。

ポケットを探って、鷹野は何かを取り出した。見ると、握力を鍛えるためのハンドグリップだ。それを手にして、彼はぐいぐいと握り始めた。

「え……。いったいどうしたんです？」

「百円ショップで見つけたんだ。スポーツの秋だし、体力をつけなくちゃいけないと思ってさ」

「鷹野さんらしくないですね。急にそんなことをして大丈夫ですか？」

「失礼だな。最近ジョギングもしてるんだぞ」そう言ったあと、鷹野は渋い表情になった。「このところ凶悪な事件が増えているだろう。俺だって、いつまでも頭脳労働専門です、とは言っていられない」

五分ほど右手でハンドグリップを使ったあと、鷹野は左手に持ち替えた。

そのとき、ルームミラーの中で動きがあった。塔子は表情を引き締めて報告する。

「木工所から車が出てきます」

はっとした顔で鷹野は振り返った。塔子はルームミラーの中をじっと見つめる。

和久井木工所の敷地から、白いワンボックスカーが出てくるところだった。車は塔子たちのほうへ近づいてくる。

鷹野は携帯を取り出し、猪狩に連絡をとった。

「今、ワンボックスカーが出てきました。そちらでも見えていますよね。……そうです、白いやつです。気づかれないように追跡しましょう」

塔子はエンジンをかけ、ギアを切り換えた。すぐ横をワンボックスカーが通過していく。助手席に座っているのは、捜査資料に載っていた和久井裕弥だった。運転席の人物はよく見えない。後部座席はスモークガラスになっていた。

「助手席に和久井裕弥。運転していたのは別の人物です」と塔子。

「運転手は『顎ひげの男』だろうな」鷹野は再び、電話の相手に話しかけた。「うちの車が背後につきます。猪狩さんたちは、少し離れてついてきてください」

ちょうど引っ越し会社のトラックが通りかかった。それをやり過ごしてから、塔子は面パトをスタートさせた。ルームミラーを見ると、猪狩車もしっかりついてきているのがわかった。

現在、ワンボックスカーとの距離は七十メートルほどだろうか。

間にトラックを一台挟んでいるため、すぐに警戒されることはなさそうだ。だが可能ならもう一、二台、別の車を間に入れたほうがいいかもしれない、と塔子は思った。

鷹野は特捜本部に電話をかけている。

「午後三時四十二分、和久井ともうひとりの男が白いワンボックスカーで出発しました。現在、鷹野車、猪狩車で追跡中。車のナンバーを連絡します。番号は……」

ワンボックスカーは時速四十キロから五十キロで西に向かっている。特に急いでいる様子はないから、気づかれてはいないと考えていいだろう。

そのうち和久井たちの車がウインカーを出した。ワンボックスカーはホームセンターの駐車場に入っていく。

引っ越し会社のトラックが直進するのを見送ったあと、塔子も車をホームセンターの駐車場に乗り入れた。ワンボックスカーはすでに駐車位置を決めたらしく、白線の枠内にバックしている。塔子は和久井たちから離れた場所へ面パトを進めた。新米ドライバーが駐車にもたついているようなふりをして、時間稼ぎをする。

そのうちワンボックスカーはエンジンを切ったようで、助手席から和久井が出てくるのが見えた。スラックスに濃いグレーのジャケットという落ち着いた恰好だ。写真で見たとおり、髪は見事に真っ白だった。少し吊《つ》り上がり気味の目で、彼は辺りを素早く観察した。

もう一名車内にいるはずだが、その人物は降りてこない。買い物はひとりで済ませるのだろう。和久井は足早にホームセンターの建物へ向かっていく。

遅れて駐車場に入ってきた猪狩車は、塔子たちから二十メートルほど離れた場所に停車した。

鷹野は猪狩の携帯に架電した。

「私と如月で和久井を追います。猪狩さんたちはワンボックスカーを監視してください。まだ中にひとりいるはずですから。……このあとの連絡はメールにしましょう。アドレスはわかっていますよね？　では、よろしくお願いします」

今日は無線の用意をしていないから、携帯を使うしかない。だが、たいていのことはメールで連絡できるはずだ。

指示を終えると、鷹野は助手席のドアを開けた。塔子も車から降りる。

前方、建物のそばに和久井のうしろ姿が見えた。塔子たちは、周囲から不審に思われない程度に足を速めた。

売り場に入ると、塔子と鷹野は商品を見ているように装いながら進んでいった。できるだけ陳列棚の陰に隠れて、相手の目に入ることを避ける。

和久井はかごを持って歩いていく。やがて木材や電動工具などのＤＩＹコーナーで足を止め、商品を吟味し始めた。陳列棚の一番上にある商品をいくつか手に取り、比較・検討しているようだ。

もう少しそばに行けば商品名がわかるのだが、と塔子は思った。鷹野の顔を見上げると、彼は小さく首を横に振った。無理はするな、という意味だろう。

塔子たちは十五メートルほど離れた場所で陳列棚に隠れ、和久井を見張った。慎重な性格なのか、和久井はかなり念入りに選んでいる。二分ほどして、ようやく商品を決めたらしかった。彼は弁当箱ほどのプラスチックケースを次々とかごに入れた。最終的には十個以上になったようだ。

和久井はすぐレジに向かった。鷹野があとをつける間に、塔子はＤＩＹコーナーへ走った。和久井が選んだ商品を確認しようとしたのだが――。

――と、届かない……。

身長百五十二・八センチの塔子には、一番上の棚がどうしても見えない。手を伸ばして、和久井が買ったものと同じ商品をつかんでみた。彼が選んだのはボルトやナットの入ったプラスチックケースだ。塔子は携帯を取り出し、その商品を撮影してから棚に戻した。

急ぎ足で鷹野に追いついて、携帯の液晶画面をそっと見せる。商品の内容を知って鷹野は首をかしげたが、すぐ前方に視線を戻した。和久井はレジで会計をしているところだ。

このあと彼は木工所に戻るのだろうか。そう考えながら、塔子は辺りを見回した。

そこで、思わずまばたきをした。

カーキ色のジャンパーを着た小柄な男性が、足早に歩いてくるのが見えた。あれは猪狩車を運転していた犬塚泰だ。いったいなぜ、と塔子は思った。これは予定外の行動だ。

周囲を観察すると、犬塚が大柄な男を追っていることがわかった。その人物の身長は百八十センチほどある。スニーカーにブルージーンズ、緑色のパーカーを着て、顎ひげを生やしていた。かなり痩《や》せていて、やけに手脚が細長い。

——和久井の仲間？

おそらくそうだ。眉が薄く、周囲を見る目が鋭かった。和久井はどちらかというと知的な印象だが、この顎ひげの男には攻撃的な雰囲気がある。彼が犯罪グループのメンバーだとしたら、先頭に立って斬《き》り込んでいくタイプではないだろうか。

鷹野の携帯電話にメールが届いたようだ。内容を確認したあと、今度は鷹野が液晶画面をこちらに見せてくれた。

《助手席のアゴヒゲ　店へ　犬塚が追跡中》

和久井から少し遅れて、この男は車から降りたのだ。個人的に、何か買い足すものを思い出したのかもしれない。伝言があるだけなら、携帯電話で和久井に連絡するのが普通だろう。

レジにいる和久井には気づかず、顎ひげの男は売り場の中を進んでいく。ちょうどそこへ、四歳ぐらいの男の子が駆けてきた。保護者らしい初老の女性が、慌てて声をかける。

「危ないよ、たっくん。走っちゃ駄目」

だが子供は速度を緩めず、陳列棚の陰から飛び出した。顎ひげの男と接触し、男の子はよろけて棚にぶつかった。その弾みで、積み上げられていたミネラルウォーターの箱が崩れてきた。

子供は大きく両目を見開く。

重い箱の下敷きになりかけたところへ、犬塚が急いで駆け寄った。危ういところで子供は助けられ、段ボール箱が音を立てて床に落ちた。

「たっくん！　大丈夫？」

初老の女性が男の子に走り寄る。何事かと、周囲にいた客たちが振り返った。商品を陳列していた店員が、慌てて飛んできた。

その騒ぎの中、顎ひげの男が犬塚を見つめていた。いや、そうではない。彼が凝視しているのは、犬塚が着ているジャンパーの腰の辺りだ。

警察官はさまざまな装備品を持っている。制服警官ほどではないが、私服の捜査員もいくつかの品を身に着けていた。そのせいでポケットや腰が不自然に膨《ふく》らんでしまうことが多いのだ。

まずい、と塔子は思った。せっかく順調に尾行を続けてきたのに、ここで失敗に終わってしまうのか。だが、あのまま放っておいたら子供は怪我をしていただろう。犬塚の行動を責めることはできない。

塔子がそう考えたときだ。顎ひげの男が周囲を見回した。〇・五秒——いや、それにも満たない一瞬のことだったが、男と目が合ってしまった。

——気づかれる!

塔子は慌てて目を逸らした。だがそのわずかな瞬間で、男の表情が変わったように思えた。

商品を探すようなふりをしたが、塔子の心拍数は跳ね上がっていた。頭に血が上り、指先が震えそうになる。

ややあって、鷹野が塔子の肩に触れた。はっとして彼の視線をたどると、顎ひげの男は出入り口のほうへ歩きだしていた。鷹野は自然な動きで男のあとを追う。塔子もそれに従った。

男はレジのそばで和久井を見つけると、小声で何か言った。ふたりは売り場を出て、駐車場に停めたワンボックスカーに向かうようだ。

「車に戻ろう」鷹野がささやいた。

先ほど顎ひげの男は塔子たちを見て、尾行している刑事だと気づいただろうか。そこまで気づかなかったとしても、何か違和感を抱いたのではないか。

この先、身を隠して追跡することは可能だろうか。今日はあきらめるべきか、それとも尾行を続けるべきか。塔子の頭にさまざまな考えが浮かんでくる。

塔子と鷹野は駐車場に向かった。あとから犬塚もついてきた。

「申し訳ありません」彼は悔しそうに頭を下げた。

「あれは運が悪かった」鷹野は首を振り、小声で言った。「君のせいじゃない」

歩きながら、鷹野は携帯を耳に当てた。特捜本部に連絡するのだろう。

面パトに乗り込み、塔子がエンジンをかけたところで、鷹野はこちらを向いた。

「早瀬さんからの指示だ。無理のない範囲で、このまま追跡する」

「無理のない範囲、ですか。難しいですね」

「向こうの出方を見る。とにかく、あの車を追ってくれ」

ワンボックスカーは公道に出るところだった。ウインカーを見ると、木工所とは反対の方向に行くらしい。

塔子は面パトをスタートさせた。道路に出ると、すぐに和久井たちのワンボックスカーを追いかけた。ルームミラーに猪狩車が映っている。車を運転しながら、犬塚は猪狩に何か説明しているようだった。

塔子は前方に神経を集中させた。事態はよくないほうへ進んでいるように思える。だが今は冷静に行動しなければならないときだ。

ワンボックスカーを追って、塔子はアクセルを踏んだ。

3

和久井たちの車は西へ進んでいた。鷹野車、猪狩車はそのあとについていく。

市街地を抜け、ワンボックスカーは秋川《あきがわ》渓谷のほうに向かっていた。徐々に民家が減り、道の左右には木々が見えるようになってきている。交通量も減っているから、ほかの車に隠れて追いかけることはできない。一定の距離をとって、塔子はワンボックスカーを追跡した。

「さすがにもう、疑われていますよね」ハンドルを操作しながら塔子は言った。「さっきからずっと、私たちの車がうしろを走っているわけですから」

鷹野は助手席で難しい顔をしていた。

「ここで奴らを見逃すわけにはいかない。いろいろと引っかかる点があるんだ。昨日から和久井たちは木工所にこもっていた。しかも今朝は作業所を開けることなく、車で出発した」

「いつもとは様子が違う、ということですね」

「ああ。だから気になる」鷹野は前を走るワンボックスカーを見つめた。「普段と違うことがあったときは注意したほうがいい。俺の経験則だ」

今、和久井たちの車は、法定速度を上回るスピードで走っている。市街地より道が狭くなっているから、やや危険な運転だと言っていい。実際、カーブに差し掛かると車体が外側へ流れて、ガードレールにかなり近づくこともあった。

追跡する塔子にとっても、このスピードは少し危なく感じられた。ブレーキとアクセルを交互に踏み、車体をうまく操らなければならない。のんびりしていると見失ってしまうおそれがあるから、五十メートル以上は離れないほうがいいだろう。

そのうち、ワンボックスカーが急にスピードを落とした。塔子は戸惑った。向こうはウインカーを出していないが、このまま停車するのだろうか。

「どうします？」と塔子。

「そのまま行ってくれ。追い越そう」

塔子は面パトを直進させた。徐行しているワンボックスカーのそばを通過する。鷹野は横目で運転席の男をちらりと見たようだ。それから彼は携帯を取り出し、猪狩に連絡した。

「少し先で待機します。猪狩さんたちはワンボックスのうしろにいてください。電話はこのままで」

二百メートルほど進んだところに大衆食堂があった。鷹野の指示で、塔子はあいていた駐車場に車を入れた。エンジンをかけたまま、しばらく様子を見る。

「どうです？」鷹野は電話で猪狩に問いかけた。「……え？　急に動いた？」

数秒後、大衆食堂の前を猛烈な勢いでワンボックスカーが通過した。今までとは明らかに様子が違う。

「奴ら、逃げるつもりか！」鷹野は塔子のほうを向いた。「追ってくれ」

「了解です」

塔子は駐車場から車を出し、追跡を再開した。

ワンボックスカーはなりふり構わず逃走しようとしている。まさに暴走と言っていい状態だ。距離をとられないようにするのは、かなり難しい。

前方に交差点が見えた。右側からセダンが進入してくる。無茶な運転をしていたワンボックスカーは、そのセダンを避けることができなかった。二台は接触し、どちらも道の真ん中で停車した。

セダンから運転手が飛び出してきた。髪を茶色に染めた二十代ぐらいの男性で、十月だというのに肌が日焼けしている。いかにも血の気が多そうなタイプだ。

「何やってんだよ、この野郎！」

男性は大声を上げてワンボックスカーに駆け寄った。彼は開いていた窓から、運転席の男に怒鳴りかかった。

「まずいですね」面パトの中で塔子は言った。「止めに行きましょうか」

「そうだな。この状況では仕方がない」鷹野もうなずく。

そのときだった。塔子の目の前で、信じられないことが起こった。

ワンボックスカーの運転席から、右手が突き出されたのだ。その手に握られているのは——あれはナイフではないか？

茶髪の男性は悲鳴を上げ、その場にくずおれた。右手で左の肩を押さえている。その部分に赤い染みが広がっていくのが見えた。

「なんてことを！」

ダッシュボードに手をかけて、鷹野が目を大きく見開いた。

この状況で顎ひげの男が他人を刺すというのは、完全に予想外だった。塔子たちに追われて、焦っていたのは事実だろう。接触事故を起こして動揺していたとも考えられる。だが、普通あそこでいきなりナイフを突き出すだろうか。

傷害、いや、あれは殺人未遂と言えるかもしれない。こうなってはもう行動確認がどうのと言ってはいられなかった。現行犯逮捕するしかない。

塔子は運転席から出ようとした。すると、鷹野がそれを制した。

「俺が行く。おまえはここにいろ」

鷹野は素早くドアを開けて、面パトから降りた。息を詰めて見守る塔子の前で、彼は大声を出した。

「警察だ！ そこを動くな」

地面に腰を落としたまま、茶髪の男性はこちらを向いた。先ほどの勢いは消し飛んでしまったようだ。傷が痛むのか、顔を歪《ゆが》めている。

ワンボックスカーの運転手も鷹野を見ていた。思ったとおり顎ひげを生やした男だ。冷酷そうな目に、他人を見下すような色があった。あの男は、と塔子は思った。もしかしたら、虫でもつぶすような感覚で他人を傷つけたのではないか？

「武器を捨てて車を降りろ！」鷹野はさらに声を張り上げた。

男は黙ったまま、ナイフを握った右手を車内に戻した。エンジン音が高くなった。

ワンボックスカーは急発進して、西へ走りだした。

「大丈夫ですか。君、しっかりしろ」

鷹野は茶髪の男性のそばにしゃがんだ。流れ出た血が、アスファルトの上にぼたぼたと垂れている。鷹野はハンカチを出して傷口の上、肩の下辺りを縛った。これで止血はできそうだ。

「猪狩さん、この人を頼みます」

後方に停まっていた猪狩車に向かって、鷹野は指示した。

「りょ……了解しました」

慌てた様子で猪狩がこちらへ走ってくる。さすがの彼も動揺しているようだ。

鷹野は路上に視線を戻した。このままではセダンが邪魔で、面パトが前に進めない。鷹野はセダンの運転席に乗り込み、路肩に寄せた。充分なスペースが出来ると、彼は塔子のところへ戻ってきた。

「和久井を追うぞ。絶対に逃がすな」

「わかりました」

塔子はギアを切り換えた。負傷者のそばにいる猪狩たちに注意しつつ、慎重に交差点を抜ける。それから、ワンボックスカーの走り去ったほうへと車を走らせた。

回転灯を出し、サイレンを鳴らして車は緊急走行している。

道は右へ左へと曲がりながら、山の中をどこまでも続いていた。ときどき何かの畑が見えたが、人の姿はない。

先ほどから塔子は白いワンボックスカーを探しているのだが、なかなか見えてこなかった。和久井たちが走り去ってから塔子が車を出すまで、一分もたっていなかったたはずだ。方向も間違っていないと思う。そろそろ追いついてもいいころではないだろうか。

「……そうです、顎ひげの男がナイフで一般市民を刺しました。そちらは猪狩車に任せて、今、和久井たちを探しているところです。……ええ、最善を尽くしますが、我々だけでは手が足りません。至急、応援を出してください」

鷹野は早瀬係長に電話していた。普段、動揺する姿をあまり見せない鷹野だが、今は焦っているのがよくわかる。

電話を切ると、彼はジャンパーの袖をまくって腕時計を見た。

「もう五分以上走っているが、なぜ和久井の車は見えないんだ？」

「相当スピードを出しているんだと思います。このまま山越えをするつもりじゃないでしょうか」

「途中どこかで曲がって、市街地へ戻ったということはないか」

「可能性がないとは言えません」考えながら塔子は言った。「でも逃走する者の心理として、町中に戻りたくはないだろうと思うんです」

鷹野は渋い表情になった。

「ここで我々が追いつけないとまずいぞ。あの男はごく簡単に一般市民を刺した。まったくためらう様子がなかった」

「性格としては、かなり粗野で乱暴……」

「単なる粗暴犯なら、追い詰める手立てもある。だがあいつは和久井と一緒に行動している。おそらく和久井の指示で動く、手下なんだろう」

「ということは……」

「命令されれば、何でもやる可能性がある。自分の意思を持たない人間というのは、それだけで危険な存在なんだ」

先ほどのケースでも、相手を刺さずに逃げることはできたはずだ。だが顎ひげの男はナイフを使った。

――放っておいたら、また誰かが刺されるかもしれない。

塔子は眉をひそめ、唇を嚙《か》んだ。

刺傷事件の現場を出てから約十分。左右は雑木林になり、ガードレールの外側に崖《がけ》が見えるような場所に差し掛かっていた。この先、道はさらに険しくなっていくようだ。

しばらく黙っていた鷹野が、ふと口を開いた。

「如月、もう緊急走行はやめよう」

「いいんですか？」

「これじゃ目立って仕方がない」

たしかに、と塔子は思った。この調子でサイレンの音を響かせていたら、自分たちの居場所を敵に教えているようなものだ。

右へのカーブをひとつ回りきったところで、急に目の前が開けた。塔子はスピードを緩めて、辺りに目を走らせる。林の中に平たい土地があり、黒っぽい壁の建築物が見えた。倉庫か、あるいは工場だろうか。

門は大きく開かれている。黒い建物の一角にシャッターが設けられ、そこにちらりと白い車体が見えた。あれは、ワンボックスカーではないか？

「鷹野さん、見つけました！」塔子は声を上げた。「玄関の左側……シャッターの中です」

塔子は車を停めた。門のそばには《株式会社　青柳《あおやぎ》興業》というプレートが貼《は》ってある。外から見ただけでは、どういう会社なのかはわからない。

「車のナンバーは読めるか？」

運転席から塔子は目を凝らした。早口でナンバーを読み上げる。

「間違いない。さっきの車だな」鷹野も納得したようだ。

塔子たちが見ている前で、青柳興業のシャッターは下りてしまった。もう、ワンボックスカーを見ることはできなくなった。

「和久井たちはこの会社と関係あるんでしょうか」

「これまでの捜査資料には出てこなかった会社だよな。もしかして、ここが奴らのアジトなのか？」

首をひねってから、鷹野は早瀬に電話をかけた。

「今、和久井たちの車を発見しました。青柳興業という会社の中にいます。……ブルーの青に、柳、業を興すの興業……。この会社のことを調べてもらえませんか」

調査依頼を終えると、鷹野は続けて別の場所に架電した。

「……猪狩さん、刺された人はどうですか。……わかりました。和久井たちは今、青柳興業という会社にいます。至急ここへ来てください」

相手におおまかな場所を伝えてから、鷹野は電話をポケットに戻す。塔子は彼に話しかけた。

「猪狩さんは何と言ってました？」

「刺された男性は救急車で運ばれたそうだ。そっちは別の警察官に任せて、猪狩さんたちはここに向かっている。まずは彼らと合流する」

「特捜本部からも応援が来るんですよね？」

「早瀬さんたちが来てくれる。それまで、ここで連中を監視だ。動かずに、じっとしていてくれるといいんだが」

塔子は腕時計を確認した。現在の時刻、午後四時三十三分。

バッグを探って、塔子は双眼鏡を取り出した。

「それ、河上《かわかみ》さんからプレゼントされたやつか」と鷹野。

河上というのは、科学捜査研究所にいる研究員だ。塔子たちの調査依頼に対して、いつも誠実に応えてくれる。前に塔子が折りたたみ傘をあげたことがあり、河上はそのお礼にと、八月にこの双眼鏡をくれたのだ。

「すごく性能がいいんですよ」塔子はシートベルトを外した。「私、ちょっと偵察してきます」

出ていこうとする塔子の腕を、鷹野がつかんだ。

「待て。勝手に動くんじゃない」

「どうしてです？　みんなが来る前に、建物のことを調べたほうがいいと思うんですが」

「ひとりで行動するなと言ってるんだ。俺も行く」

門から離れた場所へ車を後退させたあと、塔子と鷹野は車外に出た。腰を屈めて道路を渡り、青柳興業の塀にぴたりと張り付く。鷹野はこちらに目配せしてから、塀の上にあるフェンスの部分にそっと顔を出した。フェンスは黒く塗装されていて、髪が見えても目立たないだろう。

「事務所らしい部屋がある」鷹野がささやくように言った。

呼吸を整えて、塔子も敷地の中を覗き込んでみた。

塀から建物までの距離はおよそ十メートル。玄関の右側に、腰の高さほどの窓が四つあった。左右にスライドするタイプで、かなり大きい。室内には照明が灯っていた。

その窓ガラスの向こうに、いくつかの人影が見えた。双眼鏡を使うまでもなく、和久井裕弥と顎ひげの男が確認できた。ほかにもふたりいるようだ。

和久井が窓の外に目を向けた。はっとして塔子は頭を下げる。隣を見ると、鷹野も腰を屈めて、塀の陰に隠れていた。

「ここは事務所の正面だ。場所が悪い」

「そうですね。少し離れたほうが……」

塔子たちは塀に沿って右方向へ七、八メートル移動した。ここまで来れば、事務所の窓に対して斜めになるから、向こうからは気づかれにくいはずだ。

塔子は双眼鏡を目に当ててみた。和久井のほかに、ふたりの人物が見えた。

ひとりは女性で、三十歳前後というところだろうか。青いウインドブレーカーを着て、髪をポニーテールにした人だ。表情がひどく強ばっている。

もうひとりは和久井に向かって何か話しながら、しきりに首を振っていた。眼鏡をかけた男性で、彼もまた青いウインドブレーカーを身に着けている。年齢は女性より少し上かもしれない。鷹野はデジタルカメラをズームにして彼らの写真を撮影した。

「あの男性と女性、同じものを着ていますね」

「会社の支給品だろうか」鷹野は小声で言った。「今撮った画像はちょっと粗いな。その双眼鏡で会社のロゴか何か、見えないか？」

「会社名はないですね。見えるのは、スポーツ用品メーカーのロゴだけです」

塔子たちが話していると、ポニーテールの女性が窓の外を見た。

次の瞬間、女性の視線が塔子を捉《とら》えた。彼女の顔に驚きの色が浮かぶ。

まずかったか、と塔子は思った。だが、相手の切羽詰まったような表情が気になった。頭を隠すことなく、塔子はそのまま女性を見ていた。

ポニーテールの女性は振り返って事務所の中を確認した。和久井や顎ひげの男は気づいていない。女性はもう一度こちらを見て、塔子に向かって両手を合わせ、拝むような仕草をした。

「鷹野さん、あの人……」

「ああ、まずいな」鷹野の声が聞こえた。「和久井たちに拉致《らち》されたのかもしれない」

塔子もそう考えていたところだった。顎ひげの男は粗野で暴力的だ。ナイフを突きつけられたら、誰も抵抗できなくなるに違いない。あの男女は青柳興業の社員で、突然押し入ってきた和久井たちに囚《とら》われたのではないか。

和久井たちはワンボックスカーで走るうち、この建物を見つけたのだ。逃げ切るのは難しいと考え、一般市民を巻き込むことにしたのではないだろうか。

急に首のうしろが熱くなってきた。頭に血が上り、その一方で背中は冷たくなったような気がする。

――無関係な一般市民が、事件に巻き込まれてしまった……。

後方から自動車のエンジン音が聞こえてきた。二十メートルほど離れた場所に覆面パトカーが停車する。降りてきたのは猪狩と犬塚だ。

塔子は慌てて彼らのところへ走った。

「中の事務所に和久井たちがいます」塔子は小声で言った。「塀の向こうから見られないよう、気をつけてください」

了解です、と猪狩も小声で答えた。塔子のあとについて、猪狩たちは腰を屈めながら塀のそばに近づく。

「鷹野さん、状況はどうです？」

猪狩がささやくような調子で尋ねると、鷹野は青柳興業の建物を指差した。

「奴らはあの部屋にいます。和久井と顎ひげの男、ほかに眼鏡の男性とポニーテールの女性。今確認できているのはその四人です」

「眼鏡とポニーテールって、そりゃいったい何者です？」

「一般市民が、和久井たちに捕まってしまった可能性があります」と鷹野。

「つまり、人質……」犬塚が眉を大きく動かした。

その言葉は重いものだった。単に和久井たちを捕らえるだけでも難しいというのに、人質を取られたとなれば、解決への道は相当険しくなる。

みなの顔を見回して、鷹野が言った。

「早瀬さんたちが来るまで、まだしばらくかかるでしょう。今のうちにできるだけ情報を集めておきたい。協力してください」

「わかりました」猪狩と犬塚は同時に答えた。

鷹野の主導で情報収集の方法が決まった。今の時点で敷地内に入るのは危険だろう。鷹野と塔子の組は南側にあるこの門から、時計回りに西側へ進み、塀の外から敷地内をチェックしていく。猪狩と犬塚の組は反時計回りに東側へ進んで、敷地の中を観察する。この塀に門はいくつあるのか、建物のドアや窓の配置はどうなっているのか。一回りすれば、それらの状況は把握できるだろう。

鷹野とともに、塔子は西のほうへ歩きだした。

「あちこちに防犯カメラがあるな」塀の中を覗きながら鷹野がつぶやいた。

しばらくは舗装道路に沿って塀が続いたが、やがてその塀は右に曲がった。雑草を踏み締めて、塔子たちは先へ進んでいく。鷹野はときどき立ち止まって、デジタルカメラで敷地内の写真を撮っている。残念ながら塔子は身長が足りないから、それを手伝うことができなかった。自分にできるのは、せいぜい敷地の周囲を見回すぐらいだ。

敷地の西側は高い崖のような斜面で、その上は雑木林になっている。おそらくここは、山を削って造った平地なのだろう。

歩いていくと、さらに塀は右に曲がった。敷地の北側も崖と林だ。ここで、前方からやってきた猪狩組と合流できた。先ほどの門のちょうど反対側、北側の塀の真ん中辺りに通用門がある。塔子は手袋を嵌《は》めた手で、塀に造られたドアノブに触れてみた。

「鍵《かぎ》がかかっていますね」

「ここから出ていかれるとまずい」鷹野は猪狩のほうを向いた。「猪狩さんたちは、塀の角からこの通用門を見張ってもらえますか。我々は表のほうを担当します」

「任せてください。何かあれば連絡しますので」猪狩は携帯電話を指し示す。

「よろしくお願いします」

これから先、厳しい状況になることは明らかだった。敵は人質を取っているのだ。和久井たちがその気になれば、すぐにむごたらしい殺戮《さつりく》が行われるかもしれない。

塔子と鷹野は青柳興業の正面へ回り、先ほどの位置に戻った。

呼吸を整えて、塔子はもう一度建物のほうを覗き込む。そこで、はっとした。

ポニーテールの女性がカーテンのそばに立って、こちらを見ていたのだ。

――もしかして、ずっと私を待っていた？

その可能性が高かった。藁《わら》にもすがる思いで、塔子の姿を探していたのではないだろうか。

何か意思疎通の手段はないだろうか、と塔子は考えた。だがこんな場所で、紙に大きな字を書いて見せるわけにもいかない。どうしようかと思案しているうち、事務所の中で動きがあった。

ポニーテールの女性が、慌てた様子でうしろを振り返った。彼女のそばに現れたのは和久井だ。彼は女性を押しのけると、乱暴に窓ガラスを開けた。塔子の姿は見えていないようだが、彼はこちらに向かって大声を出した。

「おい、そこに隠れている奴！　いるのはわかってるぞ」

ひやりとしたものが背中を伝っていく。呼吸を止めて、塔子は耳を澄ました。

「いいか、近づいたらふたりの人質を殺す」和久井は続けた。「こいつらが死んだら、おまえら警察の責任だ。よく覚えておけ」

窓ガラスをぴしゃりと閉めたあと、和久井はカーテンを引いてしまった。事務所の中は見えなくなった。

すぐそばで鷹野が舌打ちをした。腕時計を見てからポケットを探り、携帯電話を取り出す。

深い息をついて、塔子は空を見上げた。はるか高い場所に、暗い雲が広がってきていることがわかった。

夕方から天気が崩れるという予報を、塔子は思い出していた。

第二章　ネゴシエーション

1

少し風が出てきたようだ。上空の雲の動きが、今までより速くなっている。

和久井たちがいつ動くだろうかと、塔子はそればかり気にしていた。態勢が整わないこの状況で、再び逃走されたらどうすべきか。もちろん黙って逃がすわけにはいかない。だが和久井たちは人質を取っているし、塔子たちが無理な追跡を続ければ、彼らは大きな事故を起こすかもしれない。

──和久井たちがここにいる間に、何か打つ手はないか？

建物を監視しながら、塔子は考え続けていた。鷹野も塀の中を観察して、厳しい顔をしている。

午後四時五十五分。緊張の続く現場に、何台かの車が到着した。覆面パトカー数台と、ワンボックス型の警察車両だ。

先頭の面パトから降りてきたのは十一係のメンバーだった。眼鏡をかけた早瀬係長を先頭に、門脇主任と尾留川がやってくる。ほかの車からは所轄署の捜査員たちが出てきた。

「状況はどうだ？」

早瀬が足早にやってきて、鷹野に問いかけた。

「その後、動きはありません」建物を指差して鷹野は答えた。「今も、和久井たちはあの中にいます」

「裏に通用門があるんだよな？」

「そこは猪狩さんたちが見張っています。大丈夫です」

わかった、と言って早瀬はうしろを振り返った。

「管理官、すぐ打ち合わせを始めてもよろしいですか？」

「当然だ。時間がないぞ、急げ」

塔子は声のしたほうに目を向けた。別の車から、神経質そうな顔をした中年男性が降りてくる。手代木《てしろぎ》行雄《ゆきお》管理官だ。彼は捜査一課長の下で、いくつかの係を管理する立場にあった。威嚇《いかく》するような目で周りを見ることが多く、部下を叱責《しっせき》する言葉もきつい。かなり厳しい人物だと言える。

今日は何もかも異例だ、と塔子は思った。自分たち殺人班が犯人を見張っていることも異例なら、手代木管理官が現場に出てくることも異例だ。

「あの……早瀬係長」うしろから所轄の刑事が声をかけてきた。「警備会社の人間がやってきました。社屋のセキュリティー装置が働いて、通報が届いたそうです」

見ると、パトカーのうしろに警備会社の車が停まっていた。制服を着た男性ふたりが、不安げな顔でこちらを見ている。

「ここは我々警察が対応するから、警備会社には帰ってもらえ。手続きが必要なら、代行しておいてくれ」

「わかりました」

軽く頭を下げて、所轄の刑事は去っていった。

ワンボックス型の指揮車両のそばに、主要なメンバーが集まった。早瀬は持参した資料を、折りたたみ式のテーブルに広げる。急ごしらえの前線本部で打ち合わせが始まった。

「事件現場はそこ、株式会社青柳興業です」早瀬は塀のほうをちらりと見た。「ネットで調べたところ化学肥料を販売する会社で、社屋はこの一ヵ所だけのようです。代表番号や営業部の番号に架電しましたが通じません」

「犯人たちが電話を押さえているだろうからな」手代木は唸《うな》った。「それで？」

「ネット上に公開されている航空写真を印刷してきました」早瀬は手元の資料を示した。「山を切り崩した平地に、青柳興業の敷地があります。ここが今、我々のいる門。南側になります。塀をたどっていくと裏側、北に通用門がありますが、そこは猪狩巡査長が押さえているということです。建物は平屋で、このとおり長方形です。周囲にいくつか防犯カメラが設置されているとのこと。正面に玄関、その右側に事務所。玄関の左側にあるのは倉庫でしょう。シャッターが見えますが、普段はここからトラックを入れて、商品の積み下ろしをしているんだと思います。現在、あの建物に出入りできる場所というと……」

「全部で五ヵ所です」鷹野は急ごしらえの図面を指差した。「まず正面玄関、左に進んで倉庫のシャッター、あとは西、北、東の壁にそれぞれ一ヵ所ずつドアがありました。北のドアを出ると目の前に通用門があって、塀の外に出られます」

「そこに猪狩さんの組がいるわけか。あの人なら適任だな」

腕組みをしながら門脇が言った。門脇自身も立派な体格をしているが、猪狩はそれを上回る巨体だ。

「誰だ、その猪狩というのは」

手代木管理官の問いに、早瀬が答えた。

「今日から捜査に参加している、五日市署の巡査長です。朝、挨拶《あいさつ》をしに来ましたよね。ほら、大柄で茶色いブルゾンを着た……」

「ああ、あいつか」手代木も思い出したようだ。「体力のある奴だと聞いている。しかしこういう状況だから、油断はできないぞ」

「猪狩組の応援のため、別の組も向かわせました」

「それでいい」と手代木。

早瀬は話の続きに戻った。これまでの経過をみなに説明する。

「……というわけで、和久井たちがこの建物に入ったのが午後四時半過ぎのことでした。今は膠着《こうちゃく》状態という感じになっています」

「人質の状況は？」

手代木が質問すると、早瀬は鷹野のほうを向いて答えを促した。

「今、確認できているのは二名です」鷹野はポケットからデジタルカメラを出して、ボタンを操作した。「写りが悪いですが、何枚か撮影できました。ひとりは男性で眼鏡をかけています。もうひとりは女性で髪をポニーテールにしていました。どちらも三十歳前後ですが、男性のほうが少し年上かもしれません。ふたりとも青いウインドブレーカーを着ています」

「この会社の社員じゃないのか」手代木は怪訝《けげん》そうな顔をした。「そのウインドブレーカーが制服だということは？」

「いえ、管理官、違うと思います」早瀬が首を振った。「この会社のウェブサイトに、従業員たちの写真が載っていました。制服はグリーンのジャンパーです」

「情報が遅い」手代木は青い蛍光ペンの先を、早瀬に突きつけた。「なぜそれを早く言わないんだ」

「すみません、順番に説明しようと思って……」

手代木は黙ったまま早瀬の顔を見つめている。咳払いをしてから、彼はこちらを向いた。

「しかし、社員の姿が見えないというのは妙だな。……鷹野、今のところ、犯人とも人質とも話はしていないんだよな？」

「まだです。ただ、電話で報告したとおり、和久井は我々の存在に気づいています。『近づいたらふたりの人質を殺す』と脅してきました」

鷹野の言葉のあと、塔子は手を挙げて発言した。

「女性と目が合ったとき、彼女は拝むような仕草をして助けを求めてきました」

腕組みをして手代木は考え込む。

「男女とも同じような服装だと言っていたが、何か関係があるんだろうか」

「知り合いだという可能性はありますね。もしかしたら同じサークルなどに所属しているのかもしれません。たとえば、山歩きの仲間だとか……」

「確証はあるのか」

「いえ、それは……」

答えられずに塔子が困っていると、早瀬が横から口を挟んだ。

「管理官、話を進めさせていただきたいんですが、よろしいですか？」

「いいだろう」手代木は無表情のまま答える。

早瀬はメモ帳に何か書き込んだあと、尾留川のほうを向いた。

「青柳興業の誰かと、連絡はとれないか？」

「ネットで情報を集めていますが、特別な電話番号は見つかっていません」タブレットＰＣの画面を見ながら、尾留川は言った。「会社がつぶれたとか休業しているとか、そんな噂《うわさ》もないようですから、誰もいないというのは変ですね」

早瀬はしばし考え込む。そこへ電話がかかってきたようだ。彼はスーツのポケットから携帯を出して耳に当てた。

「はい、早瀬です。……今、現場に到着して打ち合わせをしています。……そうですか。わかりました。それまで持たせます。何かあればご連絡します」

手代木はその様子をじっと見ている。視線に気づいて、早瀬は電話の内容を報告した。

「神谷課長からです。これからＳＩＴと一緒に出発するということですが、到着まで早くても一時間はかかりそうだという話でした。マスコミ対応は警視庁本部がコントロールしてくれるそうです。報道各社は、ここには近づかないことになっています」

ＳＩＴというのは捜査一課の中にある、特殊犯捜査係のことだ。彼らは立てこもりや企業恐喝、ハイジャックなど特殊犯罪の捜査を担当している。神谷捜査一課長は今朝の会議のあと、桜田門《さくらだもん》にある警視庁本部に戻ったのだろう。そこで和久井たちが人質を取ったことを知り、立てこもり事件だと判断してＳＩＴに出動命令を下したわけだ。重大事件なので、課長自身もここに来るということらしい。

「今が五時十分。資機材の準備は必要だろうが、到着するのは早くても六時十分ごろか……」

手代木はつぶやいた。普段から神経質そうな雰囲気のある人だが、さらに厳しい表情になっている。

「もう少し都心に近ければ、そこまで時間もかからなかったんでしょうがね」と門脇。

しばらく考えたあと、手代木は部下たちに指示を出した。

「俺と早瀬を除くと、現在ここにいる捜査員は十組、合計二十名だ。図面上マークを付けた場所に見張りを立たせることにする。東と西の塀には出入り口がないから、一組ずつでいいだろう。北には通用門があるから二組、南側はメインの出入り口になっているため三組。これで七組だな。鷹野組、門脇組、尾留川組はいつでも動けるようにしておけ。……門脇。面パトを一台、門の前に停めろ」

「バリケードを作るということですか？」

「ああ。そうすれば、犯人たちは車で逃走できなくなる」

「それを見て、和久井が黙っていますかね」

「いいから、言われたとおりにしろ」

「了解しました」

門脇は所轄の相棒を連れて面パトに近づいていった。自分がハンドルを握り、若い相棒に誘導させて、車を門の前に横付けする。

これで、和久井たちのワンボックスカーが外に出てくることは難しくなった。

ふと気がつくと、たまたま通りかかった軽トラックの運転手が、スピードを緩めてこちらを見ていた。こんな場所に車が何台も停まっているので、何事かと気になったのだろう。

所轄の捜査員が、早く行くようにと手振りで示した。運転手は不思議そうな顔をしていたが、すぐにアクセルを踏んで走り去った。

――できれば通行止めにしたいところだけど……。

塔子はそう思ったが、この山の中では迂回路を確保するのも難しい。このまま犯人の監視を続けるしかなさそうだった。

門の前に停めた面パトから、門脇がこちらへ戻ってきた。彼は手代木の前に立って尋ねた。

「で、管理官。このあとどうします？」

「ＳＩＴが到着するまであと一時間だ。その間、俺が交渉人を務める」

「えっ？」

門脇と尾留川が同時に声を出した。手代木は鋭い目でふたりを見つめる。

「何か不満でもあるのか」

「いえ、そういうわけじゃありませんが」

尾留川は困ったような顔で門脇の様子をうかがった。

「まあ、この場で一番階級が上なのは手代木管理官だから……」と門脇。

早瀬が指揮車両からハンドマイクを持ってきた。それを受け取り、手代木はスイッチを入れる。何度かマイクテストをしたあと、彼はゆっくりとした足取りで青柳興業の門に近づいていった。

門を塞《ふさ》いだ面パトのそばに立ち、手代木はマイクを使って話し始めた。

「和久井裕弥、聞こえるか。こちらは警視庁捜査一課だ。聞こえたら返事をしろ」

数秒待ってみたが反応はない。手代木は声を強めて、もう一度呼びかけた。

「こちらは警視庁捜査一課だ。和久井裕弥、カーテンを開けて返事をしなさい。君と話がしたい」

カーテンが開くのが見えた。姿を現したのはポニーテールの女性だ。彼女を盾にするような形で、和久井がすぐうしろに立っていた。彼は窓ガラスを開け、辺りに注意を払いながら返事をした。

「何を話すって？　こっちは、あんたたちに用はない」

「おい和久井。自分たちが何をしているか、わかっているのか？　これは極めて重大な犯罪だ。人質を傷つけたりしたら、一生を棒に振ることになるぞ」

「こんなところで脅しが通用すると思ってるのか」

「和久井、よく聞け。ここから先、何かやろうとすれば確実に悪いほうへ進むことになる。罪が重くなるだけだ」

「俺たちにそうさせているのは、あんたたちだろうが」

「冷静に考えればわかることだろう？　なぜ君は、自分の不利になるようなことばかりするんだ？」

「警察の連中に言われたくないな。権力の犬どもめ」

「和久井、聞きなさい。我々の仕事は、法に則《のっと》って犯罪を取り締まることだ。だから君を見逃すことはできない。もう誰も傷つけるな」

「やかましい。黙らないと、この女を殺すぞ」

「これ以上罪を重ねたら、君たちはますます追い込まれることになる。下手をすれば死刑だ」

その言葉を聞いて、塔子は眉をひそめた。まだ最初の段階だというのに、罪が重くなるだの、死刑になるだの、そんなことを言って大丈夫なのだろうか。塔子は交渉についてあまり知識を持っていないが、この状況はよくないような気がする。

案の定、和久井は強い調子でこう言った。

「俺が死刑になるんなら、その前にこの女を始末してやる！」

「和久井、おまえがそんなことをすれば、こちらも黙っていない。おまえたちを制圧することは簡単なんだ。その気になれば、今すぐにでも……」

早瀬と門脇が、慌てて手代木のそばに駆け寄った。

「管理官、ちょっと作戦を練りましょう」

宥《なだ》めるような調子で早瀬が言う。手代木はハンドマイクを早瀬に渡して、ふん、と鼻を鳴らした。

「さあ、次の交渉は誰がやる？　早瀬、おまえか。それとも鷹野か門脇にやらせるのか」

誰が交渉すべきだろう、と塔子は考えた。塔子個人としては、早瀬係長が適任だという気がする。ただ、早瀬が交渉役になると、捜査員たちの指揮が執れなくなってしまう。門脇は少々怒りっぽいところがあるから、交渉役には向かないかもしれない。鷹野なら何か策を考えてくれそうだが、理詰めになりすぎることがあるから注意が必要だ。尾留川や塔子はまだ経験不足で、大役を引き受けるような余裕はない。

早瀬は黙ったまま、次善の策を考えているようだ。見かねて鷹野が何か言いかけたとき、背後から声が聞こえた。

「その役、私に任せていただけませんか」

塔子ははっとして振り返った。そこに立っていたのは、布袋《ほてい》さんのような体形をした中年男性だ。人なつこそうな顔をした、刑事らしからぬ人物。

十一係のベテラン捜査員、徳重英次《とくしげえいじ》巡査部長だった。

2

「トクさん、やっと来てくれましたか」

門脇が徳重に近づきながら言った。

徳重は今五十四歳。長年刑事を務めてきた人物だが、巡査部長になったあとは昇任試験を受けず、一捜査員のままでいる。現場の仕事が好きだから、と本人は説明していた。捜査技術が高いだけでなく、情の部分でも彼にかなう者はいない。

「すみません。聞き込み先から飛んできたんですが、時間がかかりまして」徳重は背後に控えていた若い刑事を指差した。「でも、彼の運転でなかったら、もっと遅くなっていたかもしれません」

若い相棒はぺこりと頭を下げる。それを見てから、徳重はこちらへ向き直った。表情を引き締めて、彼は手代木に言った。

「前に少し交渉術を勉強しましたから、時間稼ぎならできそうです。私にやらせてください」

「そうだな。……どうだ早瀬、今この場に、徳重以上の適任者はいるか？」

手代木に訊かれて、早瀬は首を左右に振った。

「いないと思います」

「なら、決まりだ」手代木はうなずいた。「ここは徳重に任せる」

そういえば、と塔子は思い出した。徳重はたしか手代木管理官と同期なのだ。ふたりの階級の差は大きいが、それでも互いに認め合う部分があるのかもしれない。だから手代木は、すぐに決断したのだろう。

「これで、手代木管理官の交渉が活《い》きてくるな」

鷹野がこちらを向いて言った。塔子は首をかしげる。

「どういうことです？」

「気がつかなかったか？　手代木さんが『融通の利かない、頭の固い交渉人』を演じたから、和久井たちは今いらいらしているはずだ。そこへトクさんのような人が出てくれば、連中も話に応じる可能性がある」

そういうことか、と塔子は納得した。手代木の態度はいかにも横柄で、犯人たちを刺激してしまいそうだった。それは計算した上での演技だったというわけだ。

さて、と言って徳重はひとつ息をした。柔和な表情の中に、少しだけ厳しさが混じったように思える。

徳重は折りたたみ式のテーブルに近づき、青柳興業の図面を見つめた。出入り口やドアの位置を確認したあと、顔を上げた。

「早瀬係長、備品の携帯電話を二台、貸していただけませんか」

ああ、と答えて、早瀬は指揮車両から携帯をふたつ持ってきた。どちらもシンプルな形状で、色はシルバーだ。

「ひとつを和久井に渡して、今後は電話で交渉を行います。よろしいですか」

「わかった。トクさんのやりやすい方法で頼みます」

早瀬は迷わずそう答えた。五十四歳の徳重に対して、早瀬は今四十六歳だ。階級では早瀬のほうが上だが、捜査経験の長い徳重に敬意を払い、呼び捨てにはしない。

午後五時二十分。徳重は門のそばに立ち、ハンドマイクを口に当てた。

「えー、テストテスト。ただ今マイクのテスト中です、と……」

徳重ののんびりした声を聞いて、事務所の中に動きがあった。再び窓が開いて、和久井が顔を出したのだ。徳重は彼に向かって呼びかけた。

「君が和久井裕弥さんだね。私は徳重といいます。ぜひ君と話をさせてほしいんだが、このままでは少々やりづらいね。私から、ひとつ提案がある。携帯電話を持っていくから、今後はそれを使って話をしないか」

徳重は言葉を切った。言いっぱなしではなく、相手の返事を聞こうという姿勢が感じられる。

ややあって、和久井の声が返ってきた。

「変な仕掛けをしていないだろうな？」

その言葉を聞いてから、徳重は再びマイクを使った。

「何もしていない。携帯電話みたいな小さなものに、仕掛けなんてできないからね。もしその電話を使うのが嫌なら、君の携帯番号を教えてくれてもいい」

「馬鹿《ばか》か。誰が番号なんか教えるかよ」和久井は少し笑ったようだ。「よし。携帯を玄関の前に置いておけ。よけいなことをしたら、どうなるかわかってるだろうな？

俺を捕まえようとしても、こっちには仲間がいる。そいつは狂犬みたいな奴で、俺の身に何かあればすぐに人質を殺すだろう」

「おかしなことはしないと約束する。じゃあ携帯を持っていくから、受け取ってくれ」

徳重の合図を受けて、尾留川が面パトの脇を抜け、門の中に入っていった。門から正面玄関までは十メートルほどだ。事務所のほうをちらちら見ながら、尾留川は小走りに進んだ。建物の玄関に到達すると、彼はガラスのドアの前に銀色の携帯電話を置いた。ガラスの向こうを覗くような仕草をしてから、尾留川は門の外に戻ってきた。

「和久井さん、携帯を置いたよ。もう敷地の中に警察の人間はいない」

徳重の声が響いてから十秒ほどたったころ、玄関のドアが開いた。姿を見せたのは和久井だ。辺りの様子をうかがったあと、彼は携帯電話を拾って建物の中に消えた。

早瀬は尾留川に命じて、もう一台の携帯にスピーカーを接続させた。徳重はその携帯を手にして、メモリーから相手の番号を呼び出す。ボタンを操作し、耳に当てた。

つながっているスピーカーから、呼び出し音が聞こえてきた。塔子たちはその音に耳を傾ける。やがて電話はつながった。

「もしもし。聞こえるかな？」

「ああ、聞こえる」和久井の声がスピーカーから流れ出た。

「よかった。これでいつでも秘密の話ができる」

ふん、と鼻で笑うような声が聞こえた。

「徳重とか言ったな。あんた、なかなか面白い人だ」

「それはどうも。じつを言うと、私はあまり優秀な人間ではなくてね。この歳になるまで、義理と人情だけで生きてきたようなものだ。具体的には、どうしてきたかわかるかい？」

「さあな。答えは何だ？」

「『約束は必ず守る』ということだよ」徳重は少し間をとってから続けた。「そこでだ、和久井さん。君と私の間でルールを決めないか」

「俺は、何かに縛られるのは嫌いなんだがな」

「君を縛るわけじゃない。お互いに気持ちよく過ごすための、簡単な決め事さ。まず君たちの安全のために、こういうルールを決めよう。我々は君たちの許可なく、その建物に近づかないことにする。そうだな、壁から三メートル以内の範囲には立ち入らない」

「駄目だ」和久井は強い調子で言った。「この会社の敷地に入ることは許さない」

「わかった。許可なく敷地には入らないことにする」

「言っておくが、この建物の周りには防犯カメラが設置されている。その映像は事務所で見ることができるんだ。妙な真似をしたら、すぐわかるからな」

　徳重は建物に目をやった。何台かのカメラが目に入ったようだ。

「了解した。……じゃあ次はこちらからだ。今そこに人質がふたりいるね？　そのふたりには絶対に危害を加えないでほしい。そういう約束でどうだろう」

「おい、そっちから条件なんか出せると思っているのか」

「それはちょっと違うな。条件を出しているわけじゃない。これは我々からのお願い……いや、提案だよ。信頼関係を築くためにも、そういうルールでいきたいと思う」

「警察との間に、信頼関係も何もないだろう」

「ああ、それもちょっと違うな。これは警察と君たちとの話じゃない。私個人と、君との信頼関係だよ。警察にもいろんな人間がいてね、大きな声じゃ言えないが、中にはあんまりお行儀のよくない者もいる。でも、私のことだけは信じてほしい」

「あんたは特別だとでも言うのか」

「そうだよ。さっきも言っただろう。私は義理と人情だけで生きてきた人間なんだから」

　徳重は相手に聞こえるように、はっきりした声で笑った。それを聞いて、和久井もいくらかリラックスしたようだ。

「わかったよ」和久井は同意した。「威張った警官は大嫌いだが、あんたみたいな奴なら、少しの間つきあってやってもいい」

「ありがとう。助かるよ」

徳重はこちらに向かって、ＯＫのサインを作ってみせた。

塔子だけでなく、その場にいた誰もが徳重に感謝したに違いない。もともと話術の巧みな人だと知ってはいたが、まさか犯罪者とまで親しくなるとは思ってもみなかった。

「じゃあ和久井さん、これから先のことを相談しないか」徳重は続けた。「我々の希望は、ふたりの人質を解放してもらうことだ。今、彼らはどんな状態なんだろうか。ふたりの無事を確認させてもらいたいんだが……」

交渉が行われている間に、指揮車両のそばにいた鷹野が手招きをした。塔子たちは徳重から離れて、そちらへ向かう。鷹野は電話に拾われないよう、小声で早瀬に報告した。

「私が撮影した写真を送ってみたところ、特捜本部から連絡がありました。顎ひげの男は、これまでの捜査で聞き込みをした相手だったそうです。和久井の知り合いで、加賀稔《かがみのる》、三十六歳、機械部品メーカーでアルバイトをしています」

「西崎恭一殺しの捜査線上に浮かんでいた男、ということか」早瀬が尋ねた。

「そうです」鷹野は携帯電話の画面を見つめた。「西崎さんとの関係はわからなかったんですが、加賀は何年か前から和久井と親しかったようです。それで、捜査員が一度聞き込みをしていたんです」

「しかし、加賀にも前歴はなかったんだよな？」

「ええ、今までうまく警察の手から逃れてきたんでしょう。これが初めての『仕事』ではないはずですよ。奴は我々の尾行にも気づいたし、ナイフの扱いにも慣れているようでした。そうだよな？」

鷹野は塔子のほうを向いて同意を求めた。はい、と塔子は答える。

「和久井と同様、裏社会と関わりのある人間じゃないでしょうか。そして、和久井よりずっと危険な人物だと思います」

険しい表情で早瀬は唸った。カーテンが引かれてしまったせいで、今、事務所の窓には和久井の姿しか見えない。加賀は隠れた場所で、次の行動の準備をしているのかもしれなかった。

「室内のレイアウトが知りたい。なんとか、青柳興業の人間と連絡がつかないか？」

手代木管理官がそう尋ねたが、尾留川は首を横に振った。

「手を尽くしていますが、今のところはまだ……」

「まったく、どういうことなんだ」図面を見ながら手代木は舌打ちをした。「たまたま休みだった会社に、和久井たちが押し入ったということか？」

「もしそうだとしたら、奴らにとっては大変な幸運だったわけですね」

早瀬は腕組みをして、そう言った。

徳重はずっと電話で話し続けている。まだ交渉と呼べるような段階には至っていないが、それでもあの手この手で相手の注意を引こうとしているのがわかった。

「今、ここからは見えないんだが、事務所には男性の人質もいるんだろう？　どんな状態なのか教えてもらえないか」

「男の人質も、女の人質も無事だ」

「なあ和久井さん。人質、人質というのも何だから、その人たちの名前を教えてくれないかな。そのほうが、話がスムーズになると思うんだ」

「そうやって少しでも情報を集めようということか」

「情報というほどのものじゃないだろう。我々だって、名前を聞いただけでは何も調べられない。単に、今後の交渉をやりやすくするためだよ」

数秒、間があったが、やがてまた和久井の声が聞こえてきた。

「男のほうは江本《えもと》、女のほうは宮下《みやした》というらしい」

「ありがとう。念のため、江本さんの声を聞かせてもらえないだろうか」

「冗談を言うな。あいつに何か口走られたら、こっちは大迷惑だ」

「無事かどうか、声が聞きたいだけなんだ」

「あんた、俺の言うことを疑っているのか？　俺たちの信頼関係はどうなった？」

「もちろん君のことは信じているよ。ただ、上の者がうるさくてね。声を聞かせてもらわなくては駄目だ、と言うものだから」

「そんなこと、俺には関係ない」

素っ気ない返事だった。和久井はかなり警戒しているようだ。

徳重は少し考えたあと、話題を変えた。

「和久井さん、我々の目的は君を捕らえることじゃない。江本さんと宮下さんを返してもらうことだ。そのために前向きな話をしよう。要求があるなら言ってくれないか」

「簡単な話だ。俺たちがここを出ていくのを、あんたたちは黙って見ていてくれればいい。手を出さず、追跡もするな」

「人質はふたりとも置いていくんだな？」

「それはわからない」

「君たちを見逃すというのは、普通なら考えられないことだ。それなのに人質の解放がないというんじゃ困るね。上の者が納得しない」

「あんた交渉人なんだろう。上司ぐらい説得してこいよ」

徳重は苦笑いを浮かべた。

「まいったな。私が上司だとしても、ただで君たちを逃すわけにはいかないよ。……なあ、互いに歩み寄れるところを探そうじゃないか。私の提案はこうだ。ふたりを同時に解放してくれたら、君たちを追跡しないことにする」

「駄目だ、そんな話は信じられない」

「だったらこうしよう。まずはどちらかひとり……そうだな、女性の宮下さんを先に解放してくれないか」

「待てよ。なんで俺たちが損するような話になってるんだ」

「損はしないさ。宮下さんを解放してくれたら、君たちの要求をひとつ聞くことにする」

「だから、俺たちを追跡するなと言ってるだろう」

「それは無理だな。君たちを逃すのなら、ふたりの解放が必要だ。ひとり手元に残すというなら、別の要求にしてくれ」

「おい、どっちに主導権があるか、わかって……」

和久井の話の途中、大きな声が辺りに響いた。

「黙って聞いてりゃ、さっきから何だ。ふざけるんじゃねえ！」

驚いて、塔子は塀のそばに駆け寄った。建物のほうをそっと覗き込む。

事務所の窓が開いていた。和久井は携帯電話を耳に当てたままだ。彼のそばで顎ひげの加賀が、窓から身を乗り出していた。

「がたがた言ってると、この女、ぶっ殺すぞ」

加賀はナイフを握り、切っ先を宮下の首に押しつけた。宮下は目を閉じて震えているようだ。立っているのがやっと、というふうに見えた。

塔子の頭に、交通事故現場の光景が甦《よみがえ》ってきた。加賀はあのナイフで、すでにひとりの男性を傷つけている。いや、これまでに何人もの人を刺してきたのかもしれない。

「この女が死ぬところを見たいのか？　どうなんだ！」

「和久井さん、その男を止めてくれ」さすがの徳重も、加賀の恫喝《どうかつ》には動揺していた。「人質には手を出すな。落ち着いて話そう」

「こいつはこういう性格なんだよ」和久井が言った。「徳重、あんたがしつこく提案を続ければ、こいつは本当に人質を殺すだろう」

「わかったから、乱暴なことはやめさせてくれ」

塔子たちが見守る中、和久井は加賀に何か話しかけた。肩を叩き、宥めている様子がうかがえる。そのうち加賀はナイフを下ろし、宮下から手を離した。彼女は窓枠にしがみついて、なんとか体を支えている。

「またあいつか」塔子のうしろで鷹野がつぶやいた。「和久井はともかく、あの加賀は本当に厄介だ」

「江本さんという男性は大丈夫なんでしょうか」塔子は鷹野の顔を見上げた。「今、姿が見えなくなっていますけど、もしかして……」

「想像でものを言っても仕方がない。とにかく、粘り強く交渉を続けるしかないんだ」

鷹野の言うとおりなのだろう。だが今、この場にいる捜査員の誰もが、強い焦りと憤りを感じているはずだった。

塔子は双眼鏡を目に当てて、事務所の窓を見ていた。そのうち、気になることを発見した。

「鷹野主任、あの人、様子が変じゃないですか?」

「宮下さんのことか?」

双眼鏡を受け取って、鷹野も事務所を観察した。ややあって彼は言った。

「顔色が悪いな。今にも倒れそうだ」

そのうち宮下の姿が見えなくなった。窓の内側で、座り込んでしまったのではないだろうか。あるいは倒れてしまったのか。和久井や加賀も姿を消してしまった。

徳重もそれに気づいたようだ。

「おい和久井さん、宮下さんはどうした？　どこか具合が悪いんじゃないのか？」

携帯電話に接続されているスピーカーから、がさがさと物音が聞こえてくる。

「和久井さん、返事をしてくれ。何が起こっている？」

しばらくして和久井の声が聞こえた。何かに苛立《いらだ》つ様子が感じられる。

「なんだよおまえ、急にぶっ倒れて……。どうした」

荒い呼吸の中、宮下が小声で何か話している。ややあって、和久井は舌打ちをした。

「徳重、これは駄目だ」

「何があった？」と徳重。

「本人は、パニック障害がどうとか言っている。過呼吸とか、そういうやつか……。くそ、役に立たない人質だ」

助けて、という声が聞き取れた。ぜいぜいと苦しげな息をしながら、宮下は和久井に懇願しているらしい。

「……苦しい……私……死にたくない……助けてください」

そんな声がスピーカーから流れ出た。

「おい、これでも飲め」

と和久井が言った。飲み物を与えたようだが、その直後、激しくむせる音がした。それから、げえげえと何かを吐き出すような音がした。

「きたねえな」加賀が怒鳴っている。

「嫌だ！　殺さないで！」

宮下の悲鳴が響いた。塔子たちはただ、息を詰めて声を聞いているしかない。

「おい徳重」和久井はこちらに話しかけてきた。「あんたにひとつ提案がある。この面倒な女を解放するから、代わりに別の人質を用意しろ」

まったく予想外の話だった。

徳重は携帯電話を手にしたまま うしろを振り返り、早瀬係長の顔を見つめた。だが、早瀬もすぐには判断がつかないようだ。

「聞いてるのか、徳重」和久井は催促してきた。「こいつ、ひどく苦しんでるぞ。早く助けなくていいのかよ」

「どうします？」

送話口を手で押さえて、徳重が尋ねた。早瀬は低い声でこう言った。

「彼女の解放を最優先に。しかし、代わりの人質を出せという話は受け入れられない。なんとか条件を変えさせてください」

うなずいて、徳重は電話の向こうに話しかけた。

「和久井さん、まず宮下さんを解放してほしい。交換条件として、食べ物と飲み物を差し入れよう。そろそろ喉《のど》が渇いてきたころじゃないか？」

「そんなもので釣り合うわけがないだろう」

「考えてみろ。下手をすれば、君たちは何十時間もそこで過ごすことになるんだ。腹が減ったら苛立って、まともな判断もできなくなる。そういう状況は我々も望んでいない」

しばらく会話が中断された。和久井は加賀と何か相談しているのだろう。

「よし、徳重、こちらは宮下を解放する。代わりにあんたは、飲み物と食い物を用意しろ。何か混ぜたりするんじゃないぞ」

「わかった、約束する。では早速、差し入れを用意させて……」

「まだ話は終わっていない」和久井は続けた。「その差し入れとは別に、人質をひとりよこせ。女の刑事がそのへんをうろちょろしていただろう」

捜査員たちが一斉にこちらを向いた。

塔子は驚いて、何度かまばたきをした。周囲を見回してみたが、今この場に女性刑事は自分しかいない。

徳重に向かって、早瀬は首を左右に振った。その横で鷹野は眉をひそめている。

一度咳払いをしてから、徳重は口を開いた。

「和久井さん、それは受け入れられないよ。何だったら私が人質になろう」

「あんたじゃ駄目だよ。悪知恵がありそうだからな。それより、さっきの女の刑事がいい。小さくて、たぶん扱いも楽だ」

「上の人間も、それは承知できないと言っている。条件を出すなら、何かほかのことにしてくれ」

徳重は返事を待った。だが、聞こえてきたのは宮下の悲痛な声だった。

「助けてください！　私、死にたくない。助けて……」

そこから先は、くぐもってしまってよく聞こえなかった。

犯罪者たちに拉致され、ナイフを突きつけられた宮下は、どれほどの恐怖を感じていることだろう。その恐怖が、彼女にパニック障害の発作を引き起こさせたのだ。宮下は今、精神的、肉体的な苦痛に苦しめられている。こうした状況を招いたことは、塔子たちにも責任がある。

塔子は深呼吸をしてから言った。

「私、行きます」

「おい、如月！」

鷹野が一歩前に踏み出した。彼は険しい表情で、塔子と早瀬の顔を見比べている。

「そんなことは許可できない」早瀬は建物のほうに目をやった。「我々の役目は、S

ＩＴが到着するまで犯人を足止めしておくことだ。……そうですね、管理官」

早瀬は手代木に尋ねた。捜査資料を手にしたまま、手代木は塔子の顔を見つめている。これは彼が何かをじっと考えるときの癖だ。

手代木はポケットから携帯電話を取り出し、どこかへ架電した。

「……手代木です。今、青柳興業で和久井たちと話していますが、女性の人質を解放するという動きがありまして……」

電話の相手はおそらく神谷課長だろう。今、神谷はＳＩＴのメンバーとともに、車でここへ向かっているはずだ。

上司に対して、手代木は現在の状況を手短に説明した。

「……つまり、宮下を救出するには如月を行かせるしかない、という状況です。……ええ、如月本人は行くと言っています。……わかりました。お待ちください」

手代木は塔子のほうへ、自分の携帯電話を差し出した。

「神谷課長からおまえに話があるそうだ」

軽く頭を下げて、塔子は携帯を受け取る。

「如月です……」

「神谷だ。話は手代木から聞いた」課長の声はいつになく硬い。「ＳＩＴが着くまでなんとか凌《しの》いでほしかったが、こんな事態になってしまった。一般市民が危険にさらされているのを放っておくわけにはいかない。それはわかっているな?」

「もちろんです」

「ほかに手段がない。おまえには、その女性の代わりに人質になってもらいたい」

「わかりました」

塔子ははっきりした声で答えた。これで命令の伝達は終わったはずだが、神谷課長は声の調子を変えてこう続けた。

「すまない。おまえの身に何かあったら、親父さんにどう謝ればいいのか……」

神谷は亡くなった父・如月功と一緒に仕事をしていた時期がある。十八年前の「昭《あき》島《しま》母子誘拐事件」ではコンビを組み、犯人を捕らえようとして体を張った。塔子が見たことのない警察官としての父を、神谷は今も記憶しているのだ。

「課長、今度、父の話を聞かせていただいてもいいですか」

塔子が尋ねると、神谷は少し考える様子だったが、やがて答えた。

「そうだな。いずれゆっくり話そうと思っていたが、なかなか機会がなかった。この事件が片づいたら、俺の行きつけの店でご馳《ち》走《そう》してやろう」

「ありがとうございます。楽しみにしています」

「いいか如月、俺からの命令だ。無事にみんなのところへ帰ってこい」

「任せてください。私、運はいいほうなんです」

塔子は通話を終えて、携帯電話を手代木に返した。それから表情を引き締め、みなを見回して言った。

「神谷課長からの命令です。私はこのあと、和久井たちの人質になります」

3

午後五時四十分。塔子はジャケットの上にバッグを斜めに掛けて、門のそばに立った。

しばらくして、青柳興業の正面玄関にポニーテールの女性が現れた。人質になっていた宮下だ。彼女のすぐうしろには和久井が立っている。注意深く周囲を見渡したあと、和久井は声を張り上げた。

「よし、時間だ。女の刑事を前に出せ」

早瀬や手代木に一礼したあと、塔子は鷹野に視線を向けた。

「絶対に無茶はするなよ」鷹野は言った。「とにかく、おとなしくしていろ。中に入ればおまえはもう刑事でも何でもない、ただの人質なんだ。よけいなことをして、奴らを刺激するなよ。無理に情報を引き出したりしなくていい。自分の身の安全だけを考えて行動しろ。それから……」

「長いですよ、鷹野さん」塔子は微笑した。「私、もう行かないと」

「如月、しばらく我慢してくれ」鷹野は表情を引き締めた。「あとで必ず助け出す」

「待っています」

鷹野に目礼してから、塔子は踵《きびす》を返した。覆面パトカーの脇を通り、敷地の境界線に立つ。姿勢を正してから足を踏み出した。

それと同時に、宮下もこちらへ歩きだした。ハンカチで口を覆っていて、ときどき咳き込む様子も見える。

玄関までの距離は十メートルほどだ。その真ん中辺りで、塔子は宮下とすれ違った。

「宮下さん、大丈夫ですか？」

「ありがとうございます。あの……刑事さん」宮下はくぐもった声で言った。「すみません。本当に……ごめんなさい」

ハンカチを口に当てたまま、宮下は泣きそうな顔をしていた。

玄関のそばで和久井が待っている。塔子はできるだけ背筋を伸ばして歩いた。これから何が起こるかわからないが、とにかく警察官としてのプライドだけは失わないようにしよう、と心に決めた。

和久井の前に立ち、塔子は彼の顔を見上げた。四十歳なのに髪は真っ白だ。冷たい印象を与える、吊り上がった目。狡猾《こうかつ》そうな人物だ。

「おまえ、名前は何という？　歳は？」和久井が尋ねた。

「如月塔子、二十七歳です」

「二十歳ぐらいにしか見えないな。おまけにそのバッグ……。高校生じゃあるまいし」

塔子は斜めに掛けた、自分のバッグに目をやった。

「このほうが楽なんです」

「体ひとつで来ると思っていたが、何を持ってきた？　まさか武器を隠しているわけじゃないだろうな」

塔子はバッグを肩から外し、相手に差し出した。

「和久井……さん」さすがに本人の前で、呼び捨てにはできなかった。「中に食べ物や飲み物が入っています」

「なるほど。徳重からのプレゼントってわけか。ありがたく頂戴《ちょうだい》しておこう」

中を確認したあと、和久井はバッグを自分の肩に掛けた。それから門のほうに向かって大声を出した。

「いいか徳重、あんたらが妙な動きをしたらまず江本を殺す。その様子は如月にたっぷり見せてやる。このお嬢さんには、いい社会勉強になるだろうよ」

面パトのそばに上司や先輩たちが集まっている。手代木や早瀬、徳重、そして鷹野。彼らに迷惑をかけないようにしなければ、と塔子は思った。捜査員たちはみな、この事件を解決するために全力を尽くしているのだ。

最優先の課題となるのは、人質の江本を救出することだった。次に優先されるのは和久井たちを逮捕することだろう。塔子は人質という立場だが、できる限り情報を集め、なんとかして捜査に役立てなくてはならない。

和久井は塔子を中へ引き入れ、玄関のドアを施錠した。

「こっちだ」

彼のあとに従って、塔子は歩きだした。玄関のホールから、正面と右側に廊下が延びている。和久井は右へ進み、灰色のドアを開けた。照明が灯っていて、そこはかなり明るい部屋だった。外から見えていた事務所だ。

部屋の中には、机でいくつかの島が作られている。南側の窓にはカーテンが引かれていて、外の様子は見えない。

廊下に面した北側の壁にキャビネットがあり、その近くの椅子《いす》にふたりの男性が座っていた。ひとりは顎ひげを生やした和久井の仲間、加賀だ。痩せていて腕や脚が長い。彼は品定めをするような目で塔子を見ていた。

もうひとりは解放された宮下と同様、青いウインドブレーカーを着た男性だった。

歳は三十前後で、身長は和久井と同じぐらい。髪は長めで、青いフレームの眼鏡をかけている。真面目そうな容貌《ようぼう》だったが、緊張を強いられているらしく顔が強ばっていた。これが江本だろう。

江本は膝《ひざ》の上に両手を揃《そろ》えていた。左右の手に手錠がかけられている。おそらく和久井が用意したものだろう。江本は塔子に向かって何か言いたそうな顔をしたが、そばに加賀がいるのであきらめたようだった。

「そこへ立て」和久井はごみ箱のそばを指差した。

彼はまず、塔子の両手に手錠をかけた。

「動くなよ」

和久井はボディーチェックを始めた。ごつごつした手が塔子の脚から腹、胸の辺りへと動いていく。塔子は和久井から視線を逸らした。

「もう、いいでしょう」

小さな声でそう言ってみたが、和久井は指先の動きを止めない。

やがて彼は、塔子のスーツの隠しポケットから畳んだ布を引っ張り出した。中に入っていたのは小型のマイクと送信機だ。

「盗聴器か。人質がこんなものを持ってくるとはな」

黙ったまま塔子は顔を伏せた。早瀬の指示を受け、隠しポケットに忍ばせていたものだが、あっさり見つかってしまった。

「おい女」キャビネットのそばで、加賀が口を開いた。「舐《な》めたことしやがって。おまえ、これで前科一犯だからな」

「あなたたち、盗聴器を持ってくるなとは言わなかったでしょう」

塔子が反論すると、加賀は椅子から立ち上がった。大股《おおまた》でこちらにやってくる。

「生意気な口、利いてんじゃねえよ。俺がよく調べてやる」

加賀は乱暴に塔子の胸ぐらをつかんだ。彼の身長は百八十センチほどある。最初、高い位置から見下ろしていた加賀は、腰を屈めて塔子に顔を近づけてきた。薄い眉、他人を脅すような目。細長い手脚は、蜘蛛《くも》を連想させた。

「ガキみたいな女は好みじゃねえが、暇つぶしにはなるかもなあ」

そう言うと、加賀は塔子の体を調べ始めた。すでに和久井が充分チェックしているというのに、髪の毛から肩、脇の下へと執拗に触っていく。さらに彼の指は、胸から腰へと動いていった。

「それぐらいにしておけ」和久井が言った。

「でも和久井さん、この女よお……」

「今はそんなことをしてる場合じゃない。やるんなら、ここを脱出してからにしろ」

ふん、と鼻を鳴らして加賀は離れていった。塔子はほっとしたが、その感情を表に出さないようにと注意した。

加賀は部屋の真ん中にある島の机で、モニターを覗き込んだ。画面がいくつかに分割され、それぞれに外の様子が映っている。建物の周囲に取り付けられた防犯カメラの映像だろう。

モニターの隣の机には黒いショルダーバッグがふたつ置いてあり、どちらにも《Jack Bear》というロゴがあった。ジャックベアというのはバッグやベルト、雑貨などのカジュアルブランドで、塔子も百貨店で見かけたことがある。これは和久井と加賀の持ち物だろうか。

「差し入れを見てみるか」

そう言って、和久井は塔子のバッグからレジ袋を取り出した。急遽《きゅうきょ》、地元の大衆食堂に作らせた弁当が四個。お茶やスポーツドリンクのペットボトルが八本。ほかに箸《はし》や紙ナプキンなども入っている。

「おい如月、おまえ毒味をしろ」

弁当のひとつを差し出して、和久井は言った。塔子は手錠をかけられた手を伸ばし、弁当の蓋《ふた》を開ける。入れ物は立派だが、中はごく普通の弁当だ。割り箸を使って塔子は煮物を少し食べ、お茶を飲んだ。

「問題なさそうだな。あとで夕食としていただくとしよう」

「和久井さん、そんな悠長なこと……」

加賀が口を挟もうとしたが、和久井はそれを制した。

「わかってる。俺に任せておけ」

睨まれて、加賀は黙り込んだ。不満げな顔ではあったが、反抗することはなかった。

このことから、和久井と加賀の関係がよくわかる。事前に想像していたとおり和久井がリーダー、加賀はその手下だ。加賀は和久井に逆らえない。指示されるまま他者に攻撃を加えるというのが、彼の基本的な立場なのだろう。

和久井はコピー機の近くに椅子を用意し、塔子を座らせた。それから自分は窓際に行って、カーテンの隙間《すきま》から外を覗いた。

立てこもり事件は、あらたな段階を迎えていた。

塔子はゆっくりと事務所の中を観察した。

今、この部屋には四人の人間がいる。南側の窓に面した場所には和久井がいて、警察の様子をうかがっているところだ。西側の壁のそばには塔子がいる。そばに監視役はいないが、両手に手錠をかけられているから、自由に行動できるわけではない。北側の壁を見ると、塔子に近いほうに廊下へ通じるドアがあった。そのドアから壁伝いに七メートルほど進むと、江本の座っている椅子がある。よく見ると、彼から二メートルほど離れた机に、灰色と茶色のショルダーバッグがあった。これは人質ふたりが持っていたものだろう。

加賀は檻《おり》の中にいる動物のように、室内をうろうろ歩き回っている。彼はときどき中央の島に近づいて、防犯カメラのモニターをチェックしていた。

脱出するとしたらどんな手を使うべきだろうか、と塔子は考えた。

ドアは一ヵ所しかないから、事態が動いたとき和久井たちはそこを固めようとするだろう。それを見越して反対側に移動し、窓から外へ逃げるべきか。窓は南側の壁に四ヵ所だ。ここは一階だから、邪魔さえ入らなければ乗り越えて脱出するのは簡単だろう。

ただ、それは自分ひとりの場合だった。この部屋には江本という人質がいるから、彼の安全を優先しなければならない。和久井と加賀、ふたりを相手にしながら江本を逃がすのは無理だろう。一番いいのは、見張りがいなくなったタイミングで江本とともに脱出することだが、そんなチャンスが訪れるとは考えにくかった。だとすると、見張りがひとりになったときを狙《ねら》うしかない。塔子が独力で相手を倒し、仲間が戻ってくる前に江本とともに脱出する、というのが現実的な方法だ。

だが和久井にしても加賀にしても、簡単に倒せる相手だとは思えなかった。手錠をかけられているのも不利だ。

——江本さんのことを考えたら、危険な真似はできない。

鷹野が言っていたとおり、無茶な行動はしないほうがいいだろう。当面は様子を見たほうがよさそうだ。

「おい如月」

和久井に名前を呼ばれて、塔子は我に返った。

「おまえ捜査一課の人間だよな？」

一瞬、塔子は答えに迷った。だが自分が所轄の人間か、警視庁本部の人間かで、和久井の行動が大きく変わることはないはずだ。塔子はうなずいてみせた。

「そうです。どうしてそれを……」

「今の時代、情報が一番大事なんだよ」和久井は言った。「俺たちの間には横のつながりがあってな。警察に関する情報もやりとりしている。捜査一課にちびの女刑事がいて、仲間と凸凹コンビを組んでいるってのは有名な話だ」

警察が犯罪者の情報を集めるのと同じように、和久井たちも捜査員について調べている、ということだろうか。和久井はこれまでいくつも事件を起こしてきたようだから、そうした情報に敏感なのかもしれない。

電話の着信音が聞こえてきた。和久井は机に置いてあった銀色の携帯を取って、通話ボタンを押す。

「徳重か。……ああ、如月はここにいる。……馬鹿を言うな、話なんかさせられるか。それよりあんた、如月に盗聴器を持たせたよな。ふざけやがって。今度こんなことをしたら、人質を刺すぞ」

和久井は窓ガラス越しに、門のそばにいる徳重を睨んでいた。電話の向こうで、徳重は釈明をしているに違いない。

「言い訳をするなよ。とにかく、俺たちを舐めるなってことだ」

徳重はまだ何か話しているようだったが、和久井は電話を切ってしまった。それから彼は、塔子のほうへと振り返った。

「如月、外の状況を聞かせろ」

「……え？」

「この会社の周りには、何人ぐらい警察の人間がいるんだ？」

塔子が黙っていると、和久井は窓から離れた。こちらに来るのかと思ったが、そうではない。彼は加賀のそばを通って北の壁に向かい、江本の前に立った。

江本は椅子に腰掛けたまま黙り込んでいる。眼鏡の奥に怯《おび》えたような目があった。

和久井は彼の胸をどん、と突いた。江本は後頭部を壁にぶつけて、かすかに呻《うめ》いた。

「おい如月、答えないとこいつが死ぬぞ。殺すのは俺たちだが、おまえだって同罪だ。こいつを見殺しにするんだからな」

「助けて……ください」唇を震わせながら、江本は言った。「死にたくない。僕はこんな場所で殺されたくない……」

「だとよ」和久井はこちらを向いた。「どうなんだ如月、善良な市民がここにいるぞ。助けてくれとおまえに頼んでいる」

「わかった。……わかったから、その人から離れて」

塔子はひとつ深呼吸をしたあと、窓にかかったカーテンに目をやった。

「外には四十名の警官が集まっています。塀の外をすっかり固めているから、あなたたちは逃げられない。抵抗すれば大怪我をするでしょうね。場合によっては、もっとひどいことになるかも」

相手を動揺させるため、塔子は捜査員の人数を水増しして答えた。だが、和久井はかすかに眉をひそめただけだ。

「特殊部隊みたいな奴はいるのか」

SITのことだろうか。いや、違うな、と塔子は思った。和久井は軍隊の狙撃手《そげきしゅ》のようなものを思い浮かべているのだろう。だとすれば、それは警備部のSATだ。普段からテロリストの制圧訓練などをしているし、隊の中にはもちろん狙撃手もいる。和久井はそういう人物から狙われることを恐れているのかもしれない。

どう答えるべきか迷った。実際には、和久井が想像しているような狙撃手はここにいないし、やってくる予定もない。しかしそう話してしまえば、彼らの気持ちに余裕が生じるだろう。今は少し怯えさせておいたほうがいいのではないか？　だが下手に刺激して、自暴自棄になられても困る。塔子は言葉を選びながら言った。

「私は一捜査員なので、そこまでは知らされていません。でも、状況次第ではどうなるかわからない。あきらめて投降したほうがいいと思う」

「和久井さん、こんな場所に特殊部隊なんか来るわけねえよ」加賀が口を挟んだ。「前に立てこもり事件のニュースを見たけど、警官はなかなか突入しなかった。あいつら、様子を見るばっかりだぜ」

少し考えたあと、塔子はゆっくり、はっきりした口調で言った。

「今、あなたたちふたりはこの部屋にいて、南側の窓と防犯カメラのモニターをチェックしている。人質ふたりを監視しながら……。これは仮定の話だけど、狙撃手が狙うとしたらその窓でしょうね」

「俺を脅すつもりか？」窓のそばで、和久井が怪訝そうな顔をした。

「ただ、その窓にはカーテンがかかっている。中が見えないのでは、狙撃手は引き金を引くことができない。人質を撃ってしまうかもしれないから……」

「おまえ、どうしたんだ？　急にぺらぺら喋りだして」

それには答えず、塔子は続けた。

「狙撃する手が使えないとなると、東、北、西にある出入り口から侵入するかもしれない」

「もし錠を壊すことができたとしても、東側と西側のドアの前にはバリケードを作ってある。もたもたしている間に、人質が刺されるだろうよ」

「北側だけはバリケードがないということ?」

和久井は一瞬眉をひそめたあと、こう言った。

「勘がいいな。あそこは脱出用に残してあるのさ。だが防犯カメラで見張っているんだから、奴らも無茶はできないはずだ。まあ、警察の連中が、江本と如月を見殺しにするっていうなら話は別だがな」

「とすると、あとは小さい窓かな」塔子は建物の構造を想像してみた。「東、北、西、それぞれ窓はあるでしょう? トイレや給湯室にも」

「誰かが窓に近づけば、防犯カメラでわかる」

「カメラにも死角はあるんじゃない?」

「おまえが知る必要はない」

和久井は不機嫌そうな表情を見せた。塔子は口を閉ざして思案に沈んだ。防犯カメラの撮影範囲は完璧《かんぺき》ではないはずだ。おそらく死角はある。

しばらくして、和久井が話題を変えた。

「徳重というのはどれくらいの立場の人間なんだ？　見たところ、けっこう歳のようだが。課長ぐらいか？」

「いえ、普通の捜査員です」

「じゃあ、決定権はないということか」和久井は驚いたようだった。「なんでそんな奴が交渉役をやってるんだ」

ほかに適任者がいなかったから、というのが答えなのだが、正直に話すわけにはいかない。塔子は黙っていた。

「俺たちも舐められたもんだな」

「和久井さん、チャンスじゃないか？」加賀が言った。「奴らが舐めてかかっているんなら、簡単に逃げられるかもしれねえよ。こっちには人質がいるんだ。最悪ひとり死んじまったとしても、もうひとり連れていけばいい」

「焦るなよ。ここはじっくり考えよう」

「そうだ和久井さん、その女を俺にくれよ。そいつが泣き喚いて助けを求めれば、警察だって手出しできねえよ。殺しちまうより、そのほうが使えるってもんだ。な、そうしよう。今すぐ俺がこいつを……」

「やめろ！」

和久井が一喝した。その声を聞いて、加賀は黙り込んだ。

「俺を怒らせるな」和久井は加賀を睨みつけた。「ただでさえ計画がうまくいかなくて、いらいらしてるんだ。これ以上、面倒なことを起こすんじゃない」

小さく舌打ちをすると、加賀はどかりと椅子に座った。ポケットからナイフを出して刃の様子を確認したあと、彼は防犯カメラのモニターに目をやった。

塔子はひそかに考えを巡らした。

今、和久井は計画がうまくいかなかった、と言った。和久井と加賀は昨夜から木工所で、計画を実行するための準備をしていたのだろう。今日の午後、ふたりはワンボックスカーで出発し、ホームセンターでボルトやナットを買った。そのあと何かをする予定だったが、塔子たちに追跡されて青柳興業に立てこもることになってしまった。本来の計画とは、いったい何だったのか。彼らは今日、何をするつもりだったのだろう。

情報を集めなければ、と塔子は思った。

室内の様子を観察するうち、人質の江本がこちらを見ていることに気がついた。答えてもらえないことを覚悟の上で、塔子は和久井に訊いてみた。

「和久井さん。その人が江本さんですよね？」

「そうだ」思いのほか、和久井は素直に答えてくれた。「おまえと同じ、人質だ」

何か外の様子が気になるのか、和久井はカーテンを少し開けた。徳重の姿を探しているのだろうか。

塔子は江本に向かって、こう尋ねた。

「江本さんは、宮下さんとどういう関係なんですか？」

ナイフを持ったまま、加賀が冷たい目で塔子を睨んでいる。江本自身は答えていいのかどうか、迷っているようだ。

「同じウインドブレーカーを着ていましたよね。宮下さんと知り合いなんでしょう？」

「そうです」

再び塔子が尋ねると、江本はおずおずと口を開いた。

「江本さん、私は如月塔子といいます。二十七歳です。あなたは？」

「あの……僕は江本則之《のりゆき》……三十三です」

「宮下さんは？」

「彼女は宮下舞《まい》、二十九歳です」

話していて大丈夫だろうか、と塔子は和久井の様子をうかがった。彼はまだカーテンの隙間から外を見ている。まだ、いけそうだと思えた。

「あれは何かのサークルのユニフォームですか？」と塔子。

「いえ……宮下さんと一緒に買ったんです。僕ら、ソフトウェア開発の仕事で知り合ってから交際していて……。トレッキングが好きなんです。今日は一緒に秋川渓谷に来たんですけど……」

「その途中、この人たちに？」

「山から下りてきて道を歩いていたら、ワンボックスカーが通りかかって、ナイフで脅されて……」

「おまえら、ぺらぺら喋ってると刺すぞ」

威嚇する調子で加賀が言った。江本はびくりとして首をすくめる。

咳払いをしてから、塔子は加賀のほうを向いた。

「あなたたちの目的は何？」

「はあ？　警察の奴に教えるわけねえだろう」加賀は吐き捨てるように言う。

「これまで、あなたたちはいくつも事件を起こしているでしょう？　西崎恭一さんのことだって……」

「がたがたうるせえな！　ここは取調室じゃねえんだぞ」

苛立って加賀が立ち上がろうとした。それを見て、江本は慌てた表情になった。

「刑事さん、この人たちを怒らせないでください。あれこれ訊かないで黙っていたほうがいいですよ」

塔子は言葉を呑み込んで、口を閉ざした。

カーテンを閉めて、和久井がこちらを向いた。

「おい、外の様子がおかしいぞ。加賀、防犯カメラはどうだ？」

「特に異状は……」

加賀がそう言いかけたとき、北側のほうで固い物音がした。何かがドアにぶつかったような音だ。

「おい加賀、カメラはどうなってる？」

「いや、だから異状はないよ。誰も建物に近づいてはいない」

「徳重の野郎、ふざけやがって」和久井は机の脚を蹴った。「信頼関係はどこへ行った？」

和久井は部屋のドアに向かった。だが途中で足を止め、急に引き返してきた。

「ちょっと待てよ。もしかしてこれは……」

彼がそうつぶやいたとき、モニターを見ていた加賀が叫んだ。

「罠《わな》だ！　和久井さん、北じゃない。南側に誰かいる！」

和久井はカーテンを引き、窓ガラスを開けて外を覗いた。塔子も慌てて立ち上がり、窓に近づいた。

一番端の窓から五メートルほど東、防犯カメラに映りにくい場所に若い男性がいた。あれは猪狩の相棒・犬塚だ。彼の手にあるものを見て、塔子ははっとした。犬塚は建物の外壁に、瓶のキャップのような装置を取り付けようとしていたのだ。

先ほど北側で音がしたのは、おそらく陽動作戦だろう。和久井たちの注意を逸らすため、誰かがドアに石でも投げたのではないか。

「加賀！」和久井が鋭い声で言った。

勢いをつけて加賀は窓から飛び出した。身軽に着地したその姿は蜘蛛のようだ。すぐさまナイフを構えて、彼は犬塚に襲いかかった。

辺りに叫び声が響いた。犬塚は右の脇腹《わきばら》を刺されて地面にくずおれた。コンクリートの上に血が滴り落ちる。加賀はさらに攻撃しようとした。

「やめて！」塔子は叫んだ。

だがその声に惑わされることなく、加賀はもう一度ナイフを突き出した。犬塚は両手を前に出して、なんとか防御しようとする。

続いて加賀がナイフを振り上げたとき、東から何か大きなものがやってきた。ごつ、と鈍い音がした。百八十センチある加賀の体が、横に二メートルほど吹っ飛んだ。

茶色い服を着た大男が、加賀に体当たりしたのだ。その男性の身長は百八十五センチほどもある。

猪狩巡査長だった。北側のドア付近で物音を立てたのは彼だったのだろう。そのあと建物の外を回って、ここにやってきたのだ。

猪狩は加賀を取り押さえようとして身構えた。だがよく見ると、彼の左手からは血が垂れている。体当たりしたとき、傷つけられたらしい。

「きさま、如月がどうなってもいいのか！」

そう叫んで、和久井は塔子の髪をつかんだ。いつの間にか、彼の手にもナイフが握られている。かまわず、塔子は声を上げた。

「猪狩さん、逃げて！」

一瞬迷ったようだが、猪狩は倒れている犬塚を引きずり、猛烈な勢いで門まで走った。面パトのそばで徳重たちがふたりを受け入れる。さすまたや警棒を持っている捜査員たちもいた。

「加賀、もういい」和久井が言った。

地面に唾《つば》を吐いたあと、加賀は軽い身のこなしで窓を乗り越え、事務所の中に戻ってきた。

4

窓ガラスとカーテンを閉めて、和久井は舌打ちをした。冷静に見える彼も、今の出来事にはかなり憤りを感じたようだ。

「おい如月、さっきの男は何をしようとしていた？」

「わからない。もしかしたら……中の様子を探りに来ていたのかも……」

塔子が歯切れの悪い返事をすると、和久井は声を荒らげた。

「ごまかすな。奴は何か落としていったぞ。あれは何だ」

気づかれていたのでは仕方がない。思い出した、という顔をして塔子は答えた。

「コンクリートマイクかもしれない。中の音声を聞くために、そういうものを使うと聞いたことがあります」

「ふざけた真似をしやがって。徳重にはペナルティーが必要だな」

机の上に手を伸ばして、和久井は携帯電話をつかんだ。ボタンを押そうとしていたが、ふと彼はその動きを止めた。

「ちょっと待てよ。そのコンクリートマイクとやらを取り付ける前に、警察の奴らは北側で大きな音を立てた。防犯カメラの死角を利用したんだろうが、それにしても、北側が手薄だとわかっていたみたいじゃないか」

「それは想像できることでしょう」塔子は言った。「犯人グループは和久井さんとあの人しかいない。ふたりの人質を見張るのに、和久井さんひとりではリスクが大きいから、結局四人ともこの事務所にいると踏んだわけで……」

「そうだろうか」和久井は部屋の中をゆっくり見回した。「北のドアは脱出用に残してある、と俺は話した。そのドアが攻撃を受けたとなれば、俺たちは慌てて飛んでいくだろうと考え、その隙に、奴らは南の壁にマイクを取り付けようとした……」

「それぐらいは誰でも思いつくはずです」

「いや、奴らはこの部屋の情報をつかんでいたんじゃないのか？」

和久井は鋭い視線をあちこちに向けながら、事務所の中を歩き始めた。塔子のそばにやってきて、スーツの襟や袖口、靴をあらためる。それから江本の近くに行って、彼の身体検査をした。

「違うな」和久井は首を左右に振った。「如月も江本も、ボディーチェックは済ませている。だとすると、この携帯電話か？」

彼は交渉用の携帯を手にして、電源を切った。裏蓋を外してバッテリーなどを確認する。

「特に問題はないようだ」

「和久井さん、いったい何を……」

加賀が尋ねたが、和久井は答えようとしない。再び部屋の中を歩きだし、キャビネットの上や、椅子の下を調べていく。

やがて彼は、部屋の中央にある机の島を見つめた。つかつかと歩み寄り、弁当の入った箱をひとつ手に取る。次の瞬間、和久井は机の上に弁当をぶちまけた。ふたつ、三つ、四つと、すべての箱を空《から》にしてしまった。

「どういうことだよ、和久井さん」加賀が抗議するような声を出す。

和久井は米粒の付いた四つの箱を、丹念に調べ始めた。ナイフを使って底の部分を削っていく。

「これか……」

普通に食事をしたのでは気づかなかっただろう。だが和久井が手にした三番目の箱は、底が二重になっていた。隙間から出て来たのは、ごく小さな装置だ。

「おまえが持ち込んだ弁当の箱に、こんなものが仕掛けられていた」和久井は塔子を凝視した。「マイクと送信機だよな？　おまえはこの建物の情報を仲間に伝えようとして、ぺらぺら喋っていたわけだ」

塔子は黙り込んだ。ポケットに入れておいたらすぐ見つかってしまう。だから早瀬係長が、弁当の箱にも盗聴器を隠してくれたのだ。それが、こうも簡単に見つかってしまうとは――。

がた、と大きな音がした。加賀が椅子を蹴ってこちらに近づいてくる。

「この女、小細工しやがって」

先ほどと同じように胸ぐらをつかまれるのだろうと思った。ところが、加賀はそのワンクッションを挟まず、いきなり塔子の横腹を蹴った。塔子は椅子から転げ落ち、床に倒れ込んだ。

「俺たちを騙《だま》しやがって！　てめえ、ぶっ殺されてえのか！」

体勢を立て直そうとしたとき、背中を蹴られた。

加賀の攻撃は止まらない。腹を蹴られ、エビのように体を丸めたところへ、今度は左の肩に衝撃が来た。

悲鳴を上げないようにと、塔子はひたすら歯を食いしばっていた。

三分ほどたって、ようやく加賀の攻撃が止まった。下手に抵抗していたら、暴行はさらに長く続いていたかもしれない。

ゆっくりと深呼吸をしてみた。あちこちひどく痛むが、骨折はしていないようだ。それだけは幸いだった。

体を起こした塔子の前に、ぎらりと光るものが突きつけられた。ナイフだ。

刃先をこちらの頰《ほお》に押しつけながら、加賀は塔子を睨みつけた。

「俺たちに謝れ。許してくださいってな」

加賀は蛇のような目で塔子を見ていた。逆らえば必ず刺されるだろう、と思った。唇を震わせながら、塔子は言った。

「……許して……ください」

自分でも驚くぐらい、か細い声になっていた。

「いいか如月。今度妙な真似をしやがったら、本当に刺すぞ」

加賀はナイフを握った手に力を込めてくる。奴がほんの少しその刃を動かせば、皮膚が裂け、頬から血が流れ出すことだろう。今は顔がどうなるかというより、痛みに対する恐怖のほうが強かった。

黙ったまま、塔子はゆっくりうなずいた。蹴られた脇腹に鈍い痛みがあった。

加賀はモニターのある席へ戻っていく。江本をじろりと見たあと、彼は椅子に腰掛けた。机に頬杖をついて画面をじっと見つめる。

嵐《あらし》は去った。だが加賀が残した爪痕《つめあと》は深く、大きなものだった。

自分は甘かった、と塔子は後悔した。これまでは、先輩たちに助けられることを当然だと感じていたのかもしれない。それに加えて、十一係の捜査は聞き込みなどが中心だったから、大きな危機に直面することはなかった。だが今、目の前にいるのは残忍な犯罪者たちだ。助けてくれる人はどこにもいない。自分が絶望的な状況下にいることを悟って、塔子は慄然《りつぜん》とした。

先ほどまで塔子は、どのように犯人を捕らえるか、どのように脱出するかを熱心に考えていた。それは警察官として当然のことだった。だが加賀に激しく痛めつけられて、心の底から怖いと思った。一度その気持ちに気づいてしまうと、もう駄目だった。体の震えを止めることができない。こんなことは初めてだ。

顔を上げると、キャビネットのそばに江本がいた。眼鏡の奥にある彼の目から、いくつかの感情を読み取ることができる。もっとも強いのは恐怖と不安だろう。だがそれらに混じって、落胆と軽蔑《けいべつ》のようなものが感じられた。

和久井は携帯で誰かと話している。おそらく相手は徳重だ。

「おい、弁当の箱におかしなものを仕込んでいたな。しかもさっきは、許可なく敷地の中に入ってきただろう。何が信頼関係だ！　おまえらがあんなことをするなら、こっちは人質を殺すぞ」

徳重は懸命に詫《わ》びていることだろう。これで警察は、犯人たちに大きな借りを作ってしまった。今後の交渉にも影響が出るに違いない。

塔子は静かに起き上がった。脇腹や背中から痛みが脳へと駆け上って、表情が歪みそうになる。なんとかこらえて、元どおり椅子に座った。

通話の途中、どこからか携帯電話の振動する音が聞こえてきた。徳重との話を切り上げると、和久井は自分のポケットを探った。彼が取り出したのは青い携帯だ。塔子のほうをちらりと見てから、和久井はドアを開けて廊下へ出ていった。

塔子ははっとした。

――まだほかに仲間がいるということ？

そうでなければ、この局面で和久井に電話などかかってくるだろうか。そして和久井が、塔子に聞かれないよう廊下に出ていくことがあるだろうか。

なんとか仲間に知らせなければ、と思った。だがこの状況で、外部と連絡をとる方法はない。塔子は窓のほうに目を向けた。

カーテンの向こうはかなり暗くなってきている。これから先、夜になって事態はどう変化していくのだろう。塔子にはまったく想像がつかなかった。

見張りは加賀ひとりになったが、塔子には抵抗する気力が残っていなかった。

今もまだ体のあちこちが痛んでいた。これ以上あの男を怒らせたら、今度は本当に刺されるかもしれない。塔子は警察官としてのプライドも使命感も、ほとんど失ってしまっていた。なんとかしなければという気持ちはある。だが加賀の残忍な目を見るたび、体に震えが走るのだ。

江本も同様らしく、椅子に座ったままじっと息をひそめていた。静かな室内に、加賀がもてあそぶナイフの音だけが響いた。

和久井が事務所に戻ってきたのは、五分ほどのちのことだった。ふたりは壁際へ行き、小声で話し始めた。

「どうですか？」

加賀に訊かれて、和久井は顎をしゃくった。

何回か銀色の携帯が鳴ったが、和久井はそれを無視した。警察をじらす作戦なのだろうか。塔子も焦っていたが、徳重たちも塀の外でいらいらしているはずだ。

塔子は腕時計に目をやった。午後六時十五分になるところだ。

そのうち、コンクリートや窓ガラスを叩く雨粒の音が聞こえてきた。とうとう降ってきたらしい。

鷹野たちはどうしているだろう、と塔子は考えた。彼らはこの雨の中、明かりの灯った事務所を見つめているに違いない。カーテンが閉まっているから、中を見るのは無理だろう。だが、和久井が窓際に近づけば、影絵のようにその姿を視認できるのではないか。そこに何かのチャンスが生じないだろうか。

加賀との相談を終えると、和久井は銀色の携帯を手に取った。

「徳重か。雨の中ご苦労なことだな。……ああ、如月も江本も無事だ。だが今後、あんたたちが手を出してきたら命の保証はない。……そう、そのとおりだ。どんな場合も俺たちの邪魔をしないと約束しろ。主導権は俺たちにあるんだからな」

和久井は窓のほうをちらりと見てから電話を切った。それから、銀色の携帯電話をごみ箱に投げ込んだ。

え、と塔子は思った。携帯を捨てるということは、もう交渉を続ける気はないのだろうか。

「よし、始めるぞ」

和久井がそう言うと、加賀は素早く椅子から立ち上がった。彼は机の上にあったジャックベアのバッグを引き寄せ、筆箱ほどのプラスチックケースを取り出す。中に入っていたものを見て、塔子は息を呑んだ。

注射器だ。

加賀はまっすぐこちらへやってくる。まさか、と塔子は思った。あの注射器には何の薬が入っているのか。彼はそれをどうするつもりなのか。

塔子の前に立つと、加賀はいやらしく口元を緩めた。

「腕を出しな。安心しろ。多少、心得はあるからよ」

椅子に座ったまま、塔子は彼の顔を見上げた。子供のように大きく首を左右に振った。

「嫌なのか？　だったらこうだ」

いきなり加賀に頬を張られた。次に左の耳たぶをつかまれ、思い切り引っ張られた。痛みがひどい。耳たぶがちぎれてしまいそうだ。

五秒ほどたってから加賀は耳を離した。そのときにはもう、塔子は何をされても反抗できないほど萎縮《いしゅく》していた。

塔子の左腕に、加賀は注射針を刺した。正体のわからない液体が静脈に入ってくる。恐怖に震えながら塔子は尋ねた。

「この薬は……何？」

「おまえには教えてやらねえよ」加賀はにやにやしている。

注射されてからわずか数十秒で異変が起こった。体がだるくなり、意識が薄れてきたのだ。

「ほら、これを持っていけ。どうするか決めるのはおまえだ」

加賀が塔子のバッグを手に取った。ストラップを持って、塔子の肩から斜めに掛ける。ぼんやりした意識の中で、ああ、出かけるんだな、と塔子は思った。どこへ行くかはわからない。

手錠をかけられたまま塔子は椅子から立たされた。加賀に促され、雲の上を歩くような頼りなさで足を進めていく。

「しっかり歩け」

加賀の声が聞こえた。くぐもっていて、水の向こうから響いてくるようだ。

和久井が江本を連れて、そばにやってきた。四人一緒にどこかへ移動するようだ。

加賀に歩かされている途中、塔子はふらりと倒れそうになった。

「大丈夫ですか？」

江本が横から体を支えてくれた。彼のおかげで、なんとか転倒せずに済んだ。

「……えも……さん……くすり……」

いつの間にかうまく喋れなくなっている。自分の声だというのに、誰か知らない人の声のように聞こえる。

「僕は大丈夫です」

江本は薬を打たれなかったようだ。塔子は警察の人間だから、こんな目に遭わされたのだろう。おそらく和久井たちにとって、警察官は何よりも厄介で、憎むべき存在なのだ。

「おい、離れろ」

和久井がそう言って、ふたりを引き離した。江本は素直に従ったが、そのときこちらに向かって目配せをした。何だろう、と塔子は思ったが理由はわからなかった。

黒い布の袋を取り出し、和久井は江本の頭からすっぽりかぶせてしまった。

「おまえもだ」と加賀。

塔子の目の前は真っ暗になった。

加賀に支えられながら、よろよろと歩いていく。意識が薄れている上、目隠しまでされているから足下が覚束ない。後半は加賀に寄りかかる形になってしまった。

やがて塔子はどこかに座らされた。たぶん自動車の後部座席だ。

車のエンジンがかかった。それに続いて、シャッターの開く音がした。雨粒がコンクリートを叩く音が聞こえてきた。

和久井たちは車で逃げるつもりなのか。しかし、捜査員たちが黙って見逃すとは思えない。

――外には大勢の人がいるのに……。

そう考えたときだった。突然、辺りに大きな音が響いた。硬いものが激しくぶつかったようだ。そして何かが軋《きし》み、ひしゃげるような音。人々の叫び声。悲鳴。

何が起こったのかまったくわからなかった。

車は猛烈な勢いで発進した。運転手が急ハンドルを切ったらしく、塔子の体は後部座席の上を転がった。手錠をかけられた手で、なんとか頭の袋を取ろうとする。だが結び目が固くて解くことができなかった。そうしている間にも、車はスピードを上げて走り続ける。声を出そうとしたが駄目だった。

朦朧《もうろう》とする意識の中、塔子は歯を食いしばっていた。このまま眠ってしまうわけにはいかない。だが、睡魔は大きな波になって何度もやってくる。

遠くから、水中に響く音のようなものが聞こえてきた。いや、あれは誰かが喋っている声だ。

「……おうじの……いちびる……くだん……」

何のことなのかわからない。喋っているのは、いったい誰なのだろう。

睡魔に抵抗できず、ついに塔子は意識を失った。

第三章　ブランケット

1

午後六時十五分。雨が降る中、鷹野は青柳興業の敷地を覗き込んでいた。

すでに日は暮れて、辺りは暗くなっている。秋川渓谷に近いこの山の中では、民家の明かりも見えない。敷地内にはいくつか外灯が設置されているが、昼間のような見通しのよさは望めなかった。

「事務所のほうはどうだ？」

早瀬係長がうしろから声をかけてきた。鷹野は渋い表情で答える。

「相変わらず中はほとんど見えません。ただ、さっき猪狩さんが犬塚くんを助けたとき、少しカーテンが開きました。人質の江本という男性は、無事のようです」

今、青柳興業の社屋で明かりが点いている部屋は、数ヵ所に限られていた。正面に見える事務所と玄関ホール付近の廊下、そして倉庫だ。この倉庫はシャッターが閉まっているが、脇にある小窓からかすかに明かりが漏れていた。

「夜の暗さを利用して、何か仕掛けるつもりじゃないだろうな」と早瀬。

「わかりません。この状況が奴らに味方するのか、それとも我々に味方するのか」

「どちらにとっても、暗いのは厄介なことだと思うんだが……」

ハンカチでレンズを拭《ふ》いてから、早瀬は眼鏡をかけ直した。だがこの雨では、すぐまたレンズが濡《ぬ》れてしまうようだ。

「係長、和久井の奴、まったく電話に出なくなってしまいました」

そう言いながら、徳重がこちらにやってきた。彼もハンカチで額を拭《ぬぐ》っている。

「もう交渉には応じないという意思表示だろうか」早瀬は唸った。

今まで徳重が架電すれば、和久井は必ず応じていた。少し遅れることはあっても、電話を無視することはなかったのだ。それが急に出なくなったとなると、向こうの状況に何か変化が生じたものと考えられる。

「やはり、コンクリートマイクの件がまずかったですかね」敷地内の建物を見ながら、徳重が言った。「あれで和久井をだいぶ怒らせてしまいましたから」

如月が持ち込んだ盗聴器によって、ある程度の会話は聞き取れていた。だが運悪く、じきに送信機が電波を出さなくなってしまったのだ。急ごしらえで弁当箱に仕掛けたのがまずかったのだろう。

このままでは室内の様子がわからない。次の一手をどうするか、早瀬は手代木管理官と相談した。「俺ひとりでは判断できない」と言って、手代木は神谷課長に電話をかけ、対策を話し合った。その結果、コンクリートマイクを設置しようという方針に決まったのだ。

弁当箱のマイクからいくつかの情報は得られていた。あの事務所には和久井、加賀、江本、如月の四名が集まっている。そして和久井たちは北側のドアを重視しているらしい。それで手代木は、北側のドアに和久井たちを引きつけ、その隙にコンクリートマイクを取り付けようと考えたわけだ。

早瀬が細かい段取りを検討し、作戦は実行された。だが、結果は失敗だった。マイクを取り付けようとした犬塚は加賀に刺され、重傷を負うことになった。彼を救出した猪狩も軽い怪我をしている。

「犬塚くんはもう病院に着きましたかね」と徳重。

「命に別状はないと報告を受けています。しかし、彼には申し訳ないことをしました」

早瀬は責任を感じているようだ。

コンクリートマイクの設置は、はたしてあのタイミングでよかったのか。鷹野は早瀬の横顔を見ながら考え込んだ。

情報収集という意味では、コンクリートマイクの設置はいずれ必ずやらなければならないことだったと思う。だが、もし鷹野が指揮を執っていたとしたら、もう少しタイミングを遅らせていたかもしれない。あるいは、このあと到着するはずのＳＩＴにすべてを任せていた可能性もある。

――いや、やめておこう。過ぎたことを後悔しても仕方がない。

そうだ。今はこれからの行動について思案すべきなのだ。どうやって江本や如月を救出するか、その方法を検討しなければならない。

「ＳＩＴの到着まで、まだ時間はかかりそうですか？」

鷹野が訊くと、早瀬は腕時計に目をやった。

「さっき電話で確認したんだが、少し遅れていて、あと十分ぐらいかかるらしい」

「引き続き、和久井に電話をかけてみます」徳重は携帯のボタンを操作する。

そのとき捜査員たちがざわめいた。不審に思って鷹野は塀の中を覗き込む。

玄関の左側、倉庫の部分が明るくなっていた。今まで閉まっていたシャッターが上がり始めている。中に停まっているのは、昼間鷹野たちが追跡していた白いワンボックスカー、そして紺色のセダンだ。どちらもエンジンをかけ、ヘッドライトを点けている。

「あのセダンは何だ？」早瀬が辺りを見回した。「尾留川、何かデータはないか」

はい、と答えて尾留川が走ってきた。彼は雨粒を気にしながらタブレットPCを操作する。

「ええと……わかりました。あれは青柳興業の営業車で、ボディーに社名がペイントされているはずです。ウェブサイトに写真が載っています」

「早瀬、シャッターが開いたそうだな」うしろから声が聞こえた。

報告を受けたのだろう、指揮車両から手代木管理官が降りてきたのだ。所轄の若い刑事が傘を手渡そうとしたが、手代木はそれを断った。

「奴らも、いよいよ痺《しび》れを切らしたんだろう」手代木は建物のほうを見つめた。「もう四人とも乗り込んでいるのか？」

鷹野は如月から借りていた双眼鏡を目に当て、シャッターの中を観察した。そのままの姿勢で、手代木に答えた。

「営業車とワンボックスカー、両方に人が乗っていますね」

「やはり二台使う気か」眉をひそめて手代木が訊いてきた。「如月と江本はどっちにいる？」

「後部座席までは見えません。運転席に座っている人間も顔を隠していますね。どちらが和久井でどちらが加賀か、今の段階では判断がつきません」

「SITの到着まであと少しだというのに……」

早瀬が悔しそうに言った。彼は振り返り、付近にいる捜査員たちに声をかけた。

「みんな聞いてくれ。社屋から車が出てくるようだ。白いワンボックスカーと紺色のセダン。セダンのほうは青柳興業の営業車だ。どちらに人質が乗っているかはわからない」

双眼鏡から目を離して、鷹野は振り返った。早瀬に向かって尋ねる。

「どうします？　このまま様子を見ますか？」

「トクさん、電話はどうです？」と早瀬。

「相変わらず誰も出ません」徳重が首を横に振った。「おそらく電話は捨てたんでしょう。連中は追跡されるのを嫌うでしょうから、怪しいものは持っていかないと思います」

早瀬は待機している面パトのほうに目をやった。

「門脇！　万一逃げられたとき、追跡は可能だな？」

「大丈夫です」門脇は即座に答えた。「六台で追いかけます。奴らが二手に分かれた場合、こちらも三台ずつに分かれます」

「よろしく頼む」そう言ったあと、早瀬は別の捜査員に指示を出した。「バリケードの面パトは絶対に動かすなよ」

捜査員たちは慌ただしく、それぞれの配置についた。

——さて、この状況下で和久井はどうする？

鷹野は倉庫を見つめた。二台のヘッドライトが、光の束となって雨粒を照らしている。そこだけ、特に雨が強く降っているような錯覚に陥った。

「奴ら、何をするつもりだ？」手代木管理官がつぶやいた。「車で逃げるといっても、門は塞がれているんだぞ。まさか、体当たりでもしようというのか？」

たしかに妙だ、と鷹野は思った。

この場合、犯人側は徳重に電話して、面パトを移動させるのが普通ではないだろうか。ワンボックスカーで体当たりしても、うまく道路に出られるとは限らないのだ。下手をすれば、車が故障して逃走できなくなるかもしれない。そういうリスクは、和久井も充分考えているはずだ。

そのときだった。大きなエンジンの響きと、車体の軋む音が聞こえてきた。はっとして鷹野は辺りを見回した。和久井たちの車はまだ動いていない。

「危ない、逃げろ！」門脇が叫んだ。

ヘッドライトの強い光が、斜めうしろからこちらを照らした。野獣の咆哮《ほうこう》のようなクラクション。路面の水を撥ね飛ばし、こちらに迫ってくる巨大な車体。

カーブを曲がって、東側から四トントラックが突っ込んできたのだ。捜査員たちは大声を上げて逃げ出した。撥ねられそうになって飛び退く者。ガードレールの向こうに退避する者。面パトの陰に隠れる者。トラックはスピードを緩めることなく、門のほうへ突き進んでいく。

鷹野たちは慌てて門から離れた。

四トントラックは、門の前に横付けされていた面パトに激突した。大きな衝突音が辺りに響き渡る。トラックは面パトを押したまま、敷地の中へ進入した。

「ちくしょう、バリケードが破られた！」尾留川の声が聞こえた。

玄関の前でトラックは動きを止めた。鷹野たちが態勢を立て直す暇もなく、トラックはギアを切り換えてバックしてくる。門を抜けて道路に戻ってきた。

「みんな、車から離れて！」悲鳴に近い声で、徳重が叫んだ。

トラックは進路を変え、塀に沿って後退してきた。待機していた追跡用の面パトに衝突する。運転手はさらにエンジンを吹かし、トラックは強引にバックした。面パト数台が玉突き状態でうしろに押されていく。車の近くにいた捜査員たちは、一斉に道路の反対側へ逃げた。

その隙に、門を抜けてワンボックスカーとセダンが現れた。二台はパトカーのいない西側の道へ進み、停車する。

再びトラックのギアが切り換わった。巨体が前進していき、道路を塞ぐ形で斜めに停まった。

運転席から誰かが飛び出してきた。坊主頭で、ジャンパーを着た男のようだ。

その男は、待機していたワンボックスカーに乗り込んだ。二台の車は急発進して西に向かう。

「止まれ」という声のあと、いくつか発砲音がしたが、逃走を止めることはできなかった。

「追いかけろ！」手代木が部下たちに命じた。「奴らを絶対に逃がすな！」

だが四トントラックに道を塞がれて、面パトはどれも動けない。門脇がトラックの運転席に乗り込んだが、窓から首を出して報告した。

「キーがありません。これじゃ動かせない」

鷹野は青柳興業の敷地に駆け込んだ。先ほどトラックに押しのけられた面パトに近づき、乗り込もうとする。だが鷹野より早く、運転席のドアを開けた者がいた。

プロレスラーのような体に茶色いブルゾン。猪狩巡査長だ。

「運転は任せてください」

「怪我は大丈夫なんですか？」と鷹野。

「あんなもの、かすり傷ですよ」

猪狩はそう言うと、運転席に乗り込んだ。鷹野は助手席のほうに回り込む。後部のドアは凹んでいて開きそうにないが、助手席は無事だ。

鷹野がシートベルトを締めると、猪狩はすぐにエンジンをかけようとした。だが、先ほどの衝突のせいか、うまくいかない。

「この車、少しは空気を読めってんだ」

猪狩は舌打ちをする。何度も試すうち、ようやくエンジンがかかった。

「よし、やった！」猪狩は快哉《かいさい》を叫んだ。

「奴らは西へ逃げました」鷹野は前方を指差す。

あちこち傷だらけになった覆面パトカーは、強い雨の中を走りだした。

フロントガラスを大粒の雨が叩いている。ワイパーを動かしているが、雨脚が強くて前が見えにくい。

「どうします？　緊急走行しますか」

ハンドルを操作しながら、猪狩が訊いてきた。鷹野は首を振ってみせる。

「こちらの居場所を知られたくありません。このままで行きましょう」

「なるほど、そうですね。この雨の中、奴らを焦らせたら事故になるかもしれないし」

「如月たちのことが心配です。正直、和久井や加賀は死んでもかまわないが……」

言ってしまってから、これはまずかったな、と鷹野は後悔した。たとえ犯罪者であっても、人の命は重い。警察官として「死んでもかまわない」などと発言すべきではなかった。

「……すみません。今のは失言でした」

「いいじゃないですか、鷹野さん」猪狩は言った。「私だって同じ気持ちです。そうは見えないかもしれませんが、私は今、猛烈に怒っているんです。今までいろんな犯罪者を見てきましたが、人質をとるような奴は最低だ」

「そのとおりです」

「しかも如月さんを連れて逃げるなんて。捕まえて二、三発殴ってやらなくちゃ気がすまない。……ああ、すみません。これも失言でしょうかね」

「いえ」鷹野は首を振った。「猪狩さんの気持ち、ありがたく思います」

しばらく一本道が続いたが、テールランプは見えてこない。あいにく対向車も走っていないから、不審な車を見なかったか尋ねることもできない。

鷹野は記憶をたどった。和久井たちが逃走してからこの車が出発するまで、一分、いや二分以上たっていただろうか。その時間で、和久井たちとの距離はどれくらい開いたのだろう。

携帯を取り出して、鷹野は早瀬に連絡をとった。

「連中を捜していますが、まだ見つかっていません」

「引き続き捜索を頼む。……こっちは、緊急配備をかけてもらえるよう依頼した」

「道は限られていますからね。検問を作れば、引っかかる可能性は高いと思います」

鷹野がそう言うと、早瀬は硬い調子で答えた。

「ただ、この山の中だからな。検問を設置するまでには時間がかかるぞ」

「トラックはまだ道の真ん中にいるんですか？」

「すまん。努力しているんだが、まだ駄目だ。その代わり、別ルートで鷹野たちを追いかけるよう周辺の署に頼んである。どこかで合流できるかもしれない」

「わかりました。捜索を続けます」

電話を切って、鷹野はフロントガラスの向こうに目をやった。

路面をヘッドライトが照らしているが、そこから先は何も見えない。たまに街灯が立っているとほっとする。そういう悪条件の中、猪狩はできる限りのスピードで運転してくれていた。気持ちは焦るが、これ以上急がせるのは危険だろう。

「ヘリを飛ばすとか何とか、できないんですかね」

ふと猪狩が尋ねてきた。鷹野はワイパーの動きを見ながら答える。

「さすがにそれは難しいでしょう。仮に使用許可が下りたとしても、この悪天候では危険です」

「無理ですか……」猪狩は残念そうに言った。

そのうち、道路がふたつに分岐している場所に差し掛かった。左はこれまでと同じ道幅で、比較的走りやすそうだ。右の道は少し狭くなっていて、進むのに注意が必要だと思われる。

「まいったな」ハンドルを握ったまま、猪狩が眉をひそめた。「鷹野さん、どっちへ行きます？」

フロントガラス越しに、鷹野はふたつの道を観察した。どちらも舗装されているから、車のタイヤ痕《こん》は残っていない。

「確率は五十パーセントか。いや、ここで二手に分かれた可能性もありますね」

「案外それが正解かもしれません」猪狩は同意した。「そのために、奴らは二台使ったんじゃないですかね」

「と見せかけて、じつは同じ道を進んだのかもしれない。どうすればいいんだ……」

鷹野は迷っていた。考えれば考えるほど、何が正解なのかわからなくなってくる。こんなとき直感的に物事を決められたらどれほど楽だろう、と思った。だが自分にそういう才覚はない。

「確証はありませんが……」鷹野は言った。「左へ行きましょう。広いほうへ」

「了解です」

そう答えて、猪狩はハンドルを左へ切った。

車は雨の中を走っていく。かなり風も出てきたようだ。途中、何かがフロントガラスにぶつかって、猪狩が驚きの声を上げた。折れた木の枝が、風に煽《あお》られて飛んできたらしい。

「……間違っていたんだろうか」

鷹野がつぶやくと、猪狩は怪訝そうな顔をした。

「どうしたんです?」

「いや、さっきの分かれ道で、選択を誤ったんじゃないかと」

「これぱっかりは、何とも言えませんね」猪狩は唸った。「この山の中じゃ防犯カメラもありません。勘で進むしかないでしょう」

「さっき左の道を選んだのは、右の道より広かったからです。逃走するなら走りやすいほうを選ぶんじゃないかと思ったんです。しかし和久井たちがこの土地に詳しければ、あえて狭いほうを選んだかもしれない。……私は、勘にはあまり自信がないもので」

「役割分担ってことですね」

「……え?」

「如月さんは直感で物事を判断する。鷹野さんは考えに考えを重ねて真実を見抜く。

そういうことでしょう」

たしかに、と鷹野は思った。如月自身も前にそんなことを言っていた。

「あいつはときどき驚くようなことをしますよ。まったく合理的でない行動をとるときもある。そういう人間がいるというのが、私は不思議で仕方なかったんですが……」

「そこが如月さんの強みなんでしょう」

気をつかって、猪狩はあれこれ話しかけてくれているようだ。だが鷹野の中で、不安は膨らみ続けていた。

「私は、ミスするのが怖いんです」つぶやくように鷹野は言った。

「そうなんですか？　無敗のイレブンの鷹野さんが……」

「自分の判断に自信が持てないときがあるんですよ。警視庁に入ってすぐ、地域課の制服警官だったころは特にそうでした。殺人犯を制圧できなくて、取り逃がしてしまったこともあります。おまえはなんのために拳銃を持っているんだと、あのときは交番長に怒鳴られてしまって……」

「まあ最初のうちは、うまくいかないこともありますよね」

猪狩はそう言ってくれたが、鷹野は首を振った。

「警察官である以上、逃げてはいけないんです。そのことを肝に銘じてからは、事前の段取りをしっかり考えるようになりました。ミスしたくないから、想定されるさまざまな可能性を検討していくんです」

「準備を念入りにやるわけですね」

「ええ。こうだと決めつけて推測することはほとんどありません。言ってみれば、もっとも間違いが少なそうなものを選んでいるんです。結果的にそれが正解であることが多い、というだけなんですよ」

なるほど、そうなんですか、と猪狩は感心したように言った。

「これは新発見でしたね。鷹野さんがリードしていると思っていたけど、じつは如月さんがコンビを引っ張っていたのかもしれません。あの人の勘や判断力があってこそ、鷹野さんの推理も冴《さ》えるわけだ。鷹野さんにとって、如月さんは必要不可欠な存在なんですね」

「いや、そこまでは……」

と言いかけたまま、鷹野は口を閉ざした。フロントガラスを叩く雨が、さらに強くなったようだ。猪狩はワイパーのスピードを速めた。

「和久井たちを必ず逮捕しましょう」鷹野は表情を引き締めた。「そして、人質を必ず救出しましょう」

「そうですね」猪狩はうなずいた。「如月さんを、あまり待たせてはいけませんよね」

鷹野たちの面パトは雨の中を走り続けた。

だがどこまで進んでも、ワンボックスカーやセダンを発見することはできなかった。別のルートを調べてみるべきなのか？　鷹野がそう考え始めたころ、早瀬係長から連絡があった。

「今、ようやくSITが到着した。青柳興業に戻ってきてくれ」

それを聞いて、鷹野は思わず携帯を握り締めた。

「もう少し捜索させてください。別の道も調べてみたいんです」

「緊急配備の手配はとった。あとは所轄に任せて、おまえは戻ってこい」

「しかし、まだ如月の手がかりが……」

「闇雲に走り回っても仕方ないだろう。それより、おまえにはやるべきことがある。青柳興業の社屋を調べて、和久井たちの行動を分析するんだ。そこから何か手がかりがつかめるかもしれない」

「わかりました」

電話を切ると、鷹野は猪狩のほうを向いた。

「青柳興業に戻ってください。事件現場を調べます」

「そうですか……」

猪狩は渋い表情になったが、それ以上は何も言わなかった。彼もまた、捜索に未練を残しているようだ。

前方に道の広くなった部分があった。猪狩はハザードランプを点けて、車をUターンさせた。

2

途中、何台かのパトカーとすれ違った。

青柳興業の前に戻ると、道を塞いでいたトラックはすでに路肩に寄せられていた。待機していた覆面パトカーは、和久井たちの捜索に出発したようだ。

塀のそばに、あらたな警察車両が何台か停まっている。あれはＳＩＴの車だろう。玄関ポーチの下に早瀬たちの姿が見えた。面パトから降りて、鷹野と猪狩は玄関へと走る。雨で髪の毛やジャンパーの肩が濡れた。暗いせいで、水溜《みずた》まりを何度か踏んでしまった。

「戻りました」

鷹野が言うと、早瀬は軽くうなずいてから建物の奥を指差した。

「今、鑑識が中を調べている。そろそろ終わるころだ」

「ここの社員とは連絡がつきましたか？」

「そうだったな。まだ話していなかった。さっき社長と電話がつながったんだ。今日は創立記念日で休みだったらしい」

「じゃあ社長はすぐこちらへ？」

「それが、社員旅行で沖縄の離島にいるそうだ。戻るのは、早くても明日の午後になる」

考え込みながら、鷹野は首をかしげた。

「和久井たちは、留守だった建物に押し入ったわけですね。偶然にしては、少し出来すぎているような気がします」

早瀬は所轄の刑事に作業指示を出したあと、建物の中に入った。鷹野や猪狩、その他のメンバーも彼に従った。

「外からは見えなかったんだが、鑑識によると、廊下の窓が一枚破られていたそうだ。立てこもりまでの流れはこうだろう。鷹野車に追跡されて、和久井たちはワンボックスカーを走らせた。近くで江本と宮下を拉致し、この会社の敷地に入った。窓を割って建物に侵入。そのあと事務所にあった鍵で倉庫のシャッターを開け、ワンボックスカーを中に停めた。……鷹野車が到着したのはそのタイミングだったんだな」

早瀬は先に立って廊下を進んでいく。やがて、南側に設けられた事務所へみなを案内した。

事務所は蛍光灯で明るく照らされている。室内には机で作られた島がいくつか並んでいた。南側にあるのは、鷹野たちが外から監視していた窓だ。ガラスを打つ雨粒の音が聞こえてきた。

中央の島の机に、防犯カメラのモニターが置かれていた。和久井は窓のそばにいることが多かったから、この映像を見ていたのは加賀だったのではないだろうか。

「ごみ箱から交渉用の携帯が出てきたそうだ。それから、机の下でこれが見つかった」

早瀬が透明な証拠品保管袋を差し出した。中に入っているのはキーホルダーだ。鍵は付いていないが、メーカーのロゴが確認できた。

「ジャックベア……。バッグや雑貨のカジュアルブランドですね」

「従業員のものかもしれないが、証拠品として調べさせる」

早瀬は証拠品保管袋を鑑識課員に手渡した。

モニターのそばの机に、弁当の中身が盛大にぶちまけられていた。二重になった箱の底から、小型マイクと送信機が取り出され、放置されていた。

鷹野はあらためて室内を見回した。まず南側にひとつ。机の近くに椅子があるのは当然だが、壁際にも何脚か置かれている。これは窓から外を覗くとき、和久井が使っていたものだろう。続いて北の壁の東寄り。ここにはふたつ椅子がある。最後に西の壁を見ると、そこにもひとつ椅子があった。北側の椅子と西側の椅子に、それぞれ人質が座らされていたのではないかと思われる。

──如月が座っていたのはどっちだ？

考えながら、鷹野は部屋の床を観察した。

「西側の椅子の近くに、如月に持たせたレジ袋があったそうだ」早瀬が教えてくれた。

その袋には弁当や飲み物が入っていたはずだ。

「如月が座っていたのは、たぶんここですね」

鷹野は鑑識課員に声をかけ、西側の椅子付近の調査結果を訊いた。

「この椅子の近くの床から、わずかに口紅の成分が検出されています。二ヵ所……いや、三ヵ所ですね。古いものではありません」

「本当ですか」鷹野は鑑識課員を見て、眉をひそめた。「なんてことだ……」

早瀬は不思議そうな顔をしている。

「どうした？　おまえの言うとおり、如月はここに座らされていたわけだろう？」

「床に口紅が付くというのは、どういう状況だと思います？　如月は倒れて、床に顔を押しつけたということですよ。少なくとも三回……」

鷹野に言われて、早瀬ははっとした表情になった。

「殴られて倒れたのか？」

「そんな生やさしいものじゃないかもしれません」

胸の中に、暗い雲のようなものが広がっていくのを鷹野は感じていた。如月はこの部屋でいったいどんな目に遭ったのか。それを想像すると、全身に震えが走った。

これまで如月がピンチに陥ったことは何度もある。だがどんなときでも彼女はうまく切り抜け、最後には鷹野のところに戻ってきた。「私は的が小さいから、敵の攻撃には当たりにくいんです」などと冗談めかして彼女はよく言っていた。そんなことが繰り返されるうち、自分は油断してしまっていたのではないか。如月のことだから危機に直面しても対応できる、必ず無事に帰ってくる、と楽観していたのではないか。

しかし今回ばかりは例外かもしれない。鷹野は重いため息をついた。

如月の姿が頭に浮かんでくる。背が低い彼女は、ときどき小走りになりながら捜査を続けていた。いつも学生のような恰好で、バッグを肩から斜めに掛けて――。

そこで鷹野は気がついた。

「係長。如月のバッグはどこです？」

早瀬は鑑識課員といくつか言葉を交わした。眼鏡の位置を直しながら、彼はこちらを向いた。

「見つかっていないそうだ」

「和久井たちが持っていったということですか？」それは妙だ、と鷹野は思った。

「如月は、バッグに何か特別なものを入れていたんでしょうか」

「いや、あいつが建物に入るとき、捜査資料はバッグから出していたはずだよな？

警察手帳も俺が預かっているし……」

鷹野たちが事務所の中を調べていると、廊下から何人かの靴音が聞こえてきた。鷹野は顔を上げ、出入り口のドアに目を向けた。

五人ほどの男性が事務所に入ってくるのが見えた。先頭に立っているのは四十代半ばの人物だ。やや長めの髪を七三に分けていて、生真面目な事務職員のように見える。だがスーツの上からでも、筋肉が鍛えられていることがよくわかった。油断なく周囲に目を配る様子から、経験豊富な捜査員であることは明らかだ。

捜査一課の特殊犯捜査第一係、樫村伸也《かしむらしんや》係長だった。

鷹野は樫村に向かって目礼をした。自分たち十一係は殺人班、彼らＳＩＴは特殊班と呼ばれていて、それぞれ担当する事件は異なっている。だがこれまでに殺人事件と脅迫・恐喝事件が同時に発生したことがあり、鷹野は何度か樫村と行動をともにしていた。

樫村は鷹野をちらりと見たあと、早瀬に話しかけた。

「情報のすり合わせをしましょう。現在までの問題点を洗い出してもらえますか。できるだけ急いで、なおかつ正確に」

「わかりました。……尾留川、書記を頼む」

尾留川は机の上にタブレットPCを置き、椅子に腰掛けた。

「門脇、進行を頼めるか」と早瀬。

「そうですね。では、いつもの打ち合わせの要領で……」

門脇をリーダーとして、徳重、鷹野、尾留川、如月の五人は食事をしながら捜査の情報交換をすることが多い。その五人のチームを、門脇は「殺人分析班」と呼んでいた。普段ノートをとるのは如月の役目なのだが、今は尾留川が担当する形になった。

門脇が挙げる項目を、尾留川はタブレットPCに入力していった。

(一)坊主頭の男は誰なのか。★和久井の仲間だと考えられる。
(二)現在、ワンボックスカーはどこにいるのか。青柳興業のセダンはどこにいるのか。
(三)和久井、加賀、坊主頭、如月、江本はどのように車に分乗したのか。★坊主頭はワンボックスカーに乗り込んだ。
(四)和久井たちが青柳興業に立てこもった理由は何か。
(五)昨夜、木工所で何をしていたのか。

（六）ホームセンターでボルトやナットを購入したのはなぜか。
（七）青柳興業の事務所にあったキーホルダーは誰のものか。

「まず項番一について」門脇が言った。「四トントラックで突っ込んできた坊主頭の男は正体不明です。写真を撮ったのであとで調べさせますが、和久井たちの仲間に間違いないでしょうね。もともと別の場所で行動していたか、あるいは今日の計画には関係なかったこの男を、和久井が立てこもりの現場に呼び寄せたんだと思います。……次に項番二」

「これを使いましょう」

徳重が隣の机に、付近の地図を広げてくれた。青柳興業の所在地には、すでにマークが記入されている。

門脇は地図を指差した。

「和久井たちは青柳興業を出て西に逃走しました。ただ、最初そう見えただけであって、途中から別の道に進んだ可能性もあります。ワンボックスカーとセダンは一緒に行動しているかもしれないし、別々に移動しているかもしれません」

「それについては今後、目撃証言を集めることにする」早瀬が説明を補足した。「残念だが、都心部のように防犯カメラの映像を集めることは困難だろうし……」

そうですね、と応じてから、門脇は地図上の道路を指でたどった。

「奴らは今もこの地域の山中に潜んでいるのか、それとも山を越えて埼玉県、あるいは山梨県に向かったのか。こればかりは推測を重ねても意味がありません。……続いて項番三です。五人は二台の車に、どのように分乗しているのか。いくつかのパターンが考えられます。鷹野、どうだ？」

はい、と答えて鷹野はみなの顔を見回した。

「坊主頭はワンボックスカーに乗り込みましたよね。あとは四人がどう分かれたか、です。まず大前提として人質はふたりいるわけですから、それをひとりの犯人が、車を運転しながら監視することは難しいんじゃないでしょうか。つまり犯人がひとりしかいない車に、人質ふたりが乗っていることはないと思われます」

鷹野は犯人たちの心理を想像しながら、説明を続けた。

「次に、人質を分けるパターンですが、これもまた監視するのが面倒になりそうな気がします。一方の車が犯人ふたりに対して人質ひとりだったとすると、他方の車は、犯人と人質が一対一になってしまいますよね。これは監視する犯人にとって負担が大きいんじゃないでしょうか」

「たしかに、一対一というのはまったく油断できない状況だな」と早瀬。

「すると可能性が高いのは（A）ワンボックスカーに和久井、坊主頭、江本氏、如月。セダンに加賀。（B）ワンボックスカーに加賀、坊主頭、江本氏、如月、セダンに和久井。このふたつですが、リーダーである和久井がひとりで行動することは考えにくい。そういうわけで、私は（A）のパターンではないかと思います」

わかった、と言ってから早瀬は樫村係長の顔を見た。樫村は表情を変えないまま、黙り込んでいる。彼の部下であるSITのメンバーたちも同様だ。

異論が出ないことを確認してから、早瀬は話題を変えた。

「現在、緊急配備が発令されていますが、山の中であること、雨がかなり強いことから、成果が出るかどうかはわかりません。こういうものは一斉にやらなければ漏れが出てしまうから、正直なところあまり期待できないかと思います。……それから青柳興業の社員たちですが、沖縄旅行から戻ってくるのは明日の午後になります。彼らがここに到着したあと、何か盗まれているものはないかなど、詳しく調べてもらう予定です」

そこまで喋ってから、早瀬はあらためて樫村に視線を向けた。

「SITのほうから質問はありますか？」

樫村はひとつ咳払いをした。彼の表情は険しかった。

「質問ではないんですが……今回のように完全な包囲網が形成できない場合、周辺への配慮が必要です。道路を封鎖するのは無理ですが、見張りを立てておけば、不審なトラックが近づいてくるのを察知できたでしょう。残念だとしか言いようがありません」

樫村はこちらをじっと見ている。鷹野は彼の言葉に反論することができなかった。鷹野だけではない。早瀬も門脇も徳重も、若い尾留川も黙ったままだ。

「以後、この事件は我々特殊班が担当します。早瀬係長たちは引き揚げてくださってけっこうです」

「いや、待ってください」早瀬は首を横に振りながら言った。「SITだけで犯人を追跡できるんですか？　ここはできるだけ大勢で対処すべきですよ」

「人数合わせのために所轄の人間を集めても、捜査が混乱するだけです。早瀬係長、我々はこうした事案のプロです。時間が無駄になりますから、邪魔をしないでいただきたい」

「そういう言い方はないでしょう。うちの如月が拉致されてるっていうのに」

いつも冷静な早瀬が、珍しく感情的になっていた。一歩前に出ようとするのを、門脇と徳重が慌てて押さえた。

「おい！　おまえたち、いい加減にしないか」

廊下から大きな声が聞こえた。振り返ると、色黒の男性が眉間《みけん》に皺《しわ》を寄せて立っていた。神谷課長だ。うしろには手代木管理官も控えている。

「いがみ合っている場合じゃないだろう」神谷は厳しい口調で言った。「時間がたてばたつほど状況は悪くなるんだ。人質を救出するために、何ができるか考えろ」

早瀬と樫村は互いに相手を凝視している。だが、先に樫村が口を開いた。

「では早瀬係長、緊急配備の詳細を教えてください。検問の場所と重ならないよう、効率よく捜査員を動かしたい」

「わかりました。全面的に協力します。すぐに全体のミーティングを開きましょう」

捜査員を集合させるよう、早瀬は尾留川に指示を出した。


殺人班と特殊班とでは捜査の仕方が大きく異なっている。それは方法論の違いであり、動き方の違いであり、もっと言えば価値観の違いでもあった。

鷹野たち殺人班は、すでに発生した殺人事件について捜査を行う。亡くなった被害者について情報を集め、逃走した犯人を追う。じっくり腰を据えて活動するのが基本だ。

それに対して樫村たち特殊班は、リアルタイムで進行する事件を担当している。今回のケースで言えば、連れ去られた人質を救出することが最優先だ。犯人を逃していいというわけではないが、事件が解決しても人質が死亡してしまったのでは意味がない。だから樫村たちは常に時間を気にしている。

青柳興業の玄関ホールで、樫村はみなに話しかけた。

「我々に残された時間は限られています。こうしている間にも、人質が危険にさらされていると考えてください。今は人質を生かしていても、いつ犯人たちの気が変わるかわからない。特に今回、人質がふたりいることには注意すべきです」

「ふたりいるなら、ひとり減ってもかまわない。そういうことだな？」

神谷課長が問うと、樫村は真剣な顔で答えた。

「放っておけば、彼らは暴走して人質に手を出すかもしれません。しかし、再び交渉のテーブルに着いてくれれば説得する方法はあります。だから一刻も早く、犯人たちを見つけなくてはならないわけです。そのことを肝に銘じて行動してください」

樫村は捜査員たちに作業内容を割り振っていった。みな真剣な顔でメモをとり、不明な点については質問した。

最後に神谷課長が、沈痛な面持ちで言った。

「本来、俺がこういうことを口にすべきではないのかもしれない。だが、今回は言わせてくれ。……今、我々の仲間がひとり人質になっている。これを他人事だとは考えないでほしい。状況によっては、この中の誰が人質になっても、おかしくはなかったんだ。だから頼む。どうかおまえたちの力で、如月を助け出してやってくれ」

はい、と捜査員たちは力強く答えた。

全体ミーティングが終わると、鷹野は猪狩に声をかけた。

「早瀬係長からの命令です。猪狩さん、これからは私とコンビを組んでもらいます」

「おお、鷹野さんと？　これは光栄です。よろしくお願いします」

猪狩は椅子から立ち上がった。鷹野は身長百八十三センチだが、猪狩はそれよりさらに高い。ふたりが並んで歩くと周囲に圧迫感を与えるらしく、ほかの捜査員たちは驚いたような顔をしていた。

「で、鷹野さん、まずはどちらへ？　あらためて和久井たちを捜しますか？」

「市街地の病院に向かいます」鷹野は答えた。「先に解放された宮下という女性が、そこに運ばれているんです。彼女から話を聞きましょう」

早瀬係長も一緒に行くというので、覆面パトカー二台に分乗することになった。


病院の駐車場に到着したのは、二十分ほどあとのことだった。

まだ強い雨が降り続いている。車を降りると、鷹野は傘を広げた。真っ暗な空を背景に、三階建ての病棟が白く浮かび上がって見える。鷹野と猪狩、早瀬と若手捜査員の四人は、外灯の下を歩いて時間外受付に向かった。

すでに宮下の診察は終わって、病室に移されているらしい。今はもう危険な状態ではない、と看護師が説明してくれた。

病室はふたり部屋だったが、廊下側のベッドは空だ。窓際のベッドに傷病者がいた。薄い緑色の患者衣を着て横になっている。

「失礼します」

と鷹野が声をかけると、彼女ははっとした様子で上半身を起こした。事件現場ではポニーテールだったが、今は髪を解いている。

「宮下舞さんですね」相手を刺激しないよう、穏やかな調子で鷹野は話しかけた。「警視庁の鷹野といいます。こちらは上司の早瀬です。少しお話を聞かせていただけますか？」

「あ……はい」

襟を掻き合わせ、宮下は鷹野の顔を見上げた。

「今回は大変な目に遭われましたね」鷹野は言った。「でも、宮下さんが無事に解放されて、本当によかったと思っています」

「江本さんはどうなったんでしょうか」宮下は不安そうな表情で尋ねてきた。「それから、女の刑事さんは……」

鷹野は隣にいる早瀬の顔をちらりと見た。かまわない、というように早瀬はうなずく。鷹野はベッドのほうへ向き直った。

「あのあとトラックが突っ込んできたんです。その混乱の中、犯人は人質を連れて、車で逃走しました。今も行方はわかっていません」

それを聞いて、宮下は苦しそうな表情になった。右手で口元を押さえている。

「大丈夫ですか？」

またパニック障害の発作が起こるのではないかと、鷹野は危ぶんだ。犯人たちに拉致された経験は心の傷として、彼女の中に残っているはずだ。

猪狩は戸惑うような顔で、室内をきょろきょろと見回している。水でも持ってこようかと考えているのだろう。

「すみません、大丈夫です」深呼吸をしてから宮下は言った。「昔から私、その……こういうことに弱くて、神経のクリニックにかかっているんです。気分転換になるだろうと、江本さんに誘われて山に来たんですけど、まさかこんなことになるなんて」

心を落ち着けようとトレッキングにやってきたのに、あんな事件に巻き込まれてしまったわけだ。同情せずにはいられなかった。

「江本さんとは、おつきあいを？」と鷹野。

「はい」小さな声で宮下は答えた。「ふたりとも個人でソフトウェア開発の仕事をしています。業界のセミナーで知り合いました」

江本の住所を尋ねてみたが、まだつきあいが浅いため知らないということだった。

「あなたがご覧になった犯人たちについて、教えていただけますか」

「犯人はふたりです。白髪の男と、もうひとりは顎ひげを生やした男……」

「白髪の男は和久井、顎ひげは加賀という名前だとわかっています。和久井と加賀はワンボックスカーで走ってきて、あなたたちを捕らえたんですよね？」

「ええ。私たちが道を歩いているとき、急に車が停まりました。道を訊かれるのかと思ったんですけど、和久井……ですか、あの人が私にナイフを突きつけて、車に乗れと言いました。その人がずっと私を脅していましたから、江本さんも逃げられなかったんです。そのまま私たちはあの会社まで連れていかれました。途中、江本さんは何度か殴られて……」

「あなたたちは事務所に拉致されていたと思いますが、和久井と加賀は、そこにずっといましたか？」

「そうですね。犯人はふたりとも、だいたいあの部屋にいました。ときどき、どちらかが廊下に出ることもありましたけど、じきに戻ってきました。どこかに電話をかけているような声が聞こえました」

「内容は？」

「……そこまではわかりません」

のちに和久井たちを助けるため、坊主頭の男がトラックでやってきている。和久井は電話をかけてその男を呼んだのだろう。

「和久井や加賀は、何か相談していませんでしたか。どこかに隠れ家があるとか、これから別の事件を起こす予定だとか……」

「隠れ家へ逃げるようなことを言っていました。何か急いでいる感じでした」

「ジャックベアというカジュアルブランドを知っていますか？」

「バッグとかのメーカーですよね」

「和久井たちはそのメーカーの商品を使っていませんでしたか」

宮下は言葉を切って記憶をたどる様子だ。ややあって、つぶやくように言った。

「そういえば、バッグにそのマークが付いていたような気がします」

「犯人たちは西崎恭一という人のことを話していなかったでしょうか」

「いえ、そういう名前は聞いていません」

質問を重ねたが、どうやらこれ以上の情報は引き出せないようだ。

「あの……刑事さん、江本さんを早く助け出してください。お願いします」

ベッドの上で宮下は正座をし、深々と頭を下げた。彼の身を案じる気持ちが伝わってくる。わかりました、と鷹野は答えた。

病室を出たあと、四人は看護師に挨拶して病棟を出た。外はまだ風雨が強い。ときには雨が横から叩きつけるような状態だ。

「さっきよりひどくなってきましたね」と猪狩。

「俺は青柳興業に戻る」早瀬は言った。「鷹野たちはこのあと、犯人の捜索に協力してくれ。こちらで何かわかったら、すぐに情報を流す」

「了解です」

鷹野は傘を開いた。周囲では木々の枝がしなり、電線が激しく揺れている。ときどき空き缶やビニール袋が飛ばされてくる。

猪狩を促して、鷹野は駐車場へと急いだ。

3

何かひどく恐ろしい夢を見たような気がする。だが、嫌な気分が残っているだけで、内容は思い出せない。

右腕が痺れて、ほとんど感覚がなかった。左手を動かすと、引きずられるように右手がついてきた。そうだ、と塔子は思った。自分は手錠をかけられているのだ。

左手で辺りの様子を探ると、固い感触があった。どうやら自分はコンクリートの上に倒れているらしい。

目を開けてみたが、辺りは真っ暗だった。塔子は右腕をかばいながら上半身を起こそうとした。だがバランスを崩して、再び床に倒れてしまった。体中に強い痛みが走る。背中や肩、脇腹、そして太もも。あちこちから急激に痛みが伝わってくる。

なんとか上体を起こし、横座りになって首を回してみた。どちらを向いても暗闇《くらやみ》しかない。

――どうして私はこんなところに……。

急に不安になってきた。まさか、自分は視覚を奪われてしまったのだろうか？　そう思うと、一気に冷や汗が噴き出してくるような気がした。

何かないか、と自分の体を探った。雨の中を運ばれたのだろう、服が濡れているのがわかった。しばらくして、ごく弱いものだが光を見つけることができた。左の手首で、手錠に触れてかちゃかちゃ音を立てている腕時計だ。針に蓄光塗料が塗られていて、暗い場所でも一定の時間は光り続けている。この時計は父の形見だった。

時計の針は二時三分を指していた。おそらく十月十六日の午前二時三分だ。

頭を振りながら、塔子はこれまでの出来事を思い浮かべた。自分は立てこもり犯たちの人質になって、青柳興業の事務所に入った。そこで不手際があって、手脚の長い蜘蛛のような男――何といったか、そうだ、加賀だ。あの男にひどく痛めつけられた。そのあと何かの薬を注射され、車の中で意識を失ったのだ。たぶんあれは睡眠導入剤だったのだろう。

いったい、ここはどこなのか。

腕時計をかざしてみたが、蓄光塗料のぼんやりした明かりでは、周囲を照らすことはできなかった。

風雨がないことから、ここは屋内だと考えられる。自分はどこかに監禁されているのではないか。和久井や加賀は自分をここに閉じ込めたあと、別室であらたな犯行を計画しているのではないだろうか。

痺れていた右手もそろそろ回復してきた。手錠をかけられた両手を前に伸ばして、塔子は辺りの床を探ってみた。固いコンクリートの表面を撫《な》でながら、右へ、左へと指先を動かしていく。暗がりの中にじゃらじゃらと手錠の鎖の音が響く。そのまま前方に進み始めた。

そのうち、塔子は鼻をひくひくさせた。何だろう、異臭が感じられる。

やがて左手の先に何かが当たった。一度手を引っ込めてから、塔子はあらためて手探りをした。固い感触。これは金属だろうか。細長い円筒のようだ。あちこち触っているうち、スイッチがあることに気がついた。押してみると、暗闇の中に白い光が走った。

驚いて塔子は目をつぶってしまった。それからうっすらと目を開け、自分の手元を見た。懐中電灯だ。

こんな場所になぜ懐中電灯があるのだろう、と思った。だがすぐに塔子は考え直した。闇の中では自由に動けないため、和久井たちが明かりを用意していたのではないか。それを落としたか、あるいは暗闇で過ごす塔子のために、あえて置いていったのかもしれない。

とにかく明かりが使えるようになったことは幸運だ。懐中電灯の先を床に向けて、周囲の様子を探ってみた。一メートルほど離れたところに自分のバッグが落ちているのが見えた。

手早くバッグの中を確認してみた。人質になるとき、警察の装備品などは早瀬に預けてきたから、今バッグに入っているのはタオルや袋類、白手袋、未使用のメモ用紙ぐらいだ。

いや、もうひとつあった。《医薬用外毒物》というラベルの付いた農薬の瓶だ。塔子は首をかしげた。いつ、誰がこんなものを入れたのだろうか。

続いて塔子は、部屋の中を見回した。床だけでなく、壁もコンクリートで固められた殺風景な部屋だとわかった。和室に換算すれば八畳ぐらいの広さだろう。

一方の壁に頑丈そうな鉄製のドアがあったが、外から施錠されているようで開かない。それ以外の三方を見ると、木製の書棚のある壁、木箱がふたつ置かれた壁、ぼろ布の放置された壁、といった具合だった。一緒に連れ出された江本の姿は見当たらなかった。

木箱のある壁の上のほう、床から一メートル八十センチほどの場所に四角い穴があった。縦横それぞれ十五センチほどで、人が通ることは不可能だ。手をかざしてみると、空気が外に吸い出されているようだった。おそらくこれは通気口だろう。うしろを振り返ってみる。反対側の壁に設けられたドアの下部に、数ミリの隙間があった。そこから空気が入ってきているようだ。

両手に手錠があって不自由だが、念のため白手袋を嵌めた。それから塔子は古い木箱を開けてみた。中に入っているのは古びた和服だ。男性用と女性用の両方があった。形の古い背広も見つかった。それから喫煙用のパイプ。丸いレンズの眼鏡が三つ。ほかに、変色したチラシのようなものがあった。浮世絵に似たタッチだが、洋装をした男女が食卓で向かい合っているデザインで、酒の販売店の宣伝物だと思われる。それが二十枚ほど入っていた。

塔子はしばらく考えて、「長持《ながもち》」という言葉を思い出した。これはおそらく着物などをしまっておく箱だ。それにしても中に入っている衣類はかなり古い。詳しいことはわからないが、見たところ戦前のものではないかという気がする。

続いて塔子は書棚を確認した。これも木製で、かなり古い作りに見える。何冊か古書が置かれていたので、手に取ってページをめくってみた。紙は茶色に変色しているし、印刷されている文字もずいぶんデザインが古いように感じられる。内容は歴史に関するものだった。奥付を見ると昭和初期の日付がある。ほかに経済学や医学、物理学に関する本もあった。この書棚の主は、かなり勉強熱心だったようだ。

最後に塔子はぼろ布のある壁に近づいていった。懐中電灯の光を当てると、その布は掛け布団サイズのブランケット――毛布だとわかった。警戒しながら、塔子は毛布を取り払った。そこで、はっと息を呑んだ。

畳まれた段ボールの上に、洋服を着た人が横たわっていた。

いや、違う。そうではない。それはかつて人であったもの――白骨遺体だ。

塔子はパニック状態に陥った。懐中電灯を取り落としたまま、うしろに飛び退いた。さらに後ずさりすると、背中が壁にぶつかった。もうこれ以上は下がれない。白骨から目を逸らし、壁のほうを向いた。そこに先ほど見つけた鉄製のドアがあった。

ノブを握り、がちゃがちゃと動かしてみる。だがドアは開かない。思い切り体当たりしてみたが、やはり駄目だ。

「誰か！　ここを開けて！」

叫びながらドアを何度も叩いたが、人がやってくる気配はなかった。

室内に充満する淀《よど》んだ空気。この部屋には、目に見えない細菌やウイルスが漂っているのではないだろうか。死そのものが塔子を取り込もうとしているのではないか。そんな思いにとらわれた。

ドアを叩き続けて手が痛くなってきた。腐臭を吸いたくなかったが、息をしなければ倒れてしまう。できるだけ口から呼吸するようにした。そのうち脚の痛みがぶり返してきて、塔子はドアの前に座り込んでしまった。

怖いものに出合った子供のように、塔子はそっとうしろを振り返ってみた。床の上に懐中電灯が落ちていて、左手の壁へと光を放っている。その先にあるのは古い毛布と白骨遺体だ。塔子は床に腰を落としたまま、固く目を閉じた。

——どうしてこんなことに……。

今、塔子の中にあるもの。それは警察官としてのプライドでも正義感でもなく、本能的な恐怖だった。

嫌な記憶が甦ってきた。塔子は人質として青柳興業の中に入った。そこで犯人たちの——いや、加賀という残虐な男の攻撃を受けた。執拗に体に触るなどの嫌がらせは、まだ我慢できる。だがそのあと、塔子は一方的な暴力にさらされたのだ。

加賀の顔が迫ってくる記憶、太ももや腹、背中を蹴られた記憶が鮮明に甦ってきた。まずいことにそこから先、塔子はいくつもの出来事を連想してしまった。忌むべきこと、嫌悪すべきこと、認めたくない出来事。

かつてモルタルを使った殺人事件を捜査していたとき、塔子は廃墟《はいきょ》で死を覚悟したことがあった。連続爆破事件のときにも、何度か死の恐怖に直面した。ほかにも塔子は、刑事になってからいくつもの危険に見舞われてきた。いつも乗り越えてきたのだから、結果的に無事だったのだから、それでいいと思っていた。だが今回は違った。体の震えが止まらなくなった。トラウマという言葉は好きではない。しかし今の塔子は、まさに過去のトラウマによって普通の精神状態が保てなくなっていた。

警察官になってから、塔子はこれまで何十という遺体を見てきた。白骨遺体を取り扱ったことも少なくない。だがこんなふうに、遺体と同じ部屋に閉じ込められるという経験はなかった。しかも今、自分は犯罪者たちに囚われているのだ。塔子の命は、和久井や加賀の考えひとつで決まってしまう。

白骨遺体を凝視しながら、塔子は部屋の隅で膝を抱えた。

広い背中にしがみつき、落ちないようにと塔子は腕に力を込めていた。

あれはたしか、幼稚園に通っていたころのことだ。ある夏の日、塔子は両親と一緒に東京タワーに上った。父は仕事で忙しかったから、家族・親族で出かけることは滅多になく、塔子ははしゃいでいた。ところが何が原因だったのか、つまらない意地を張って母に叱られ、塔子はさんざん泣いた。そのあと父に背負われて、少し眠ってしまったのだ。

お父さんごめんなさい、と塔子は言った。いいよ、と父は答えた。今度また来よう、そのときは泣かないようにな、と父は言った。父の口調は塔子をたしなめるようなものではなく、穏やかで、なぜか楽しそうだった。

どうして今そんなことを思い出したんだろう、と塔子は不思議に感じた。

腕時計を見ると、十分ほどが経過していた。そのまましばらく塔子は時計を見つめていたが、やがて、ああそうか、と納得した。

形見の腕時計を見たせいで、自分は父のことを思い出したのだろう。今までこの時計は、何度も塔子を助けてくれたのだ。

少し気分が落ち着いてきた。この現実を受け入れ、その先に進まなければ、という気持ちがある。今、刑事として大先輩である父を思い出したことには意味があるはずだ。まだ自分の中に、刑事としてのプライドは残っているはずだった。

このまま現実に背を向けているわけにはいかない。塔子は手錠をかけられた右手で、左手首を静かに撫でた。父の腕時計が守ってくれる。そう自分に言い聞かせて、ゆっくり立ち上がった。

塔子は床から懐中電灯を拾い上げ、毛布のほうへ近づいていった。自分は警察官なのだから、あの遺体を調べなければ、と思った。

あらためて遺体に対峙《たいじ》した。なるべく口で呼吸をしているが、それでも嫌な臭気が感じられる。吐き気が込み上げてきた。だが、遺体を汚すわけにはいかない。そんなことをしたら、死者の尊厳を傷つけることになる。

畳んだ段ボールの上に横たわる遺体を、冷静に観察してみた。

シャツの先から出ている右手、ズボンの先から伸びている両足。それらはいずれも白骨化している。一部には、干からびた腱《けん》や筋肉がまだ残っているようだ。シャツの襟の先には頭蓋骨《ずがいこつ》がある。落ちくぼんだ眼窩《がんか》、剝《む》き出しになった歯列。そして腐敗の過程で抜け落ちた髪の毛。

遺体の左腕にかかったままだった毛布を、そっと取りのけてみた。そこで塔子は大きく目を見張った。白骨化した遺体の左手には、手錠がかけられていたのだ。手錠の反対側は、壁に取り付けられた手すりにかけられ、固定されている。

——この人は壁につながれていた、ということ？

だから毛布は壁際にあったのだ。この人物は、ここを寝床にしていたのではないだろうか。

白骨の主は、塔子と同じように監禁されていた可能性が高かった。白骨化するのにかかる年数はどれくらいだっただろう。塔子は記憶をたどった。

空気中では数週間から数ヵ月、水中ではもっと遅く、土の中では五年ぐらいだろうか。

塔子はいつも世話になっている鑑識の鴨下《かもした》主任を思い出した。捜査会議の合間などに、鴨下から鑑識技術の話を聞いたことがある。真似をしてできる限りのことを調べておこうと思った。

まず、この人物は男性なのか女性なのか。衣服を見れば男性に間違いないが、遺体をよく見なければ本当のことはわからない。

塔子は頭蓋骨に目を近づけた。暗い眼窩の奥から睨まれたような気がして、ぎくりとした。大きく首を振って、恐怖心を遠くへ追い払う。自分の背中を、冷たい汗が伝っていくのが感じられた。懐中電灯の明かりを当てながら、塔子は手袋を嵌めた手で遺体に触れた。

頭蓋骨はかなり大きいようだ。目の上の眉弓《びきゅう》も大きく張り出しているから、やはり男性だと思われる。骨盤を見れば男女の違いはさらに明らかだと鴨下が言っていたが、ズボンを脱がせなければそこまでは確認できない。骨盤の周りには組織片も残っているだろうから、この状態ではどのみち判定は難しそうだ。

年齢は歯の状態をみればわかると聞いたが、あいにく塔子に正確な判断はできなかった。

死因はどうだろう。息を荒くしながら塔子は遺体に手をかけ、シャツのボタンを外した。組織片があちこちに付着していて、遺体は苗床か何かのように見える。また吐き気が込み上げてきたが、塔子は耐えた。

胸部や腹部を調べてみたが、それらしい傷は見当たらなかった。皮膚や筋肉などが残っていない状態では、古い傷はわかりにくい。骨折が見つかれば外傷を受けたことがわかるが、この遺体に関して、それはないようだった。

この人物が手錠で壁につながれていたとすれば、餓死したという可能性もある。この状況下ではそう考えるのが妥当ではないか、という気がした。

もしそうだとしたら、この人物はいつ、誰に閉じ込められたのだろう。犯人はなぜこの人物を捕らえ、死なせたのか。

そしてもうひとつ、大きな疑問があった。

——なぜ和久井たちは、私をこんな場所に連れてきたんだろう。

彼らはこの人物の知り合いだったのか。監禁して死なせたのは和久井たちなのだろうか。

息を詰めながら、塔子は考えを巡らしていた。

4

パニック状態に陥ったのは、睡眠導入剤のせいもあったのだろう。

はっきり目を覚ました今、塔子は落ち着きを取り戻しつつあった。遺体とともに狭い場所に閉じ込められたという恐怖は、まだ払拭《ふっしょく》されていない。だが自分のやるべきことについて、深く考えようという気になっていた。

　塔子は白骨遺体に向かって両手を合わせた。じゃらじゃらと手錠の鎖が音を立てた。

　この人物がどこの誰なのかはわからない。だが、この場にいる唯一の生者として、死者の冥福《めいふく》を祈るべきだろう。

　しばらく遺体を見つめているうち、ふと塔子は気づいた。左袖の下に何かが見える。塔子は手袋を嵌めた手を伸ばした。四つに畳まれた、汚れた紙が一枚。それから、金属ボディーのボールペンが一本見つかった。

　汚れた紙には、歪んだ字でこのような文章が記されていた。

＊

　私は伊原陽治《いはらようじ》です。今、懐中電灯の明かりでこのメモを書いています。だまされて私はこの部屋に閉じ込められました。手ジョウで壁につながれて動けません。水も食料もない中であと何日生きられるかわからない。あいつらを告発するため、私の身に起こったことをメモしておきます。これを見つけた方は警察に届けてください。必ずお願いします。

私は登山の経験があって、ガイドなどをしていました。先日、西崎、草壁《くさかべ》という男たちに山の案内を頼まれ、ここまでやってきました。西崎たちはこの地下ゴウのことを知っていましたが、場所がわからなくて探していたようです。地下ゴウを見つけて、あいつらは喜んでいました。ここには西崎たちの目的のものが隠されていたんです。

三つの部屋のうち二番目の部屋にはトランクがあって、金塊が入っていました。それが西崎たちの探していたものでした。金塊を見つけたあと、あいつらは私を殴って気絶させ、手ジョウで壁につないでここに閉じ込めました。そのままあいつらは逃げてしまった。きっと、ここに金塊があったことをバラされてはまずいんです。だから口封じのために、私を閉じ込めたんだと思います。

私はなんとか脱出しようとしました。でも、どうしても手ジョウを外すことができない。ドアの鍵は開いているようなのに、この壁から離れることができない。ちくしょう！　ちくしょう！　ちくしょう！

のどがかわいた。意識がモウロウとしてきた。

もうじき私は死ぬ。こんな暗い場所で、誰にも知られずに死んでいきます。どうしてこんなことになったのか。できることなら、西崎たちに会う前の日に戻りたい。あいつらにさえ会わなければ、私はこんなところに来なかった!

今、私はむなしい気持ちでいっぱいです。これから死ぬというのに、私には遺言状を書く相手もいない。だから、せめてこれを読んだあなたは、どうか私の死を警察に知らせてください。それが私の、最後の願いです。

＊

文末に日付が記されていた。今からおよそ二年前のものだ。

部屋に落ちていた懐中電灯は、もともと彼が使っていたものだったようだ。その明かりの中で、伊原陽治という男性はメモを残したのだ。歪んだ文字から、彼の無念が強く伝わってくる。

このメモにある西崎という名前を見て、塔子は驚いていた。その人物は塔子たちが追っていた殺人事件の被害者・西崎恭一のことではないのか?

ここに書かれたことが事実なら、一般人だった伊原は西崎、草壁という男たちに殺害されたのだ。その理由は金塊だろう。情報が漏れるのを恐れて、西崎たちはガイド役だった伊原をここに閉じ込め、死なせたというわけだ。今まで事件の被害者だと思われていた西崎は、過去に重大な罪を犯していた可能性がある。

金塊だの口封じだのと聞くと、何か荒唐無稽《こうとうむけい》な話のように思われる。だがこの部屋にある昭和初期の古書、古着の入った長持、手錠をかけられた白骨遺体などを見ると、メモの内容にも信憑性《しんぴょうせい》がありそうに感じられた。

《ドアの鍵は開いているようなのに》と書かれているから、伊原が監禁されたとき、西崎たちは施錠しなかったものと思われる。手錠で壁につないでいたから、ドアの錠は不要だと考えたのだろうか。しかし現在、ドアは外からロックされている。

塔子は状況を整理してみた。伊原は二年前に西崎、草壁に餓死させられた。そして今年、西崎は何者かに殺害された。西崎は和久井と知り合いだったらしい。伊原の死と西崎の死は、どこかでつながっているのではないだろうか。そういえば、と塔子は思った。先日見つかった西崎の遺体は、手錠でドアハンドルにつながれていたではないか。

だがそのふたりの死と、今回塔子がここに閉じ込められたこととは、どんな関係があるのだろう。

青柳興業から逃走したあと、和久井たちが偶然この場所を見つけたというのは考えにくい。おそらく和久井たちは最初からこの場所を知っていて、塔子を閉じ込めたのだ。その目的は何なのか。遺体と一緒に押し込めておくことで、精神的に塔子を追い詰めるつもりだったのだろうか。

しばらく思案してみたが、結論は出なかった。今は情報が少なすぎる。

とにかくこの部屋から脱出しなければ何もできない。続きを考えるのはそのあとだ。

ドアに近づいて耳を澄ましてみた。和久井たちは別室にいるのだろうか。それとも、塔子を閉じ込めてここを離れたのか。塔子は先ほどのことを思い出した。自分は助けを求めて大声を出したが、誰かがやってくる気配はなかった。だとすれば、近くに和久井たちはいないのかもしれない。

塔子はバッグのそばへ行き、あらためて中身を確認した。使えるものはないだろうかと、あちこち調べてみる。そのとき、何か固いものが入っていることに気がついた。

取り出してみると、それはハサミだった。文具コーナーなどで見かけるもので、品物自体は特に珍しくはない。だが問題は、それがなぜ自分のバッグに入っていたかということだ。塔子には、こんなハサミをしまい込んだ覚えはなかった。

和久井たちが入れたのだろうか？

そう思いかけて、すぐに塔子は首を振った。武器になりそうなものを、彼らがわざわざ与えるとは考えられない。では、誰がバッグに入れたのだろう。

――もしかしたら、江本さんが？

注射を打たれてふらふらしていたとき、ほんの数秒だったが江本が塔子の体を支えてくれた。あのとき彼は目配せをしていた。彼がこっそりハサミを入れてくれたのではないだろうか。

考えを重ねてみて、そのタイミングしかチャンスはなかったはずだ、という結論になった。

江本は和久井たちに知られないよう、ハサミを隠し持っていた。あるいは和久井たちの目を盗み、青柳興業の事務所でハサミを手に入れたのだろう。彼はそれを自分では使わず、塔子に与えてくれたのだ。自分より、警察官である塔子のほうがより危険になると予想したのかもしれない。

ハサミのことが和久井たちに知られたら、江本も痛めつけられていた可能性がある。塔子は江本の行動に感謝した。それと同時に、まだ無事でいるだろうかと彼の身を案じた。

しばらく江本のことを考えるうち、塔子は別のことを思い出した。車で運ばれる際、聞こえてきた言葉だ。犯人が仲間同士で喋っていたか、あるいは電話で話していたのだと思う。

「……おうじの……いちびる……くだん……」

そんなふうに聞こえたのを覚えている。何のことなのかしばらく考えてみたが、意味はわからない。忘れてしまわないよう、今のうちに記録しておくことにした。バッグに入っていたメモ用紙に、先ほど見つけたボールペンで書き付けておいた。

ひとつ息をついたあと、塔子は今手元にある道具を床に並べていった。

タオル、証拠品保管袋、レジ袋、正体不明の農薬。それから伊原が使っていたと思われるボールペン、そしてハサミ。財布や小銭入れは人質になる前、鷹野たちに預けてきたからここにはない。あとは床の隅に落ちていた、茶色くてザラついた紙切れぐらいだ。この紙は何なのだろう。

ボールペンとハサミを使って、塔子はドアのノブを破壊できないかと試してみた。だが、鉄製のドアにはとても歯が立たない。

塔子は部屋の中を、細部にわたって念入りに調べ始めた。書棚の裏に隠されているものはないか、長持の向こうに何かないかと確認してみる。だがコンクリートで固められた壁や床に、塔子を助けてくれそうなものは何もない。

最後は白骨遺体のある壁だ。じっくり時間をかけて、塔子はその壁を調べていった。

わずかに、ひび割れが見つかった。この部分を崩していったら、隣の部屋に抜けられないだろうか?

いや、それは無理だろう。手錠をかけられた手で壁に穴を開けるのに、いったい何週間かかることか。それに、無理をすればボールペンやハサミのほうが先に壊れてしまう。大事な道具を失うわけにはいかなかった。

塔子はじめじめした暗闇の中で呆然と立ち尽くした。自然に深いため息が漏れる。そのうち、また脚が痛くなってきた。少し顔を歪めて、塔子は床に座り込んだ。


体を休めているうち、ひどく喉が渇いてきた。

塔子は農薬の瓶を見つめて、これが飲み物ならよかったのに、と考えた。だが次の瞬間、加賀の言葉を思い出してはっとした。「どうするか決めるのはおまえだ」と彼は言った。あれは「自殺するかどうかを決めろ」という意味だったのではないか。だから彼は、バッグを持たせたのではないか。

加賀の悪意を悟って、塔子は慄然とした。

今回の事件は、何もかもが予想外の方向に進んでいた。これまで組織の中で捜査してきた塔子にとって、頼りになるのは上司であり、先輩たちだった。早瀬係長や門脇主任、徳重、尾留川、そして鷹野主任。いざというときには彼らが助けてくれるという期待が、塔子の中にはあった。だが今度ばかりは難しいだろう。

塔子はしばらく先輩たちの顔を思い出していたが、やがて首を横に振った。今、誰かに頼れるような状況でないことは明らかだ。

——ここで死なないためには、自分の力でなんとかしないと。

自分自身を励まして、暗闇の中で立ち上がった。

まだ確認が終わっていないものがある。古い毛布の下に横たわる白骨遺体だ。

この遺体の性別や外傷について、塔子は一度調べている。だが、ある程度チェックしたところで作業を終わりにしていた。あまり遺体をいじっては現場保存ができなくなる、と思ったからだ。だが、もはやそんなことを言っていられる状況ではなかった。

塔子は床に懐中電灯を置いてから、覚悟を決めて遺体の服を調べていった。

シャツの胸ポケットに何もないのは確認済みだが、気になるのはズボンのポケットだ。先ほどは遠慮してあまり触らずにいた。しかし今は非常事態だ。塔子は自分の手錠を気にしながら、遺体の腰にあるポケットを探った。

ズボンの下にあるのは白骨ばかりではなさそうだった。腐敗した体の組織がまだ残っていて、場所によってはぶよぶよした感触がある。気分が悪くなってくるが、それをこらえて塔子は指先を動かした。右のポケットからは青いハンカチが出てきた。左のポケットには何もない。問題はこのあとだ。

——伊原さん、許してください。

ベルトに指をかけ、力を込めて持ち上げる。下半身を反転させようというのだ。だが朽ちかけている遺体は脆《もろ》かった。ごり、という妙な手応えのあと、背骨と骨盤が分離してしまった。

これには塔子も驚いて、小さく悲鳴を上げた。だが作業をやめるわけにはいかない。歯を食いしばり、ズボンごと下半身を横に転がした。上半身は仰向けのままだが、遺体の下半身だけが反転してうつぶせの状態になった。

何か得体の知れない体液のようなものが、ズボンの破れ目から流れ出る。なるべくそれを見ないようにして、塔子は素早く尻《しり》ポケットを探った。左側には何もない。だが右側のポケットからライターが出てきた。幸いオイルはまだ残っていて、火を点けることができた。

だが、これで何ができるだろう。懐中電灯の代わりにするには頼りない。なんとか和久井たちを呼び寄せて、ライターで攻撃することは可能だろうか？　考えてみたが、うまくいきそうなビジョンはなかった。

ため息をついたあと、塔子は元どおり遺体に毛布をかけた。その作業の途中、おや、と思った。遺体の下に敷かれた段ボールを押さえていくと、壁のそばに何か隠されているようだった。

遺体の上に覆い被さるようにして、壁際の段ボールをめくってみる。

「これは……」

思わず声を出してしまった。そこには携帯電話と予備のバッテリーがあったのだ。

どうやら伊原が隠していたものらしい。塔子は手錠をかけられた両手で、携帯とバッテリーをつまみ上げた。

二年もたっているのなら、契約切れでこの電話は使えなくなっている可能性がある。いや、それ以前にバッテリーが放電してしまっているかもしれない。

塔子は懐中電灯の明かりをかざして、携帯の液晶画面を見つめた。あちこちボタンを操作してみたが、画面は暗いままだった。

やはり本体のバッテリーは駄目だ。だが、予備のバッテリーならどうだろう。本体に取り付けていない状態なら、数年間使えると聞いたことがある。

予備のバッテリーに交換し、祈るような気持ちで電源ボタンを押す。数秒で画面が明るくなった。よし、と塔子は思った。これで第一関門は突破だ。次は、この携帯の契約がまだ継続されているかどうかだった。もし料金が自動引き落としであれば、まだ契約が残っている可能性がある。

早速電話をかけようとして塔子ははっとした。なぜ携帯電話があるのに、伊原がここで死亡していたのか、その理由がわかった。彼は助けを求めなかったのではない。電話をかけることができなかったのだ。この部屋には電波が届いていなかった。これでは携帯があっても、何の役にも立たない。

いや、まだ手はあるかもしれない。塔子は長持の上に乗り、通気口に携帯を近づけた。

——やった！　電波が来ている。

アンテナのマークがひとつ表示された。ここなら、かろうじて電話が通じそうだ。

これで第二関門を突破することができた。伊原の場合は壁につながれていたから、一度も電話をかけることができなかったのだろう。

いざというときのため、鷹野の携帯番号は覚えていた。塔子はその番号を押して携帯を耳に当てる。よけいな音がしないよう、手錠の鎖を押さえた。やがて呼び出し音が鳴りだし、三コール目で相手が出た。

「もしもし……」

警戒するような調子だった。だがその声を聞いて、塔子は快哉を叫びたくなった。

「鷹野さん！　如月です」

「え……。如月なのか？　本当に？」

「本当です。今、真っ暗な部屋にひとりで閉じ込められています。いえ、部屋の中には遺体があります。白骨化している遺体で……」

「ちょっと待った。何を言っているのかわからないぞ」

「すみません。目を覚ましたら、閉じ込められていたんです。江本さんは、ここにはいません」

「場所はどこだ？」

あ、と言ったまま塔子は考え込んでしまった。ここがどこなのか、説明することができないのだ。

「わかりません」

「何か近くに特徴……ものは見え……できるだけ正確に……」

「鷹野さん、よく聞こえません。電波が……」

そのまま通話は切れてしまった。塔子は苛立ちながら携帯の画面を見つめた。

そこで、はっとした。バッテリーの残量表示があとわずかになっている。本体に取り付けていなかったバッテリーだが、時間がたつうち放電してしまっていたのだろう。

こうなると長時間の通話は難しい。下手をすれば、次の架電が最後になってしまう可能性もある。

救援を求めるなら、自分のいる場所を正確に把握していなければならない。それを、できるだけ短時間で相手に伝える必要がある。携帯のGPS機能で、鷹野のほうから調べてもらったらどうか、という考えが頭に浮かんだ。やってもらう価値はある。だがこの携帯は古いタイプのものだ。それに加えて、もしここが山林の中だとしたら、正確な位置はつかめないかもしれない。

何かこの場所の情報はないだろうかと、塔子は部屋の中を見て回った。

そのうち、思い出した。塔子は長持の蓋を開け、浮世絵のようなタッチのチラシを取り出した。そこには宣伝の言葉とともに《清原《きよはら》酒店》と印刷してある。それが二十枚もあるということは、この長持の所有者は、清原酒店の関係者だったのではないだろうか。

もう一度長持の上に乗り、塔子は鷹野にリダイヤルした。今度は一コールで相手につながった。

「如月か？　何度もかけ直していたんだが、全然つながらなくて……」

今まで通気口から離れていたから、電波が届かなくなっていたのだろう。

「鷹野さん、清原酒店というのを調べてもらえますか。長持の中に、その店の古いチラシがあるんです。私がいる場所は、清原酒店の関係者の家かもしれません。チラシに書かれた住所は……」

そこまで話してから耳を澄ましたが、応答がなかった。

「もしもし、鷹野さん？」

また通話が切れていた。慌てて液晶画面をたしかめてみる。

画面は真っ暗になっていた。どこのボタンを押しても、携帯はまったく反応しない。これでもう、外部と連絡をとることはできなくなった。

体中から力が抜けて、塔子は長持の上に座り込んでしまった。

5

道端に停まった面パトの中で、鷹野は携帯電話を操作していた。

先ほどから何度もリダイヤルしているが、電話は通じない。向こうの携帯に電波が届かなくなったか、あるいは充電が切れてしまったか、どちらかだと思われる。

運転席で猪狩が不安げな顔をしていた。

「通じないんですか？　如月さんはいったい誰の携帯電話を使ったんですかね」

「わかりません。ただ、あいつは今ひとりで閉じ込められているようです」

鷹野はもう一度リダイヤルしてみた。やはり駄目だ。

「最初にかかってきたとき、如月さんは白骨遺体と一緒だ、と言っていたんですよね？　どういう意味なんでしょう」

「詳しい話は聞けませんでした。とにかく、現段階では情報が少なすぎる……」

鷹野は携帯を握り締めた。

和久井たちと一緒でないというのなら、当面如月は無事だということか。いや、そうとは限らない。和久井たちは別の部屋にいて、何か重要な決断をしているのかもしれない。立てこもりの現場から逃走できたのだから、もう人質はふたりもいらない。そう考えて、どちらかを処分しようとするのではないか。その場合、先に処分されるのは扱いの面倒な如月ではないだろうか。

「いったい、どこにいるんだ？」

無意識のうちに、鷹野は右手で髪を掻きむしっていた。バッグを斜めにかけ、聞き込みをしていた如月の姿が頭に浮かんできた。記憶の中の如月は、いつもちょこまかと走り回っていた。鷹野さんは歩幅が広いんですよ、私は一・五倍ぐらい歩かなくちゃいけないんですから、などと言っていたのを思い出す。

そのうち、如月が危機に陥ったときの記憶が甦ってきた。トレミーという殺人者を追跡したときのこと。連続爆破事件を捜査したときのこと。ほかにも如月の危ない場面は何度も見てきた。その都度彼女は、私は大丈夫なんですよ、と言っていた。

――おまえは的が小さいから、怪我はしないんじゃなかったのか？

だが、今回は過去の事件とは違うのだ。如月は囚われの身だ。的が小さかろうが、動きが速かろうが、そんなことは関係ない。閉ざされた部屋の中で、如月に何ができるだろう。

想像はさらに悪いほうへ進んだ。初めて鷹野が捜査指導を担当した後輩、沢木《さわき》政《まさ》弘《ひろ》。コンビを組んで一緒に聞き込みをしている途中、彼は何者かに殺害されてしまった。すぐ近くにいながら、鷹野は後輩の命を守ることができなかったのだ。

「くそ。どうすれば……」

思わず、そんな言葉が口から漏れた。それを聞いた猪狩が、あらたまった調子で言った。

「鷹野さん、まずは頭の中を整理しませんか」

猪狩は真顔になってこちらを見ている。鷹野はぎこちなくうなずいた。

「……そうですね。すみません」

たしかに自分らしくなかった、と鷹野は思った。こういうときこそ冷静になって、考えをまとめなくてはならない。深呼吸をしてからメモ帳を開いた。

如月との二回の電話について、鷹野は猪狩に説明した。

「二回目のときは一回目より電波状況が悪くなって、よく聞き取れなかったんです。念のため通話内容を録音したんですが……」

最初の電話が途中で切れてしまったので、二回目のとき録音の操作をしたのだ。鷹野は携帯に耳を当てて、それを再生してみた。

「如月か？　何度もかけ直していたんだが、全然つながらなくて……」と鷹野の声がしたあと、如月の返事があった。

「鷹野さ……キヨ……テンというのを調べてもら……すか。……古いチラシが……」

そこで通話は切れてしまい、二度とつながらなくなってしまったのだ。

猪狩にも録音を聞かせてみたが、彼も首をひねっている。

「『キヨ』と『テン』と聞こえますね。音の感じからすると、何かの店でしょうか」

「チラシと言っていますから、可能性はあります」

「それを調べてくれ、と如月さんは言っているようですね。そこに監禁されているのでは？」

「しかし、そのキヨ、テンというのがわからないんです」鷹野はもう一度ボリュームを上げて聞いてみた。「駄目だな。聞き取れない……」

せっかく手がかりになりそうな音声があるのに、これでは捜査が進まない。

鷹野は黙り込んだ。大粒の雨がフロントガラスを叩いている。ハザードランプを点けて、面パトは路肩に停車したままだ。

「鑑識に相談してみましょうか」猪狩が口を開いた。「音声を分析してくれるかもしれませんよ」

そう提案されて、鷹野はあることを思い出した。そうだ、あの人がいる！

早瀬係長に電話をかけ、報告と相談を行った。すぐに早瀬の許可がとれた。鷹野は一旦《いったん》通話を切ってから、別の場所に架電した。呼び出し音を聞きながら、腕時計をじっと見つめる。すでに午前三時を回っていた。普通の人間なら明日に備えて熟睡しているころだろう。だが、あの人ならもしかして、という期待があった。

七コール目で相手が出た。

「はい、科捜研です」

その声には聞き覚えがある。助かった、と鷹野は思った。携帯を握り直し、早口にならないよう注意しながら言った。

「十一係の鷹野です。河上さんですよね？」

「え……鷹野主任ですか？」相手はひどく驚いているようだ。「こんな時間にどうしました？」

その「こんな時間」に河上も科捜研にいたのだ。おそらく徹夜で作業をしていたに違いない。

「忙しいところ、すみません。大至急、調べていただきたいことがあるんです」

「今からですか？」河上の声が少し不機嫌そうになった。「一仕事終えて、これからやっと仮眠というところなんですが……」

「如月が拉致されました」

数秒、沈黙があった。そのあと、急に河上の声が大きくなった。

「どういうことです？　この夜中に、いったい何が……」

「やはり、まだ河上さんの耳には入っていませんでしたか」鷹野はこれまでの経緯を手短に説明した。「……そういうわけで、なんとかして如月を助け出したいんです。手がかりは、私が録音した音声だけです」

「わかりました。その音声データを転送してください」

「すぐ送りますので、至急調べてもらえますか」

「『大至急』調べます。何かわかったら連絡しますので」

電話を切ってから、鷹野は音声データをメールに添付し、河上に送信した。

雨の中、鷹野と猪狩は面パトで捜査を続けた。コンビニや新聞販売店で、不審な客や車を見なかったか尋ねてみた。路上に長時間停まっているワンボックスカーなどがないか、あちこち見て回った。

携帯電話が鳴ったのは午前三時四十分のことだった。液晶画面を確認すると、相手は科捜研の河上だ。すぐに鷹野は通話ボタンを押した。

「河上さん、何かわかりましたか？」

「いただいたデータを解析して、聞こえにくい部分を補整してみました。いくらか推測も混じりますが、元の音声はこうだったと思われます。読み上げますよ。『鷹野さん、キヨハラサケテンというのを調べてもらえますか』です。解析できない部分もありますが、それに続いて『その店の古いチラシがあるんです。私がいる場所は』というところまではわかりました。そこで通話は切れていました」

「清原酒店、ですね？」鷹野は窓の外に目をやった。「我々は今、あきる野市にいます。この辺りに清原酒店という店があれば、おそらく如月はそこに……」

「調べてみました」電話の向こうで、河上はパソコンを操作しているようだ。「しかし現在、清原酒店というのは見つからないんですよ」

「え？　じゃあ、この辺りではない、ということですか」

鷹野が戸惑った声を出すと、河上はこう続けた。

「あきる野市に隣接する西多摩郡を調べるべきだと思います。じつは昭和の初期、西多摩郡に清原酒店というのがあったらしいんですよ」河上はその住所を教えてくれた。「店はもうなくなっていますが、その近辺に清原という家が二軒あるはずです。訪ねてみる価値はありますよ」

「助かります！」鷹野は姿の見えない相手に向かって、頭を下げた。

「あの、鷹野さん……」

河上の声が聞こえた。鷹野はもう一度、携帯を耳に押し当てる。

「はい、ほかに何か？」

「……いえ、何でもありません」河上は言った。「鷹野さん、信じていますから」

「全力を尽くします」

そう答えて鷹野は電話を切った。

猪狩に清原宅の住所を伝えると、彼はすぐ理解したようだった。土地鑑のある運転手が相棒でよかった、と鷹野は思った。車はスピードを上げて目的地に向かった。

途中、鷹野は早瀬に連絡をとった。清原宅に如月がいる可能性があること、今そこへ行こうとしていることを伝える。

「確証はありませんが、和久井たちと出会うかもしれません。そのときのために応援がほしいんです」

「わかった」早瀬はきびきびした口調で答えた。「すぐに門脇たちを向かわせる。人数は十五、六人でいいか？」

「充分です」

電話を切って、鷹野はひとつ息をつく。これで応援の要請はできた。あとは現地で捜索がどう進むかだ。

一段落したと知って、横から猪狩が話しかけてきた。

「鷹野さん、ひとつお願いがあります。加賀を見つけたとき、もし私が暴れるようなら止めてもらえませんか」

「え？」驚いて、鷹野は運転席のほうを向いた。

「加賀の野郎は犬塚を刺したんですよ。絶対に許せない」

猪狩は目が細く、普段は笑ったように見える風貌だ。だが今、彼の強い憤りが伝わってくることに、鷹野は気づいた。

ようやく雨は小降りになってきた。

山道を走り続けて、面パトは目的地付近にやってきた。そこは小さな集落になっていて、開けた土地に民家が並び、ラーメン店や工務店、雑貨店などの看板が見える。

午前四時半を回っているが、辺りはまだ暗い状態だ。さすがにこの時刻では、ジョギングしたり犬を散歩させたりする人の姿は見えない。

約束しておいた空き地に車を停めていると、しばらくして覆面パトカーが四台やってきた。応援は総勢十六名で、多くの者はレインコートを身に着けている。彼らを取りまとめるのは十一係の門脇、そのサポートを尾留川が務めるということだった。捜査員たちは一ヵ所に集まって、今後の段取りを確認し合った。

門脇が指示を出し、捜査員たちは担当の場所に散っていく。まずは一軒目だ。

鷹野は門脇とともに、広い邸宅に近づいていった。表札には《清原》と記されている。三世帯ぐらい住めそうな二階家に、車が三台停められるほどの車庫があった。しかし今、その車庫は空だ。塀の外から建物の様子をうかがったが、どの部屋にも明かりは点いていない。

門扉の前に立って、門脇が目配せをした。鷹野はチャイムを鳴らした。二回、三回。なかなか応答がない。七、八回鳴らしても駄目だった。住人は留守なのだろうか。鷹野は民家の屋根を見上げる。

家の周囲を確認した捜査員たちが、不審な点はないと報告してきた。庭に土蔵や物置などもないという。如月が閉じ込められているのは、ここではないということか。

「この家は後回しにしますか？」

鷹野が言うと、門脇は同意した。

「そうだな。もう一軒を当たってみよう」

百メートルほど離れた場所にもう一軒、清原という家があった。こちらは先ほどの屋敷に比べると、かなりこぢんまりした建物だ。

まだ寝ているだろうが、チャイムを何度も鳴らして住人を呼んだ。

やがて出てきたのはトレーナーの上下を着た、四十代後半ぐらいの女性だった。鷹野たちを見て驚いている。

「何ですか、いったい」眉をひそめて彼女は尋ねてきた。

「今、事件の捜査をしています。あなたのお名前と職業を教えてください」

警察手帳を呈示しながら、鷹野は女性に問いかけた。彼女は明らかに不快そうな表情になった。

「清原美千代、会社員ですけど。……あの、事件って何なんですか?」

その質問は無視して、鷹野は家族構成を尋ねた。美千代は夫と離婚して、病気の母親とふたり暮らしだそうだ。

「以前、この辺りに清原酒店というお店があったそうですが、あなたの親族が経営していたものですか？」

「ええ、そうです。でもそれって、昭和の初めごろの話ですよ」

「当時のチラシがしまってある場所を知りませんか」

「は？」美千代は訳がわからないという顔だ。

「そういったものが保管してある場所はないでしょうか。土蔵とか物置とか」

「うちにはないですよ。あるとしたら、拓《たく》兄さんのところかしら」

「拓兄さん？」

「はとこの清原拓人《たくと》です。ここから二分ぐらい行ったところに……」

「知っています」鷹野は相手の話を遮った。「今、訪ねてきたところです」

携帯電話が振動したのだろう、門脇がスーツの内ポケットを探った。携帯を取り出し、誰かと話し始める。十五秒ほどで通話は終わったようだ。

「この家も問題なさそうだ」門脇は小声で言った。

今の着信は事前に予定されていたものだった。若手捜査員たちがこの家の周囲を観察し、不審な点はないと報告してきたのだ。

「応答がなかったんですが、拓人さんは留守なんでしょうか？」鷹野は美千代に尋ねた。

「今、仕事で関西に行ってるはずですよ。食品輸入会社を経営していまして……。明日の夜に戻るって言ってましたけど」

「関西に？」これは予想外の話だ。「ご家族はいないんですか？」

「独身なんです。三日前だったかな、拓兄さんが法事のことで、うちの母に会いに来たんですよね。そのとき、出張のことを聞きました」

鷹野は低い声で唸った。細い糸をたどってきたというのに、ここで切れてしまうのだろうか。

拓人の携帯番号や勤務先を尋ねてみたが、美千代は何も知らないという。

「向こうは本家、うちは分家ですからね。訊いても教えてくれませんよ」

そう言った美千代の顔には、斜に構えるような表情があった。本家との間に、何か確執があるのかもしれない。

だが、ここで引き揚げるわけにはいかなかった。鷹野はもう少し粘ることにした。

「拓人さんの家について、何か気になることはありませんか。大きなお屋敷ですから、中には頑丈な部屋もありそうですよね。暗くて、携帯の電波が届きにくいような部屋も」

「すみませんけど、刑事さん、そういう話にはお答えできません」

「もしかしたら、あの家で事件が起こっているかもしれないんです」鷹野は一歩前に踏み出した。「なんとか拓人さんに連絡をとっていただけませんか。そうでなければ、あの家に入る許可を……」

「そんなこと、私にできるわけないでしょう」

自分が無理を言っているのは承知している。だが、それでも頼まずにはいられなかった。

「時間がないんです。至急、調べなくてはならないんです」

「美千代、かわいそうじゃないか」

廊下の奥から、しわがれた声が聞こえてきた。壁を伝って、年老いた女性がこちらに歩いてくるのが見えた。彼女の顔にはあちこちに染みがある。もう八十歳を過ぎているのではないだろうか。

「お母さん……」振り返って美千代は言った。

「美千代の母の加寿子《かずこ》です」

母親は軽く頭を下げた。それから、電話台の前の円椅子に腰掛けた。

「意地悪するもんじゃないよ」加寿子は娘を諭した。「世の中、自分ひとりで生きていると思っちゃいけないの。今、その人たちを助けてあげれば、巡り巡って美千代も助けてもらえるときがくるよ」

「だけどお母さん、私、拓兄さんの家には入れないし」

「あんた、話をちゃんと聞いてなかったの？　この刑事さんは、暗くて携帯が通じないような部屋がないかって訊いたんだよ。……そうだよねえ？」

加寿子に問われて、鷹野は深くうなずいた。

「あいにくだけど、拓人の家におかしな部屋なんてありませんよ。それに、このへんだと携帯はよく通じるの」加寿子は顔をしわくちゃにして笑った。「そうねえ、電話が通じにくいような場所っていったら山の中でしょうよ」

「山の中に、隠れ家のような場所があるんでしょうか」

「私も行ったことはないのよ。美千代もね。だけど話は聞いたことがある。酔狂な人間が造った、防空壕《ぼうくうごう》みたいなやつよ」

「防空壕？」

「あら、違うわね。ええと……そう、地下壕って言えばいいのかな。そういうのがあるらしいの。そこには宝が隠されている、なんて話もね」

「このへんの山にですか？」

鷹野は驚いて、門脇と顔を見合わせた。加寿子は右手で壁のほうを指差した。山はそちらの方角にあるのだろう。

「その一帯は本家の山だからね。つまり拓人のものってこと。……私はその噂を、本家の使用人だった男から聞いたんだ。たどっていけば、みんな誰かから教わったのかもしれないね。でも、たしかに聞いたんだよ。隠し砦《とりで》みたいなものが、どこかにあるんだって」

「隠し砦ねえ……」半信半疑という表情で、門脇は腕組みをする。

「そういう場所だったら、刑事さんが言う条件にちょうど合うんじゃない?」

加寿子に言われて、鷹野は考えを巡らした。

たしかに条件は合いそうだ。山の中であれば、大声で助けを求めても人には聞かれにくいだろう。和久井たちがアジトにするなら、集落の中にある清原拓人の家より、その地下壕を選ぶのではないか。

「加寿子さん、地下壕があると言われている山はどこですか?」

「美千代、前に組合でもらった地図を持ってきて。去年のでいいよ」

仕方ない、という顔をして美千代は廊下の奥へ姿を消した。戻ってきたとき、彼女は新聞広告ほどのサイズの地図を持っていた。

「あげるから持っていきなさいよ」そう言ったあと、加寿子は地図を指差して説明してくれた。「だいたい、ここからこのへんまでが本家の山だから」

「これは……かなり広いですね」と鷹野。

「だから、噂をたしかめようなんて人はいなかったの。宝なんてくだらない話ですよ。隠すほうも酔狂だし、探すほうも酔狂でしょう。まったく、これだから男っていうのは」

　そんなことを言って、加寿子はまた笑った。

　鷹野は早瀬係長に電話をかけ、現在の状況を説明した。

「……そういうわけで、地下壕とやらを探してみようと思います」

「しかし、その話は信用できるのか？　もし無関係だったとしたら、時間の無駄になるぞ」

　早瀬が心配するのはよくわかる。元は鷹野も、判断に迷うことの多かった人間だ。ミスしたくない、後悔したくないと思うから、重大な局面での判断はためらうことがあった。だが今回、鷹野は逆の考え方をした。

「今ここで山を調べなければ、私はずっと後悔すると思います。どうかやらせてください。……もちろん、山以外の捜索も必要でしょうから、私のほうは最低限の人数でけっこうです。ほかの捜査員は今までどおり、聞き込みや不審車両の発見に充《あ》てていただけませんか」

「山は何人で調べる?」

「私と猪狩さん以外に……そうですね、あと四人いれば」

「八人使っていい。それぐらいは必要だろう?」

「……ありがとうございます」

「鷹野、しっかり捜してこいよ」あらたまった調子で早瀬は言った。「如月はおまえの相棒だ」

わかりました、と鷹野は答えた。

十五分後、鷹野と猪狩のほか、四組の捜査員が山に分け入ることになった。みな、ロープや救助ツールなどを入れたリュックサックを背負っている。

十人は獣道のようなルートに踏み込んでいった。すでに雨は上がっていたが、足下の状態はよくない。ここを革靴で歩くのだから、骨の折れる行程になりそうだ。

おーい、如月、おーい、と声を出しながら、鷹野たちは斜面を登っていった。

6

長持の上に乗り、塔子は通気口に両手を差し込んでみた。手錠の鎖がじゃらじゃらと音を立てた。

十センチほど進んだあと、穴は真上に向かっている。おそらく壁の厚さが十センチ程度あるのだろう。この通気口は必ず外界につながっているはずだ。

　上に向かって、穴はどれくらい続いているのか。塔子が手を差し込んでいる位置から天井までは一メートルほどだ。その先はすぐ外界になっているのか。それとも、まだ何メートルも上に延びているのか。

　そもそもここはどこなのだろう、と塔子は考えた。コンクリートが使われていること、湿気が多いことから、地下ではないかと思われる。誰かの家の地下室だろうか。もし地下深い場所だったとしても、通気口があるのなら声は外に届くのではないか、と思った。

　塔子は両手を抜いて、通気口に顔を近づけた。深呼吸をしてから、穴に向かって大声を出した。

「誰かいませんか！　助けてください！　ここに閉じ込められているんです！」

　近くに和久井たちがいるのなら、声を聞いて慌てて飛んでくるかもしれない。勝手なことをするな、と加賀にまた蹴られる可能性がある。だが、何もせずにただ運命を受け入れる気にはなれなかった。

「私は警視庁の如月です。今、監禁されています。この声が聞こえたら、警察に連絡してください。私は警視庁の如月です」

応答を待ってみる。だが、通気口から聞こえてくるのは風の音ばかりだ。ドアの外から和久井たちが駆けつけてくる気配もない。

もしかして、ここにいるのは塔子ひとりだけなのだろうか。和久井たちはすでに、別の場所へ移動してしまったのか。そうだとすると、これまでとは別の不安が膨らんでくる。

——和久井たちは私の生死に、まったく関心がないのかもしれない。

塔子は体をひねって毛布を見下ろした。あの伊原という男性と同じように、自分もここで朽ちていくのだろうか。それはもう、決まってしまったことなのか。

「誰か！　返事をしてください。ここから出してください！」

かつて経験がないぐらいの音量で、塔子は声を出し続けた。だが二十分ほどすると喉が痛くなり、声がかすれてきた。その事実に塔子は驚いていた。ただ叫び続けるということが、これほど難しいとは思ってもみなかった。

助けを求めるのは一旦あきらめて、ドアに向かった。あらためて耳を澄ましてみたが、やはり誰もやってこないようだ。

床にしゃがんで、塔子はドアの下部を覗いた。わずか一、二ミリの隙間から風が流れ込んでくるのがわかる。その隙間にハサミの刃を差し込んでみた。刃の先端部分はドアの下を抜けたようだが、だからといって何ができるわけでもない。鉄製のドアを、こんなハサミでどうにかしようというのはもともと無理な話だ。

塔子は壁にもたれて座り込んだ。

気がつくと、懐中電灯の明かりが少し弱くなっていた。驚いて、塔子はスイッチを切った。辺りは真っ暗になった。

どうしよう、と思った。懐中電灯が点かなくなってしまったら、あとはライターを使うしかない。だが、それも長くは持たないだろう。ライターのオイルが切れてしまったら、この部屋は完全な闇になってしまう！

視覚がまったく役に立たない世界。そんな場所で自分は死んでいくのだろうか。あの伊原のように、腐った筋肉や腱がまとわりついた骨のかたまりになってしまうのか。塔子はまたパニックに陥りそうになった。

そのときだ。かすかに人の声が聞こえたような気がした。

はっとして耳に神経を集中させる。単なる耳鳴りだろうか。いや、そうではない。たしかに声がする。

誰かが塔子の名を呼んでいるのだ。

慌てて手探りして、懐中電灯のスイッチを入れた。闇の中に明かりが甦る。塔子はもう一度長持の上に乗って、通気口に顔を近づけた。

男性数人の声が小さく聞こえた。その中に鷹野の声が交じっていると思ったのは、気のせいだろうか。

「如月です。ここにいます。助けてください」

思い切りそう叫んだつもりだった。だが先ほど無理をしたせいで、塔子の声はかすれていた。この大事なチャンスに、なぜこんなことが起こるのか。

そうだ、何か音を立ててみよう、と思った。だがあいにくこの部屋の中に、大きな音が出せそうなものはない。この状況でハサミやボールペンがいったい何の役に立つだろう。

「鷹野さん……ここです。如月です」

あらためて叫ぼうとしたが、遠くまで届くほどの声量ではなかった。

そんなことをしている間に、塔子を呼ぶ仲間たちの声は徐々に遠ざかっていく。このままでは気づかれずに終わってしまう。そうなれば自分はここで死ぬのだ。

何かないか、と塔子は室内を見回した。それから自分のポケットを探った。伊原のライターが出てきた。

一か八か、やるしかない。塔子は床に降りて、長持の蓋を開けた。古着を取り出し、ハサミで細かく切り裂いていく。長持の上に戻って、通気口の奥に端切《はぎ》れを押し込んだ。それからライターを近づけ、指先でヤスリの部分を回した。

湿気のせいか、火はなかなか燃え移らない。

――早く点いて。お願いだから！

何度も繰り返すうち、ようやく端切れに火が点いた。やがて煙が立ち昇り始めた。

風はドアの下から入って、この通気口へと抜けているはずだ。

思ったとおり、煙は通気口の中を上方へと伝わっていく。

火を絶やさないよう、塔子は端切れを足していった。通気口の中で、炎は次第に大きくなってきた。なんとかこの煙に気づいてほしい、と塔子は祈った。

そのうち、予想以上に炎が大きくなってしまった。煙は通気口から溢《あふ》れて、室内に充満し始めた。

下手をすれば、一酸化炭素中毒で倒れてしまうかもしれない。だが、ここでやめるわけにはいかなかった。塔子はさらに端切れを燃やし続けた。

燻《いぶ》されたせいで目が痛くなってきた。煙を吸ってしまって、激しく咳き込んだ。さすがにこれ以上は危険だろうか。そう思ったとき、通気口から声が響いてきた。

「おい、誰かいるのか？」

鷹野だ。鷹野たちが煙に気づいて、助けに来てくれたのだ。

塔子は通気口に顔を近づけた。炎の熱を頰に感じながら、声を絞り出した。

「如月です。ここにいます！」

「見つけた！」上方から鷹野の声が聞こえた。「如月、もういいから火を消せ」

「わかり……ました」

咳をしながら、端切れの先端をつかんで通気口から引っ張り出す。焦げた布が床の上に落ちて、じきに火は消えた。

「如月、その部屋にはドアがあるんだよな？」

通気口の外で鷹野が言った。はい、と塔子は答える。

「鉄のドアがあります。外から鍵がかかっているみたいで……」

「今、入り口を探す。そのまま待て」

鷹野は仲間を呼んでいる。彼らはしばらく言葉を交わしていたが、じきに何も聞こえなくなった。

塔子は懐中電灯でドアを照らし、じっと待った。一分、二分。助けはなかなかやってこない。先ほどの声は幻だったのではないか、と心配し始めたころ、ドアの外から靴音が響いてきた。

「……ここには姿が……」

「……よく探して……」

「……隣にも部屋が……」

やがて、かちりと錠を外す音がして、ゆっくりとドアが開いた。

「如月、いるのか？」

ハンドライトが室内に差し向けられた。鷹野がそっと中の様子をうかがっている。

「います！　ここです」

塔子は懐中電灯で自分の顔を照らしてみせた。

「見つけました！　猪狩さん、ここです」

うしろに声をかけながら、鷹野は急ぎ足で部屋に入ってきた。そばにやってきて腰を屈め、塔子の顔を覗き込む。

「如月、怪我はないか？」

真顔になって鷹野は尋ねてきた。これほど切羽詰まった表情を見るのは、初めてかもしれない。

「はい、大丈夫です」塔子はうなずいた。「あちこち痛みますけど、たぶん骨折はしていないんじゃないかと」

「大丈夫じゃないだろう」鷹野は塔子にライトを向けた。「すぐ病院へ運んでやる。ただ、車から少し離れているんだ。歩けるか？」

「ええ、なんとか……」

鷹野は背負っていたリュックからボルトカッターを取り出して、手錠の鎖を切断してくれた。

うしろからいくつかのライトが見えた。ほかの捜査員たちがやってきたのだ。

「如月さん！」猪狩が大股で近づいてきた。「よかった。本当によかった」

「ありがとうございます。ご心配をおかけしました」

若手の捜査員たちが白骨遺体を見て、眉をひそめていた。鷹野はデジタルカメラを取り出し、暗い部屋の中で何枚か遺体の写真を撮った。

「これが、おまえの言っていた白骨か」

「伊原さんという人らしいです。じつはメモが残っていて……」

「詳しい話はあとでいい。とにかくここから出よう」

鷹野に支えられて、塔子はその部屋を出た。バッグは猪狩が持ってきてくれた。

背中や肩がかなり痛んだ。だが生きてここを出られるのなら、そんなことはたいした問題ではない。塔子はそう思った。


暗い廊下で、鷹野はドアノブにライトを当てた。

部屋の錠はごく簡単な仕組みで、サムターンを回すだけだったらしい。外からは誰でも施錠、開錠できたわけだ。

廊下もコンクリートで塗り固められていた。室内と同様、かなり古い時代のものだと思われる。

「隣にあとふたつ、部屋があった」鷹野はドアを開け、順番に中を照らして見せてくれた。「どちらも空だったんだが……」

伊原のメモによれば、二番目の部屋に金塊が隠されていたのだ。西崎と草壁はそれを運び出し、どこかへ消えたということだった。そして伊原は死亡した。

廊下をしばらく進んだところに階段があり、塔子たちはそれを上っていった。鉄製のドアを抜けると、まばゆい光が降り注いだ。雨はやんでいるようだ。

目が慣れてから辺りの様子をうかがってみる。そこには雑草が生えているように偽装された、地下への出入り口があった。崖の途中に造られているから、ただ歩いていたのではなかなか見つからないだろう。

鷹野はリュックサックからお茶のペットボトルを取り出した。

「喉が渇いているんじゃないか？」

救出された喜びで、塔子自身もそのことを忘れていた。礼を言って塔子はお茶を飲んだ。鷹野や猪狩、若手の捜査員たちはそれを見守ってくれている。

「あそこから煙が出ていたんだ」鷹野は崖の上を指差した。「それがなければ、如月を見つけることはできなかった」

「あの人に感謝しなくちゃいけませんね」と塔子。

「白骨遺体のことか？」

「ええ。本当に助けられましたから」

塔子は手袋を嵌めた手で、ポケットを上から押さえた。そこには伊原のライターが入っている。

「あの人がいろいろ残しておいてくれなかったら、私は死んでいたかもしれません」

若手の捜査員たちはこの場に残って、先ほどの部屋を調べるという。塔子は鷹野たちとともに、獣道を歩き始めた。山の斜面には木々や下草が鬱蒼《うっそう》と茂っている。雨のあとなので靴が滑りやすい。

「歩けなければ背負っていってやるぞ」

鷹野がそんなことを言ったので、塔子は慌てて首を横に振った。

「い……いいえ、歩けますから」

「きついようなら本当に言ってくれ」

話しながら進むうち、塔子たちは少し開けた場所に出た。丈夫そうな木の根方に、茶色いリュックサックが置いてあるのが見えた。

「このリュックは……」

「俺たちもさっき見つけたところだ。中を調べたが、空になったペットボトルが三本入っていただけだった。財布や身分証はなかった」

風が吹いて、頭上の木々から雨粒が落ちてきた。枝の間から日の光が射している。これほど陽光がありがたいと思ったのは久しぶりだ。

「如月、なんだかふらついていないか？」鷹野が不安そうに尋ねてきた。

「ずっと穴蔵にいたから、太陽が眩しくて……」

あえて軽い調子で塔子は言った。その直後、少しめまいがして体のバランスを崩してしまった。咄嗟《とっさ》に鷹野が手を伸ばし、背中を支えてくれた。

「如月、本当に大丈夫なのか」と鷹野。

「もちろんですよ。私は的が小さいから、敵の攻撃には当たりにくいんです」

「何を言ってるんだ。奴らに痛めつけられたんだろう？」

「当たっても致命傷にはなっていませんから」

大丈夫、私は大丈夫。自分にそう言い聞かせながら、塔子は鷹野たちとともに歩きだした。

そのとき、突然、ふたりの男の姿が頭に浮かんだ。酷薄そうな笑いを浮かべる、手脚の長い加賀。歳に似合わない白髪に、吊り上がった目の和久井。加賀は塔子に暴力を振るい、和久井はそれを横でじっと見つめていた。

体中に痛みが甦るような気がした。それと同時に、どす黒い恐怖がやってきた。

険しい道を歩きながら、塔子は顔を伏せ、ひとり歯を食いしばった。

第四章　ウィークリーマンション

1

患者衣のまま、塔子は自分の病室から廊下に出た。

ベッドから立ち上がるときには背中が痛んだが、歩きだせばそれほど気にならなかった。腕や腹などにもひどい怪我はなく、しばらく湿布を貼っていればよくなるだろうということだ。

十月十六日、午前九時。病院の中には外来患者が大勢いて、それぞれ退屈そうな顔で順番を待っていた。彼らの横を通って、塔子は院内に設けられた売店へと向かう。

正直なところ、患者衣のまま院内を歩くことには抵抗があったのだが、看護師に訊いたら、みなそれで行っているという。わざわざ着替えるのも何だから、塔子もそのまま病室を出ることにしたのだ。

だが売店に入ると、ほかの客はみな外来の人たちらしく、そんな恰好をしているのは塔子だけだった。少し気まずい思いをしながら、塔子は飲み物のコーナーへ進んだ。

何にしようか考えていると、隣にいた七十歳ぐらいの女性が急に話しかけてきた。

「これ人工甘味料が入ってるのよね。少し癖があるの」

その女性が手に取ったのは、清涼飲料のペットボトルだ。

「そうなんですか？」塔子は女性のほうを向いて尋ねた。

「でも私、お医者様に糖分を控えなさいって言われてるのね。だからこれにしてるの」

「それは大変ですね」

カロリーゼロと書いてあるから、彼女の言うとおり、その飲料には人工甘味料が使われているのだろう。

「あなたはスリムでいいわねえ。入院してるの？」

「ああ……検査入院という感じです」

「若いのに大変ねえ。頑張ってね」

ありがとうございます、と会釈をして塔子は女性と別れた。背が低くて童顔なせいか、昔から知らない人によく話しかけられる。これで刑事をやっていますと言っても、なかなか信じてもらえないだろう。

紅茶のペットボトルを買って、塔子はロビーの隅に行った。正面玄関の見える位置にソファが並んでいる。そのひとつに腰掛け、行き来する人たちに目を向けた。

考えてみれば平日の午前中、自分が病院にいるのはとても珍しいことだった。若いからといって病気にならないわけではなかったが、毎日忙しいから、少しぐらい具合が悪くても仕事を休めないのだ。

だから今、こうしてぼんやり病院で過ごしていることに、塔子はうしろめたい気分を感じている。今ごろ鷹野や門脇はどうしているだろう、と思った。捜査のため、みな忙しく走り回っているに違いない。

今朝六時前、塔子は西多摩郡の地下壕に監禁されているところを鷹野たちに救出された。

すぐにこの病院へ運ばれ、塔子は各種の検査を受けた。殴打されたり蹴られたりしたから、X線やCTスキャンで詳しく調べてもらった。薬物を注射されたと話したら、血液検査もしてくれた。

検査の合間に、塔子は自分が経験したことを報告した。早瀬係長と鷹野、門脇は真剣な顔でそれを聞いてくれた。短時間で伝えられるよう、塔子は話の組み立てを考えて説明していった。それを見て、早瀬は安堵《あんど》した様子だった。

「如月には大変な苦労をさせたが、記憶はしっかりしているようだな。安心したよ」

だがその横で、鷹野は異を唱えた。

「そう見えているだけだと思います。念のため二、三日入院させるべきです」

「いえ、鷹野さん」塔子は首を振って、こう主張した。「私は和久井や加賀と長く接しています。その経験はこれからの捜査に役立つはずです」

「駄目だ。しばらく休んでいたほうがいい」

「大丈夫ですよ。自分のことは自分が一番よくわかっていますから」

結局、早瀬が間に入ってふたりに言った。

「まずは検査の結果を待とう。そのあと午後一時ごろまで休んでから電話をくれないか。鷹野、そういうことでいいだろう?」

「……わかりました」渋い表情だったが、鷹野もそれで承知した。

早瀬や鷹野は捜査に戻っていった。とにかく和久井たちを早く捜してほしい、と塔子が頼んだからだ。

検査の結果は問題なし、ということだった。打撲はあるが、どこも骨折していなかったのは幸いだ。

シャワーも浴びさせてもらったし、早く捜査に復帰したかった。だが、午後一時までは休むように言われている。それで塔子は、売店に飲み物を買いに来たというわけだった。

軽く息をついてから、塔子はペットボトルの紅茶を一口飲んだ。

ふと正面玄関に目をやると、タクシーから若い母親と女の子が降りてくるのが見えた。子供はまだ四歳ぐらいだろう。少しぐずっているようで、母親が懸命にあやしている。女の子がしゃがみ込んでしまったため、母親は子供を抱き上げて歩きだした。

そんな光景を見ているうち、昔の記憶が甦ってきた。昨夜は父に背負われたことを思い出したが、今頭に浮かんだのは母のことだ。子供のころ、塔子は母に手を引かれてよく買い物に行った。行き先はスーパーだったり地元の商店街だったりした。母との思い出は、なぜか生活に密着したことばかりだ。

父は仕事で忙しかったし、塔子が高校生のとき亡くなってしまったから、一緒に過ごした時間が少なかった。もしかしたら自分の中で、父の思い出は美化されているのかもしれない。

遠くから救急車のサイレンが聞こえてきた。まっすぐここへ向かっているようだ。どこからか、また傷病者が運ばれてきたのだろう。

塔子はあらためて、昨日からの出来事について考えた。加賀に刺された犬塚は、命に別状はないものの、現在、別の病院のＩＣＵにいるという。状況によっては自分も救急車で運ばれ、手術や長期治療を受けることになっていたかもしれなかった。

無事に脱出できたことを喜ぶ一方で、犯罪者たちへの怒りが膨らんでいた。一刻も早く和久井たちを捕らえて、江本を助け出さなくてはならない。

その決意を、塔子は家族に伝えておこうと思った。公衆電話を見つけて、自宅の番号を押していく。三コール目で厚子《あつこ》が出た。

「もしもし……」少し警戒するような声が聞こえた。

「お母さん、私だけど」

「え、塔子？ どうしたの、こんな時間に」

仕事中には電話をかけてこないでほしい、といつも母には言ってある。それなのに塔子のほうから連絡したのだから、驚くのも無理はない。

「ゆうべ、ちょっと……トラブルがあってね」

「トラブル？」

「軽い怪我をして、今、病院なの。たいしたことはないんだけど」

母は黙っている。塔子の次の言葉をじっと待っているようだ。

「検査は終わったから、このあとまた捜査に戻るね。心配いらないから」

塔子は言葉を切って耳を澄ました。何か言われるだろうな、という予感がある。もともと厚子は、警察の仕事にいい印象を持っていないのだ。

「もう子供じゃないんだし……」母は言った。「あんたも自分のできることと、できないことの区別ぐらい、つくわよね？」

「うん、それは大丈夫。先輩たちともよく相談するから」

「正直な話をするわね」あらたまった調子で母は言った。「私は母親だから、塔子さえ無事ならそれでいいと思っていたの。警察の仕事は、どうしたって男の人が中心になるんだし」

「うん、そうだよね。でも……」

塔子が口を挟もうとすると、厚子はそれを制した。

「だけど、私も考えが変わったのよ。塔子は、ほかの人たちの娘さんや息子さんを助ける仕事をしているのよね。それは私にとって、すごく誇らしいことよ」

「お母さん……」

「怖いと思うこともあるでしょう。そんなとき、自分の身は自分で守ってちょうだい。お父さんも言ってたわ。自分を守れない人間に、他人を守ることはできないって。それができてこそ一人前の刑事なんだって」

母の言葉は意外なものだった。ほかにも言いたいことは山ほどあるはずだ。だが母はそれらを呑み込んで、塔子の意思を尊重してくれている。

「ありがとう。家に戻るとき、また連絡するから」

塔子は電話を切った。それから深呼吸をして、表情を引き締めた。

ベッドでほんの少し休もうと思ったのだが、正午近くまで眠ってしまった。

慌てて職員に退院手続きのことを尋ね、着替えをした。ゆうべジャケットを汚してしまったが、替えの服は特捜本部に用意してある。早瀬の指示で、所轄のメンバーが病室まで届けてくれていた。

会計を済ませてから、塔子は早瀬係長に電話をかけた。

「如月です。検査の結果、問題はありませんでした。もう捜査に戻ってもいいですよね？」

「そうか。わかった」早瀬は了承してくれた。「地下壕のことで如月に確認したいことも出てきた。今俺たちは五日市署にいる。早速、打ち合わせをしよう」

「了解しました」

売店で買ったサンドイッチを急いで食べ、バッグを斜めに掛けて塔子は外に出た。見上げると、昨夜の雨が嘘《うそ》だったかのように、きれいな青空が広がっている。まだあちこち体は痛むが、気分は前向きになっていた。

――捜査再開だ。

塔子はタクシーに乗って五日市署へ移動した。

特捜本部の中はがらんとした状態だった。多くの捜査員は外出していて、現場検証をしたり、目撃情報を探したりしているのだろう。

ホワイトボードの前に早瀬たちの姿が見えた。ジャンパーからスーツに着替えた鷹野も一緒だ。塔子は小走りになって彼らに近づいていった。

「このたびは、いろいろとご迷惑をおかけしました」

そう言って深く頭を下げる。眼鏡のフレームを押し上げながら、早瀬係長は首を振った。

「迷惑だなんて誰も思っていないよ。むしろ、謝らなければならないのは我々のほうだ。如月を危ない目に遭わせてしまった」

「もっと、和久井たちから情報を引き出せたらよかったんですが……」

「とにかく、無事に戻ってきてくれてよかった」穏やかな表情で徳重が言った。「みんな心配していたんだよ。ねえ、鷹野さん」

徳重に話しかけられて、鷹野は口を開こうとした。だが、こめかみを掻いたまま黙っている。

「どうした鷹野。せっかく戻ってきたんだから、何か言ってやれよ」

チームの兄貴分である門脇が、鷹野の肘をつついた。鷹野は一瞬戸惑うような顔をしてから、塔子のほうを向いた。

「俺は、ゆっくり休むべきだと思うんだが……」

「今もこの場にいるのだろう。

横から言ったのは猪狩だった。彼は所轄署員だが、鷹野と行動していた関係で、今もこの場にいるのだろう。


「私だったらとても耐えられませんよ。真っ暗な部屋の中で、あんな……」

それを聞いて尾留川が表情を曇らせた。彼はサスペンダーをいじっていたが、その手を止めて塔子に問いかけた。

「如月、本当はどうなんだ？　鷹野さんも言ってるけど、無理しないほうがいいんじゃないの？」

塔子は尾留川を見て、鷹野を見て、それから早瀬係長のほうに顔を向けた。

「人質の江本則之さんはまだ見つかっていないんですよね？　自分だけ助かって、あの人が傷を負っていたりしたら、私は一生後悔します。私にも刑事としてのプライドがあります。和久井や加賀を放っておくわけにはいきません」

早瀬はしばらく考える様子だったが、塔子に向かってこう言った。

「無理だと判断したら、すぐに止めるからな。俺の命令には必ず従ってくれ」

「わかりました」

塔子は会釈をして、バッグを肩から下ろした。

廊下のほうからいくつか靴音が聞こえてきた。慌ただしく特捜本部に入ってきたのは、神谷課長と手代木管理官だ。

「如月、戻ってきたか」神谷は足早にこちらへやってきた。「捜査の現場を離れることができなくてな。病院に行ってやれなくて悪かった」

塔子は背筋を伸ばして、上司の顔を見上げる。

「今朝は、山の中まで人を出してくださってありがとうございました」

うん、と答えたあと、神谷は早瀬係長の顔を睨んだ。

「早瀬、もう少し如月を休ませてやったらどうだ」

「ああ……課長、その話は今、済んだところでして。本人の希望もありますので、様子を見ながら捜査に復帰してもらうことになりました」

「本当にやれるのか？」手代木管理官が念を押してきた。「無理だと思ったら、すぐに捜査から外さないと……」

「管理官、その話も済んでいます」と早瀬。

手代木は軽く咳払いをしてから、こう言った。

「いい仕事をするには、いいコンディションで臨む必要がある。周りに迷惑をかけないと約束できるか？」

「はい。何かあれば先輩たちに相談します」

「おい鷹野」手代木は鷹野のほうに視線を向けた。「おまえの相棒だ。しっかり面倒見てやれよ」

「それはもちろんですが……」

鷹野は何か言いかけたが、気持ちを抑えたようだ。今は捜査に集中したほうがいい、と考えたのだろう。

「了解です」と鷹野は答えた。

神谷課長と手代木管理官も同席して、打ち合わせが始まった。人数が限られているので、場所は特捜本部の一角だ。

早瀬はホワイトボードを使いながら、状況を整理していった。

「今朝如月が発見された西多摩郡の地下壕は、青柳興業から車で一時間ほど走ったところにありました。ゆうべ犯人たちの車は早々に、緊急配備の範囲外に出ていたようです」

和久井たちや人質の江本はまだ見つかっていない。そのことは、すでに塔子も電話で聞いていた。

「青柳興業にトラックで突入した坊主頭の男は、丹波《たんば》弘影《ひろかげ》、三十四歳、運送会社アルバイターと判明しています。写真で確認したところ、和久井の知り合いだったことがわかりました。丹波は和久井たちから連絡を受けて急遽、救出にやってきたと考えられます。あのトラックは、青柳興業から三キロ離れたドライブインで盗まれたものでした。食事をしていた運転手は体を縛られ、口を塞がれて、トイレの個室に押し込められていたそうです。

知ってのとおり、青柳興業から逃走したのは白いワンボックスカーと紺色のセダンです。他県警に協力を求めた結果、セダンは山梨県甲府《こうふ》市で見つかりましたが、遺留品などはなし。……如月、おまえが乗っていたのはどちらだったかわかるか？」

早瀬に訊かれて、塔子は記憶をたどった。

「たぶんセダンだと思います。乗り込んだときの車高が、ワンボックスカーより低かったので」

「その車に、人質の江本則之は乗っていなかったか？」

「いなかったはずです。後部座席は私ひとりでした」

早瀬は腕組みをしてしばらく考えてから、再び口を開いた。

「セダンが青柳興業から一度西多摩郡に寄って、そのあと甲府市に抜けたとすれば、ルート上、矛盾はありません。今の如月の話によれば、江本則之はワンボックスカーに乗っていたと思われる。トラックで突入した丹波もワンボックスカーに乗り込むのが目撃されています。そうすると、昨日の鷹野の推測とは違って、人質を二台に分けたものが正解ということになりそうです」

マーカーを手にして、早瀬はホワイトボードにふたつのパターンを書いた。

(C) ワンボックスカーに和久井、坊主頭(丹波)、江本氏。セダンに加賀、如月。
(D) ワンボックスカーに加賀、坊主頭(丹波)、江本氏。セダンに和久井、如月。

「和久井か加賀が如月を乗せていった。問題は、なぜ如月を地下壕に閉じ込めたかということです。邪魔者ではあるが、殺害するのだけは避けたかったのか。しかし放っておけば死んでしまうことはわかっていたはずです。それどころか、奴らは青柳興業にあった農薬を如月に持たせました」

「自分の手を汚したくはないが、口封じはしたかったということか?」

神谷課長は腕組みをして考え込んでいる。

あるいは、と徳重が言った。

「嫌がらせということは考えられないでしょうか。白骨遺体と一緒に閉じ込めておくなんて、ずいぶん悪趣味なことですよね」

「むしろ、こうじゃないですか」尾留川が右手を挙げて発言した。「さっき鷹野さんとふたりで話していたんですけど、奴らにとってあそこは遺体の処分場だった、とか……」

その呼び方に抵抗があったのだろう、門脇が顔をしかめた。みな黙ってしまったので、尾留川は居心地の悪そうな顔をしている。

「地下壕についてですが」早瀬は説明を続けた。「如月の報告によると、二年ほど前あの部屋に伊原という男性が閉じ込められ、死亡して白骨化したようです。伊原を閉じ込めたのは西崎、草壁の二名らしい。西崎といえば、五日前に遺体が発見されたあの人物も西崎です。もし同一人物だとすれば、二年前の伊原殺しは、和久井たちとも関係があるかもしれません。そうだな？　如月……」

はい、と塔子は答えた。

「二年前の経緯を知った何者かが、西崎さん——いえ、西崎恭一たちを恨んだ可能性があります」

「そいつが復讐《ふくしゅう》のため、西崎恭一を殺害したということか」神谷課長は椅子に背を預けた。「もしそうだとすると、もうひとりの男も狙われるんじゃないのか？」

「ええ、すでに捜査を始めています。早急に、彼を見つけなければなりません」早瀬はホワイトボードに《草壁》と書き込んだ。「この人物が和久井と関係あるのかどうか、その点も気になります」

「鷹野はどう思うんだ？」

手代木管理官が急に尋ねた。鷹野はしばらくホワイトボードを見ていたが、やがて口を開いた。

「和久井たちはあの地下壕を知っていました。そこに白骨遺体があったことも当然知っていたでしょう。また、これまでの調べで、西崎が和久井のところに出入りしていたこともわかっています。西崎と草壁は、和久井の配下の人間だった可能性があります。それらを踏まえた上で、今考えられることはふたつです。

第一の可能性。如月の言うとおり、二年前の事件を恨んだ人間が西崎を殺害したのではないか。ただ、その場合、復讐者がどうやって二年前の事情を知ったのかが問題です。伊原さんは携帯電話を使えなかったはずなので、復讐者はあの地下壕に行ってメモを読んだことになります。そうすると、おかしな点が出てきます。本人に代わって西崎を殺害するほどなのに、なぜ復讐者は伊原さんの遺体を埋葬してやらなかったのか。あんな状態のまま放置していた理由がわかりません。

次に第二の可能性。仕事上ヘマをした西崎を和久井たちが始末したのではないか。そのヘマというのは、二年前の伊原さん殺しに関わることかもしれません。地下壕にあった金塊が関係している、と考えることもできるでしょう。和久井たちは木工所にこもって何か計画していた節がありますが、そのことと西崎の殺害はつながっているような気がします」

早瀬は眼鏡の位置を直しながら、手代木のほうへ視線を向けた。

「先に解放された宮下舞に話を聞きましたが、和久井と加賀は、西崎のことは話していなかったようです」

「まあ、あの状況だから、和久井たちもどう逃げるか考えるので精一杯だったろう。……しかしその宮下という女性も気の毒だ」手代木は早瀬にうなずきかけた。「最悪、江本則之に何かあった場合、彼女に心のケアをしてやらなくてはな」

手代木の言葉を聞いて、塔子ははっとした。そうだ。人質の江本が無事に戻れなかったとき、彼女はどれほど悲しむことだろう。

「早瀬、宮下舞の連絡先は聞いているのか？」

「所轄の人間が聞いています。住所と自宅の電話番号、それから携帯番号も」

「宮下舞は江本の自宅を知らないんだったな」神谷は思案する表情になった。「江本は如月のバッグにハサミを入れてくれたと聞いている。なんとかして彼を見つけないとな。家族にも早く連絡をとりたいところだが……」

話が一段落したと見て、早瀬は議事を進めた。

「続いて……地下壕にあった携帯電話を調べてみました。ある法人が契約したものですが、実体のないペーパーカンパニーのようで、特殊詐欺などに使われていた可能性があります。契約は継続されていて料金も支払われていますが、今は休眠中の携帯だったようです。人から人へと渡っているため、最後の使用者が誰だったかはわかっていません。通話記録にも当たりましたが、和久井たちとの接点は見つかりませんでした。携帯のメモリーには二十三件の番号が登録されていますが、ほとんどは官公庁の代表番号です。ただ、一件だけ個人宅の番号がありました」

神谷と手代木が、揃って早瀬の顔を見た。

「誰の家だ？」と手代木。

「渋谷《しぶや》区にある堂島周一郎《どうじましゅういちろう》の自宅です。発信や通話は行われていないようでしたが」

堂島、堂島、と塔子は心の中で繰り返した。どこかで聞いたことのある名前だ。しばらく考えるうち、気がついた。

「もしかして元政治家の……」

「そうだ。元衆議院議員、堂島周一郎だよ」と早瀬。

この情報には門脇や鷹野も驚いたようだった。

堂島周一郎は以前、与党の幹事長や政調会長などを務めた政治家だ。すでに引退しているが、今でも政界に強い影響力を持つと言われている。塔子は去年の連続爆破事件のとき、電車の中で週刊誌の広告を見たことがあった。たしか、《今なお健在　堂島周一郎のカネと人脈》という見出しだった。

「老いたとはいえ、堂島の力は大きいですね」尾留川がタブレットPCを見ながら言った。「最近では、世論を二分している国際条約の締結について、強く推進する立場だとか」

「あの携帯が白骨の主・伊原陽治のものだとすると、彼は堂島と関わっていた可能性がありますね」

早瀬は神谷課長に話しかけた。神谷は低い声で唸る。

「伊原という男は、政治家と関係の深い『政治ゴロ』だったということか？」

「まさかとは思いますが、伊原はテロを計画していたのでは……」徳重が眉をひそめた。「官公庁の電話番号が登録されていた、というのが気になります」

「なんだか、きな臭い話になってきましたよ」

猪狩が鷹野にささやいた。鷹野は難しい顔で思案に沈んでいる。

「引き続き、伊原という男の身元確認を急がせます」手代木が神谷に向かって言った。「それと並行して、堂島周一郎のことも調べさせましょう。伊原は堂島側の人間だったのか、それとも反堂島側なのか。あるいは堂島を利用して、何か別のことをしようとしていたのか。金塊の話が関係ありそうな気もします」

「そうだな。手がかりが見つかるといいんだが……」神谷は腕組みをした。

ここで門脇が発言を求めた。メモ帳を見ながらみなに報告する。

「和久井の木工所に捜査員を立ち入らせましたが、不審なものは出てきませんでした。もしかしたら、事を起こす前にすべて処分したのかもしれません」

門脇のほうを向いて、神谷課長が首をかしげた。

「奴らは何か事件を起こそうとしていたと考えられる。立てこもりは偶発的なものだろう。だとすると、いったい何を計画していたんだ？　そして奴らは江本則之をどうしたのか。如月のケースのようにどこかへ閉じ込めたのか、それとも……」

神谷は指先で、とんとんと机を叩く。手代木はその横で蛍光ペンを使い、資料に色を付けている。

「とにかく、江本則之の救出を最優先とする」神谷は言った。「だが、和久井たちが進めている計画のほうも気になる。それに、捜査のきっかけとなった西崎殺害の件もあるからな。至急、和久井たちを見つけなければならないぞ」

そうですね、と答えてから、早瀬は部下たちを見回した。

「今後の捜査項目について説明します。まず二年前の行方不明者リストで、伊原陽治という人物がいないか確認します。それから……現在、青柳興業と地下壕について現場検証が進められています。青柳興業の社長は今日の午後、沖縄から戻ってくるので、すぐ事情聴取を行います。また、地下壕のある山林の持ち主・清原拓人が予定を変更して、午後三時には自宅に戻るとのこと。分家の女性が苦労して連絡をとってくれたようですね。電話で彼と話したところでは、地下壕の噂は知っていたものの、実際に存在するとは思っていなかったらしい。この件については、猪狩巡査長が何か知っているとか……」

早瀬に指名され、猪狩は椅子の上で姿勢を正した。

「地元の人間に聞き込みをしましたら、何人かはその噂を知っていました。といっても、清原さんの山には埋蔵金があるとか、そんな他愛もない話で、誰も信じていなかったようです」

「ところが、伊原さんのメモには金塊のことが書かれていました」

塔子が言うと、徳重がコピー用紙を机の上に置いた。そこには、白骨遺体の下にあったメモがコピーされている。

「その金塊について、清原拓人から話を聞く必要がある。これは誰に行ってもらおうか……」

早瀬は部下たちを見回した。

鷹野が塔子のほうをちらりと見た。はい、と塔子は手を挙げる。

「私と鷹野主任とで行ってきてもいいでしょうか」

「こちらはかまわないが……」早瀬は言葉を選ぶ様子だった。「また、あの地下壕のそばへ行くことになるぞ？」

早瀬が心配しているのは塔子の精神面だろう。あの暗闇がトラウマになっていないかと、気にしてくれているのだ。

「私自身も深く関わっている事件です。ぜひ聞き込みをやらせてください」

「わかった。如月たちに任せよう」

ありがとうございます、と言って塔子は深く頭を下げた。

2

特捜本部を出て、塔子と鷹野は署の駐車場に向かった。

覆面パトカーの後部座席に、塔子はバッグを置いた。昨日人質になる前、中身のほとんどは早瀬に預けたのだが、仕事に復帰する今、すべてバッグの中に戻してある。捜査資料や文具、使い込んだ地図帳、常備薬、着替えの一部、飲み物のペットボトル、携帯電話。

そのバッグを見ているうち、塔子は日常が戻ってきたのを実感することができた。あの空気の淀んだ暗闇から抜け出して、自分は捜査を続けることができる。晴れた空を見上げて、塔子は深呼吸をした。

塔子が運転席のドアを開けようとすると、鷹野がそれを制した。

「今日は俺が運転する」

「え？　でも……」

「いいから鍵をくれ」

わかりました、と答えて塔子は助手席に乗り込んだ。

鷹野は座席の位置を、少しうしろにずらした。それからシートベルトを締め、エンジンをかけて覆面パトカーをスタートさせた。

「体はどうだ。痛まないか？」鷹野が訊いてきた。

「あ、はい、おかげさまで」

「検査の結果はOKだったというが、無理は禁物だからな。本来なら捜査から外れていてもおかしくない状況だ」

「でも、このまま和久井や加賀を放っておくわけにはいきません」

「わかっている」鷹野は塔子のほうに視線を向けた。「如月はそういうタイプだからな」

信号が赤になったのを見て、鷹野はブレーキをかけた。ハンドルを握り、前方をじっと見つめたまま彼は言った。

「本当にすまなかった」

「え？」

「和久井たちに姿を見られたから、如月は人質として呼ばれてしまったんだ。見えない場所にいれば、おまえが指名されることはなかっただろう。俺の采配《さいはい》が間違っていた」

鷹野がそこまで気にしているとは思わなかった。驚いて、塔子は首を横に振る。

「私だって刑事なんですから、ずっと隠れているわけにはいきません」

「まあ、それはそうだが……」鷹野は渋い表情になった。「小さいのに、なぜか如月は目立つんだよな」

「世間が放っておかないんですよ」冗談めかして塔子は言った。「私、けっこう有名人らしいんです。和久井たちの間でも、捜一に男女の凸凹コンビがいるって噂されているそうですから」

「如月は有名人なのか。じゃあ、俺はマネージャーをやらせてもらうかな」

そんなふうに言って、鷹野は表情を緩めた。信号が青になったのを確認すると、彼は再びアクセルを踏んだ。

移動中、鷹野は昨夜からの捜査状況について説明してくれた。

「立てこもりのあった青柳興業の事務所に、ジャックベアのキーホルダーが落ちていたんだ。部分指紋しか残っていなかったが、鑑識が頑張ってくれたおかげで和久井の指紋が検出された。木工所に残されていたものと照合して、一致したんだよ」

「ジャックベア……」塔子は記憶をたどった。「あの事務所にジャックベアのショルダーバッグがふたつありました。その後、見つかっていますか？」

「いや、なかったな」

だとすると、やはり和久井たちの所持品だったと考えられる。ジャックベアブランドを好んでいたのかもしれない。

車線を変更したあと、鷹野は続けた。

「それから、如月が閉じ込められた地下壕に茶色い紙が落ちていたらしい」

「覚えています。表面がザラついた紙ですよね。何だったんですか？」

「サンドペーパー、つまり紙ヤスリだった。比較的、新しいものだ」

あ、と塔子は思った。鷹野の横顔を見つめる。

「もしかして、木工所で使われるものでしょうか」

「そのとおり。あいにく指紋は出ていないが、和久井たちが地下壕に出入りした可能性が高まったと言える」

塔子の脳裏に、地下壕の光景が甦った。真っ暗な中、懐中電灯の明かりを頼りに過ごした時間。部屋の隅には白骨遺体があり、塔子は息を詰めてそれを詳しく調べた。あのまま救出されなければ、自分も白骨になっていた可能性があった。

「主任……ありがとうございました」

あらためて塔子が言うと、鷹野はこちらをちらりと見た。

「俺ひとりで、できたことじゃない。俺は如月との通話を録音していたんだが、聞き取れない部分があってね。真夜中だったが、河上さんに相談したんだよ。彼はすぐにデータを解析して『清原酒店』という言葉が含まれているのを教えてくれた。以前、清原酒店があった住所も調べてくれた。それで俺たちは、如月を助け出すことができたんだ」

そんな経緯があったとは、まったく知らなかった。

「あとで河上さんにもお礼を言わなくちゃいけませんね」

「ああ、そうしてくれ」鷹野は言った。「彼もずいぶん心配していたと思うからな」

わかりました、と塔子は大きくうなずいた。

塔子たちが目的地に到着したのは、およそ一時間後のことだった。

目の前に高い塀があり、その向こうに大きな屋敷が見える。頑丈そうな門の横に《清原》という表札が掛かっていた。

事前に電話で連絡してあったから、不審に思われることはなかったようだ。塔子たちがインターホンで来意を告げると、すぐに中年男性が出てきて門扉を開けてくれた。

「お待たせしました。清原です」

早めに出張から戻って、家で一休みしていたのだろう。彼は暖かそうな毛糸のセーターを着ていた。左手に嵌めているのは、おそらく外国製の腕時計だ。

資料によれば清原拓人は現在、四十八歳。食品輸入関係の仕事をしながら、資産運用でも利益を上げているという。

塔子たちは応接室に案内された。屋敷の大きさからして、豪華なシャンデリアでも吊るされているのではないかと想像したが、そんなことはなかった。応接室で目立つのは古いピアノぐらいで、ふかふかの絨毯《じゅうたん》が敷かれているわけでもないし、壁に油絵が飾ってあるわけでもない。

「インスタントですみません」清原はコーヒーを勧めてくれた。

警察手帳を呈示し、自己紹介してから塔子と鷹野は清原の正面に腰掛けた。

話を聞くと、彼はこの家にひとりで住んでいるということだった。

「女性とはなかなか縁がなくてね。小さいころから、周りの大人たちのいざこざを見てきたものですから、人が信用できないといいますか……。両親が亡くなってからは、もうこのままでいいと思うようになってしまいまして」

山林も持っているという話だから、資産目当てに近づいてくる者も多かったに違いない。そういう人たちと接するうち、清原は人間不信に陥ったのではないだろうか。

早速ですが、と言ってから鷹野は本題に入った。

「清原さんが所有されている山の中に、地下壕がありますよね。今朝、そこで白骨遺体が見つかりました。また、その地下壕にうちの捜査員が監禁されました」

「電話で聞いて驚きましたよ。お恥ずかしい話ですが、私はその地下壕を見たことがなかったんです」

「まったくご存じなかった、と？」

「いや、噂で聞いたことはありました。ほかにも、話だけは知っていた、という人はいるんじゃないかな。でも実際、山に入って探そうとする人間はいなかったでしょう。宝物だとか埋蔵金だとか、そんな夢みたいなこと、信じたりしませんよ、普通」

「ところが、どうやらその地下壕には金塊が隠されていたようなんです」

鷹野はこちらを向いて合図をした。塔子はバッグから資料ファイルを取り出し、テーブルの上に置く。

「地下壕でこのメモが見つかりました」

メモのコピーを差し出して、鷹野は内容を説明した。監禁された捜査員が白骨遺体を調べたことや、脱出のためにあれこれ努力したことも伝えた。

「この白骨の主は伊原陽治という人だと思われます。その名前を聞いたことはありますか？」

「いえ、知らないですね」と清原。

「西崎や草壁という名前はどうです？」

「それも記憶にありません」そうつぶやいたあと、清原は首をひねった。「刑事さん、その地下壕に金塊があったということは、もともとは私どもの所有物だったと考えていいんでしょうか。……いや、今さら権利を主張するとか、そういうことじゃないんですが、気になったもので」

「その件について、私からも質問があります」鷹野は相手の目を見つめた。「地下壕が造られたのは戦前ではないかと思うんですが、何か心当たりはないでしょうか」

清原は記憶をたどる表情になった。

「はっきり知っているわけじゃないんです。親から聞いたんだったか、それとも当時の使用人から聞いたのか……。地下壕は昭和の初期に、曾《そう》祖父の清原忠良《ただよし》が業者に造らせたものではないか、ということでした。忠良はひどい心配性で、いつ火事や洪水が起こるか、あるいは強盗に押し入られるかわからない、と気にしていたそうです。それで、あらかじめ逃げ場所を造ることにした、と曾祖母に話していたんだとか。ただ、場所は秘密だと言って誰にも教えていなかったようですね。別の説として、忠良は隠し子に財産を渡すつもりだった、という話もあったらしいです。まあ、真偽のほどはわかりません。

　ところがその地下壕を使わないまま、何年かして忠良は病気で死んでしまった。勉強熱心な人で、経済学や医学の本なんかも読んでいたそうですが、残念なことです。忠良の死後、すぐ息子に財産が渡りました。そのさらに息子が私の父でして、遺産を相続しました。そして私の両親が亡くなったあとに、私が財産を継いだというわけです。

時間がたつうち、地下壕のことは忘れられていったようですね。私も今回古いノートを調べまして、それでようやく昔聞いた噂を思い出したという次第です。だから、本当に地下壕があったと聞いてびっくりしました。しかも金塊が持ち出されていたというんでしょう？　さらには白骨遺体が見つかるなんて……。まるで映画みたいですよね」

「あの地下壕には、昔の本や古い着物が残されていました」塔子は口を開いた。「長持の中に、チラシのようなものがあったんです。そこに清原酒店と印刷されていました」

「ああ、そうだったんですか。昔、『引き札』と呼ばれていたものかもしれません。個人の店でも、宣伝のためにそういうチラシを作っていたらしいので」

清原忠良は、何かあったときに地下壕へ逃げ込むつもりだったのだろうか。それにしては、あそこには食料や生活用品は用意されていなかった。造ったあと、じきに忠良は病気で亡くなったというから、結局まともに使われることはなかったのかもしれない。

地下壕の周囲の環境について、塔子は思い出した。

鷹野たちに救出されたあと、獣道を二十分ほど歩いてようやく舗装された道路に出ることができた。しかしあのときは、鷹野たちがルートを知っていたから二十分で済んだのだろう。何も知らない人であれば、途中で道に迷っていたに違いない。真冬の山ではないから遭難することはないだろうが、それにしてもひとりで歩くのは不安な場所だ。

そんな場所へと、犯人は塔子を運んでいったのだ。それは和久井だったのか、それとも加賀だったのか。

加賀の顔を思い出して、塔子は不快な気分を感じた。それと同時に、嫌なことを想像してしまった。

――あのとき、私は犯人に背負われていた？

塔子は地下壕で、子供のころ父に背負われたのを思い出していた。あれは、薬のせいで眠りに落ちた自分が、かすかに犯人のことを記憶していたからではないだろうか。そう考えると急に落ち着かなくなった。

「如月、どうした？」

鷹野が怪訝そうな顔で尋ねてきた。はっとして塔子は我に返った。犯人たちのことを考えるうち、自分はひどく険しい顔をしていたらしい。

「いえ、何でもありません」首を振ってから、塔子は清原のほうを向いた。「その地下壕は業者に造らせたわけですよね？　だとすると、業者の口から噂が漏れたのかもしれません。あるいは当時、清原忠良さんの家に出入りしていた人が誰かに話したのかも……」

そうですね、と清原は同意した。

「曾祖父は大変な資産家でしたから、隠し財産があるんじゃないかと思われても不思議はありません。……伊原さん、でしたっけ？　その人がメモに書いた西崎とか草壁とかいう人は、どこかで噂を聞いて、隠された財産を探しに来たんでしょうね」

「そして、本当に金塊を見つけてしまった」鷹野は指先を顎に当てた。「西崎と草壁はその情報が外へ漏れるのを嫌って、伊原さんを餓死させたと考えられます」

腕組みをして、清原は何か考え込んでいる。ややあって、彼はテーブルの上のカップに手を伸ばした。コーヒーを一口飲んでから、清原はつぶやくように言った。

「噂だと思っていないで、私もその地下壕を探すべきだったんでしょうか。そうしていたら、事件に利用されることもなかったのでは……」

「入り口はかなりわかりにくい構造になっていました。見つけるのは難しかったんじゃないかと思います。西崎たちは、相当な執念を持って調査したんだと思いますよ」

清原は神妙な顔をしている。自分の知らない間に、所有する土地で事件が起こっていたのだ。おそらくいい気分はしないだろう、と塔子は思った。

清原拓人の家を辞して、塔子と鷹野は覆面パトカーに向かった。

塔子が助手席でシートベルトを締めていると、運転席で鷹野がもぞもぞ体を動かし始めた。どうしたのだろう、と塔子は様子をうかがう。

彼はポケットから携帯電話を取り出した。どこからか着信があったらしい。

液晶画面を確認したあと、鷹野は通話ボタンを押した。

「鷹野です。……はい、今ちょうど清原拓人さんから事情を聞いたところです。噂ですが、彼の曾祖父が財産を隠したのだとか。……え？　本当ですか？」

鷹野は眉をひそめて携帯電話を握り直した。相手としばらく言葉を交わしたあと、彼は通話を切って塔子のほうを向いた。

「早瀬さんからだ。西崎のことを調べているうち、草壁の居場所がわかったそうだ」

「どこです？」塔子は鷹野を見つめる。

「青梅《おうめ》市のウィークリーマンションだ。鑑取りのトクさんたちと合流することになった。急ごう」

ここから青梅市まで、おそらく一時間弱で移動できるだろう。

エンジンをかけると、鷹野は面パトを東へ向かわせた。

3

午後五時二十分。ＪＲ青梅駅に近づくと、鷹野は覆面パトカーのスピードを緩めた。

街灯の下、道路の左右にさまざまな車が停まっている。塔子はそれら一台一台に目を走らせた。そのまま百メートルほど進んだところで、塔子は鷹野に報告した。

「いました。黄色い看板の手前です」

鷹野もすぐに見つけたらしい。面パトは左にウインカーを出して、シルバーのセダンのうしろに停車した。

塔子たちが車から出ようとすると、すでに降りていた徳重がやってきた。塔子は助手席のウインドウを下げる。

「お疲れさん。早かったね」徳重は人のよさそうな笑顔を見せた。「奴が借りている部屋はこの先、住宅街の中だ。途中にコインパーキングがあったから、そこへ停めよう」

「わかりました」運転席で鷹野が答えた。

徳重たちの車を追って、鷹野は面パトを走らせた。左折してしばらく行くと、話のとおりコインパーキングがあった。二台はそこに入っていく。

今回、徳重の相棒となったのは所轄の若い刑事だった。ダークグレーの地味なスーツを着ている。

「よろしくお願いします」彼は真顔になって、塔子に尋ねてきた。「あの……如月さん、休んでいなくていいんですか？」

「ご心配をおかけしてすみません。もう大丈夫です」

そう言ったあと、塔子は徳重のほうを向いた。

「トクさん、マル対の情報はどれくらいわかっているんですか？」

徳重はスーツの内ポケットからメモ帳を取り出した。

「対象者は草壁隆茂《たかしげ》、三十三歳、アルバイターとして飲食店に勤務。しかし実際は暴力団関係の仕事を中心にしているようだね。半グレともつきあいがあるそうだ。五年ほど前に西崎恭一と知り合って、運び屋とか借金の取り立てとか、そんな仕事をしていた。和久井とも関係があったらしい」

「和久井のグループに所属していたんですか？」

鷹野がそう尋ねると、徳重はメモ帳のページをめくった。

「いや、そこまでの関係ではなかったようだね。もしかしたら、和久井たちの態度を見て、警戒していたのかもしれない。あくまで下請けとして、頼まれた仕事を引き受けるという感じだったんじゃないかな」

十月十日に殺害された西崎は三十五歳、草壁は三十三歳だ。西崎が兄貴分だったのかもしれない。

四人は暗くなった住宅街の路地を進んでいった。やがて先頭を歩いていた徳重が、五階建てのウィークリーマンションの前で足を止めた。

「草壁は三ヵ月ぐらい前からここに住んでいるそうだ」

「期間が長いから、ビジネスホテルに泊まるのはきつかったんですね」と塔子。

「前は立川《たちかわ》市内のアパートに住んでいた。何か事情があって、そこにいられなくなったんだろう」

「家賃の滞納だとか、そんなわかりやすい話じゃなさそうですね」

鷹野がデジカメで辺りの写真を撮りながら言った。そうだね、と徳重は答える。

「我々を含めて、警察が彼を追っていたという情報は出てきていない。だとすると、かつての仲間、つまり裏社会の人間に狙われている可能性が高いんじゃないかな」

暴力団なのか中国マフィアなのか、あるいはまた別の組織なのか。とにかく草壁は何かヘマをして逃げ回っているのではないか、という気がする。

一階の管理人室に、四十代後半と思われる男性がいた。塔子たちの姿を見ると、彼は慌てた様子で立ち上がり、部屋から出てきた。小柄で、白いウインドブレーカーを着ている。

「どうも。警視庁の徳重といいます」軽く頭を下げながら、徳重は警察手帳を呈示した。「わざわざすみませんね」

普段は管理人が常駐していない施設らしい。今回は、あらかじめ徳重が管理会社に連絡しておいたようだ。

「いえ、それはいいんですが……」管理人は不安そうな顔をしていた。「何か事件があったんですか？　大きな騒ぎには、してほしくないんですが」

「まあ、それは状況次第でしょうな」徳重はエレベーターホールに向かった。「あなたはしばらくここで待っていてもらえますか」

「……わかりました」管理人はぎこちなくうなずいた。

徳重と塔子、鷹野の三人はエレベーターで三階に上った。若手の捜査員は建物をあちこちチェックしてきたのだろう、非常階段を上ってきた。

そのまま若手刑事を非常階段付近に残し、塔子たちは奥から二番目の部屋まで進んだ。通常のマンションと異なり、ウィークリータイプなので表札は出ていない。

徳重はチャイムを鳴らした。しばらく待ってみたが応答はない。もう一度ボタンを押しても無反応だ。何度かドアをノックしてみたが、それでも住人が出てくる気配はない。

ドアハンドルに手をかけて、徳重は、おや、という顔をした。ドアは手前に開いた。

徳重はこちらに目配せしてから、玄関のドアを大きく開けた。明かりが点いていないため、屋内は薄暗い。

「草壁さん、こんばんは」

中に向かって徳重は呼びかけた。耳を澄ましてみたが何も聞こえてこない。

「鍵が開いていましたよ。草壁さん、大丈夫ですか？」

徳重は壁のスイッチを押して電灯を点けた。

そこは奥行きのある細長い部屋だった。入ってすぐ左手はキッチン、右手はユニットバスだろう。奥の洋室にベッドがひとつ設置されていて、窓際にはテレビの載った机がある。ビジネスホテルの部屋に小さなキッチンが付いた、という印象だ。

そのキッチンの部分を見ると、床にやかんが転がり、辺りに水がこぼれていた。何かあったのではないかと疑われる光景だ。

「警察です。草壁さん、入りますよ」

慌てた様子で、徳重は靴を脱いだ。白手袋を嵌めて部屋に上がっていく。塔子と鷹野も彼に従った。

徳重は右手にあるドアを開けた。手前に便器があり、その向こうに浴槽がある。こここには誰もいない。

鷹野は奥の洋室に向かっていた。明かりを点けてベッドの横に立ち、彼は勢いよく布団をめくり上げる。

だが、ベッドには誰も寝ていなかった。

意外そうな顔をして、鷹野は眉をひそめた。塔子はその横で、ベッドと壁の間にある幅三十センチほどの隙間に注目した。青い毛布が落ちている。その下には、ちょうど人ひとりが隠れられそうな膨らみがあって――。

「鷹野さん……」

塔子がささやくと、鷹野も気づいたようだった。彼はしゃがみ込んで、毛布の端をつかんだ。

そのとき、塔子の脳裏に恐ろしい光景が甦った。真っ暗な部屋で懐中電灯を使っている自分。光に照らされている薄汚れたブランケット。中にいたのは、もはや人ではない何かだった。

塔子は思わず目をつぶってしまった。鷹野が毛布を剝《は》ぎ取る気配があった。すう、と鷹野が息を吸った。

見たくない、と塔子は思った。だが、いつまでもそうしているわけにはいかない。目をつぶったまま、右手の指先で左手首を撫でてみた。そこにあるのは父の形見の腕時計だ。

大きく深呼吸をしてから、塔子は目を開けた。

鷹野の背中が見えた。その向こう、ベッドと壁の間の細長いスペースに、男性が横たわっていた。おそらく三十代前半だろう。ブルージーンズにチェック柄のシャツ、白いパーカー。やや面長で、唇の厚い人物だ。顔のあちこちに殴られたような傷と痣《あざ》がある。左手に手錠を嵌められ、ベッド下部のパイプにつながれているのがわかった。

その男性は、先ほどの塔子のように固く目を閉じていた。ベッドの上から鷹野が首筋に触れても、じっとしたままだ。

「やられた……」鷹野のつぶやきが聞こえた。

徳重もベッドの上に乗って、手袋を嵌めた手を伸ばした。男性の額や頭部を調べているようだ。

「頭を強く殴られていますね」徳重は言った。「訪問者にいきなり殴打されて昏倒《こんとう》した、というところでしょうか。そのあとさんざん暴行を受けたようです」

「西崎のときとよく似ていますよ」鷹野は眉間に皺を寄せた。「手錠を残していったのも同じ手口です。犯人は相当強い恨みを持っていたと考えられる」

「首に索条痕があります。何かで首を絞められて窒息死したんだな」と徳重。

「そのあと犯人は、遺体をこの狭い場所に押し込んだ……。なぜでしょうね」

鷹野の問いに、徳重は首をかしげた。

「わかりません。発見を遅らせようとしたのかも」

「もしかしたら……」

塔子はそう言いかけたが、声がかすれてしまった。一度咳払いをしてから、鷹野の顔を見た。

「あの地下壕で、伊原さんは毛布をかぶって横たわっていました。それに似せたんじゃないでしょうか」

「というと？」徳重はこちらを向く。

「伊原さんは手錠をかけられ、自由を奪われて亡くなりました。犯人は草壁隆茂を殺害したあと、伊原さんと同じような恰好をさせたわけです。もちろんそれは、犯人の自己満足でしかないんですが……」

しばらく考えているようだったが、やがて徳重はベッドから下りた。

「早瀬係長に連絡します」

ポケットから携帯電話を取り出し、彼はボタンを操作し始めた。

塔子は遺体から目を逸らして、もう一度深呼吸をした。地下壕のことや白骨遺体のこと、加賀のことなどを頭から追い払おうとする。

「いろいろ思い出してしまったんじゃないか？」隣にいた鷹野が小声で尋ねてきた。

「ええ……。でも大丈夫です」

気持ちを落ち着かせながら、塔子は答えた。

捜査に復帰させてほしいと頼んだのは塔子自身だ。現場で役に立たないと思われたら、予備班に回されてしまうかもしれない。そうなったら、信用を取り戻すのにまた時間がかかることになる。

最前線に立ってこそ捜査一課の刑事なのだ。それを忘れるわけにはいかなかった。

鑑識課がやってくるまで、まだ少し時間がかかるという。あまり現場をいじってはいけないが、取り急ぎ、塔子は鷹野たちとともに室内を確認していった。

ウィークリーマンションはホテルと違って、基本的には住人が自分で掃除することになっている。草壁はまめな性格だったのか、部屋の中はかなりきれいな状態だった。備え付けの冷蔵庫には、調味料のほか肉や野菜も入っている。

「自分で料理をしていたようです。節約していたんでしょうね」

塔子が言うと、ごみ箱を調べていた徳重が顔を上げた。

「そうだね。仕事の関係で引っ越したというわけじゃなく、彼はここに潜伏していたんだろう。期間が長くなっていたから、できるだけ金は使いたくなかったはずだ」

塔子は液晶テレビが置かれた机に近づいた。引き出しを順番に開けていったが、特に気になるものはない。

腰を屈めて机の下を覗き込んでみた。そこで黒っぽい紙片のようなものを見つけた。手袋をつけた手でつまみ上げてみる。

「こんなものが落ちていました」

振り返って、塔子は鷹野たちを呼んだ。落ちていたのは、バッグや雑貨などによく付いているタグだ。何かの弾みにちぎれてしまったのだろうか。

「ちょっと待ってくれ。このロゴは……」と鷹野。

それはジャックベアというブランドのロゴマークだ。塔子は言った。

「青柳興業の事務所に、この会社のキーホルダーが落ちていましたよね。それから、和久井たちの所持品と思われるショルダーバッグも、ジャックベアブランドでした」

タグをじっと見つめたあと、鷹野は腕組みをして考え込んだ。

駆けつけた鑑識課員たちに状況を伝えると、塔子たちは草壁の部屋を出た。

共用通路には、不安げな顔をした管理人がいた。騒ぎを聞きつけて三階に上ってきたのだろう。徳重は管理人に状況を説明するため、塔子たちから離れていく。

そこへエレベーターのドアが開いて、早瀬係長が姿を見せた。彼は鷹野を見つけると、足早に近づいてきた。

「間に合わなかったのか」

「はい、我々が着いたときにはもう」

そう答えながら、鷹野は振り返って草壁の部屋のドアを見た。早瀬は険しい表情にになった。

「西崎に続いて草壁まで……。やはりあの地下壕の一件が原因なのか」

「ここに和久井たちが来ていた可能性があります」鷹野は先ほど発見したタグのことを、早瀬に報告した。「いつ落としたものかはわかりません。もともと和久井たちはこの部屋に来たことがあったのか、あるいは、青柳興業を脱出してからここにやってきたのか……」

眼鏡のフレームを押し上げながら、早瀬は低い声で言った。

「草壁も西崎と同様、和久井たちに殺害されたんじゃないのか？」

「そうかもしれません。如月、例のノートを貸してくれ」

「え……あ、はい」

塔子はバッグを探って捜査用のノートを取り出した。

いつも特捜本部入りすると、塔子は門脇、徳重、鷹野、尾留川らとともに食事をする。五人で捜査会議とは別に、情報交換や事件の筋読みを行うのだ。そのとき使っているのがこのノートだった。

鷹野は新しいページを開いて、ペンで簡単な図を描いた。

◆和久井裕弥
◆加賀稔
◆丹波弘影
◇草壁隆茂　↑（殺害？）
◇西崎恭一　↑（殺害？）
　←（監禁致死？）
◇伊原陽治

図を指差しながら、鷹野は言った。

「和久井がリーダーになって加賀と丹波を従え、犯罪グループを作ったのではないかと思われます。一方、西崎と草壁は暴力団など反社会的勢力の仕事を引き受けていました。そこで想像ですが、和久井はあるとき西崎・草壁のコンビに、西多摩郡へ行くよう指示したんじゃないでしょうか」

「それが二年前の金塊探しか」

「ええ。どこかで噂を聞きつけた和久井が、清原家の『隠し財産』を探すよう西崎たちに命じたんだと思います。西崎と草壁も半信半疑だった可能性が高いですが、命令とあれば仕方がない。山に詳しい伊原陽治を雇って、案内させることにした。そういう経緯だったんじゃないでしょうか。……如月、どう思う？」

塔子は深くうなずいた。

「私もそう思います。……ところが、西崎たちは本当に隠し財産を見つけてしまったわけですね。西崎、草壁のふたりに和久井たちが加わるとなると、かなり取り分が減ります」

「いや、取り分という話ではなかったかもしれないな」早瀬が言った。「和久井の命令で出かけたのなら、金塊はすべて和久井たちに差し出す必要があったはずだ。西崎たちがもらえるのは、約束していた調査費だけだったのかもしれない。だとしたら不満が残りそうだ」

ノートから顔を上げて、鷹野は早瀬のほうを向いた。

「もしかしたら、そこで揉《も》め事が起きたんじゃないでしょうか。たとえば西崎が、見つけた金塊の量を、実際より少なく報告したとか……」

「それを知ったら、和久井は怒るだろうな」

「実際、そうなってしまったのかもしれません。最近になって和久井はそれを知り、西崎たちを捜していた。そして十月十日に西崎を殺害、さらに今日になって草壁まで始末したのでは？」

「しかし、青柳興業からやっと脱出して、すぐに草壁を殺害しに行くだろうか」

早瀬の問いに対して、鷹野は即座に答えた。

「和久井はこう考えたんじゃないでしょうか。……西崎が殺害されたのを知った草壁は、和久井たちが犯人だと推測した。次は自分が狙われるだろうから、先に警察にたれ込んで和久井たちをマークさせようとした。その結果、和久井たちは不本意な形で青柳興業に立てこもることになった。草壁のせいで計画はめちゃくちゃだ。許せない。早急に始末しなければ……というふうにね。和久井はプライドの高い男なんでしょう。草壁を殺害せずにはいられなかったんじゃないかと思います」

実際には、草壁が警察にたれ込んだ事実はないのだが、和久井は突っ走ってしまったのだと考えられる。

塔子は和久井の顔を思い浮かべた。髪は真っ白で、冷静沈着という印象のある人物だった。加賀に比べるとまだ話が通じそうに思えたが、考えてみれば和久井はその加賀を従えているのだ。また、丹波という坊主頭の男も配下に置いている。和久井は、腹の中にどんな残酷さを隠し持っているかわからなかった。

一刻も早く彼らを捕らえなければ、と塔子は思った。

4

青梅の現場は鑑識課員たちに任せて、塔子と鷹野は面パトに乗り込んだ。

早瀬係長の指示を受け、ふたりは遊撃班として捜査を再開することになった。あらたな事件が発生したため、今夜の捜査会議は午後十時から行われるそうだ。今が六時四十分なので、まだ三時間くらいは動くことができる。

現在、状況は複雑に入り組んでいる。昨日青柳興業の立てこもり事件が発生したことでSITが臨場し、塔子たちと樫村たちが同時に活動する形になった。江本則之を人質に取られているため、和久井たちの居場所を見つけることが最優先課題だ。だがそちらの捜査はSITが主導していて、塔子たちは口が出せない。

ときどき樫村は早瀬に報告を入れているようだが、たぶんすべての情報を流してはいないだろう。これを組織捜査の弊害と見るか、責任の所在が明らかでよいと考えるか、難しいところだ。

そういう状況下で塔子たちが早急に捜査しなければならないのは、西崎殺害の一件だった。これはもともと殺人班で対処していた事案だから、SITの指図を受けることはない。

「本来の捜査に戻るということですよね」

助手席で塔子が言うと、鷹野はちらりとこちらを見た。

「とはいえ、西崎を殺害したのは和久井だと思われるから、我々も和久井を追跡することになる。そうなれば加賀や丹波を捜すことになるし、もちろん江本さんを捜すことにもつながる」

「スタート地点は違っても、ゴールは同じというわけですか」

「そういうことだ。SITのメンバーも、西崎殺しの件まで調べるのは無理だろう。要するに、役割分担をしようということだよ」

「ほかに、草壁隆茂が殺害された『青梅事件』もありますからね。そっちも和久井につながっている可能性が高いし……」

「すべての中心には和久井がいる、という気がするな」

現在、西崎殺しについて塔子たちができるのは、西崎の友人・知人を調べることだった。西崎が和久井とつながっていたことは、すでにわかっている。西崎が草壁とコンビを組んでいたことも明らかだ。さらに調べを進めれば、加賀や丹波と関係があったことも判明するのではないか。それが判明することで、和久井たちの新しいアジトや、犯罪計画などが推測できるかもしれない。

鷹野の運転で、覆面パトカーはあきる野市や福生《ふっさ》市などを回っていった。電話連絡しておいた人たちに会い、西崎恭一のことを尋ねていく。だが有益な情報はなかなか出てこなかった。時間がない中、こんなふうに空振りを続けていて大丈夫なのか、と塔子は不安になってきた。

何件かの聞き込みを終えたあと、鷹野はコンビニエンスストアの駐車場に車を入れた。

「少しだけ休憩しよう。缶コーヒーを二本買ってきてくれ」

「トマトジュースじゃなくていいですか？」

「今は甘いものがほしいな」

わかりました、と答えて塔子はコンビニに入った。

缶コーヒーを買って塔子が戻ると、鷹野は運転席でリュックサックの中を調べていた。

「今朝あの山で使ったものですね」と塔子。

鷹野はリュックの中から針金、ボルトカッター、ペンチ、ドライバーセット、懐中電灯、ロープ、タオル、救急セットなどを取り出した。

「そんなに入っていたんですか？」

「如月が見つかるまで、何が起こるかわからなかったからな。いろいろ用意したんだよ」

鷹野はレジ袋を受け取ると、缶コーヒーを一本、塔子のほうへ差し出した。

「俺の奢《おご》りだ。糖分を補給しないとな」

「ありがとうございます。ものを考えるのに、糖分は大事ですよね」

車の中で、塔子たちは缶コーヒーを飲んだ。フロントガラスの向こう、電線の先には夜空が広がっている。

「もう十月も半ばなんだな……」鷹野が口を開いた。「毎日捜査をしていると、季節の変化に気がつかないことがあるよ。だって、ついこの間、銀座《ぎんざ》の事件で暑い暑いと言っていたのに、あと二ヵ月でクリスマスだぞ。まったく信じられないな」

「そして年末年始ですよね。警察としては忙しい時期になるし……」

「やがて二月になり、如月はまたひとつ歳をとる、と」

「歳のことはいいじゃないですか」

次の誕生日で塔子は二十八歳になる。まだ当分仕事を頑張りたいと思っているが、母の厚子が何かとうるさい。

塔子がそのことを話すと、鷹野は指先でこめかみを搔いた。

「まあ、いろいろ言われているうちが花だぞ。いや、俺はよく知らないが……」

「覚えておきます」塔子は苦笑いを浮かべた。

コーヒーを飲み干したあと、鷹野は何か考える顔になった。窓の外に目をやりながら、彼はこんなことを言った。

「正直な話、このままでいいのかどうか迷っているんだ」

「え？」

「吉富《よしとみ》刑事部長の主導で女性捜査員を養成しようということになっている。如月はその第一号というわけだが、不満はないか？」

「不満なんて、そんな……」塔子は慌てて否定した。「私は名誉なことだと思っていますよ。チャンスをもらって、捜査一課で働けるわけですから」

「建前はいいよ」鷹野はこちらを向いた。「本音を聞かせてくれないか。捜一の仕事を続ければ危険な場面も出てくるが、如月はこのままで大丈夫か？　今回、青柳興業でも相当きついことがあったはずだ」

鷹野は真剣な顔で、塔子を見つめている。困ったな、と塔子は思った。どう答えたら自分の考えがうまく伝わるのかわからなかった。

「危険があるのは承知しています」塔子は言葉を選びながら言った。「警察官になったときから、それは覚悟の上ですし……」

「男性だから、女性だからという考え方はしたくないが、それでも本音を言わせてもらうと、俺はいろいろと心配だ」

「私が危なっかしいということですか？」

塔子が訊くと、鷹野は口をへの字に曲げた。

「いや、如月は頑張っているよ。このところ、ずいぶん成長してきていると思う。だから今まで俺は、何も心配していなかったんだ。青柳興業の事件が起こるまでは……」

鷹野が何を考えているのか、理解できたような気がした。立てこもりで塔子が人質になったのは、女性だったからだ。そう言いたいのだろう。

「でも、あの場に女性は私しかいなかったんですから、行くしかありませんでした」

「そのとおりだよ。だから、そういう状況を作ってしまった自分が情けないんだ。俺だけじゃない。人質になるよう命令した神谷課長も、同じように思っているんじゃないかな」

「女性がいると仕事がやりにくくなる、ということですか？」

「そういうわけじゃない。ただ、今後も危険な目に遭わせてしまうんじゃないかと思って……。それが不安なんだ」

目を伏せて少し考えたあと、塔子は顔を上げた。鷹野は真顔でこちらを見ていた。

「私、今日、病院で家に電話をかけたんですよ。母は父の言葉を教えてくれました。自分を守れない人間に、他人を守ることはできない、と言っていたそうです。たしかにそのとおりですよね。……今回私は人質になった上、地下壕に閉じ込められました。正直、もう駄目かと思うこともありました。でもなんとかそれを乗り越えて、捜査の現場に戻ってきました。一人前の刑事になるために、私はここに戻ってきたんです」

しばらく間があった。そのあと鷹野は「なるほど」とつぶやいた。

「覚悟を持って戻ってきた人間に、俺は失礼なことを言ってしまったのかもしれない。その点は謝るよ」

「いえ、そんな……。とにかく鷹野さん、細かいことは気にせず、今までどおりでお願いします」

塔子は頭を下げた。鷹野は思案顔だったが、やがてこう尋ねた。

「今までどおりということは、まだ半人前扱いでいいのかな」

「それは違います」塔子は首を振る。「免許皆伝とはいかないでしょうけど、仮免ぐらいでお願いできませんか?」

鷹野は眉を大きく動かして、やれやれ、と言った。

これで、鷹野に自分の考えを伝えることができたようだ。ひとつ息をついて、塔子はフロントガラスの向こうに目をやった。

そこで塔子は、おや、と思った。四十メートルほど離れた路上に黒いセダンが見える。何だろう。暗くてはっきりしないのだが、何か違和感がある。

ナンバーを確認しようと双眼鏡を取り出しているうち、セダンは走り去ってしまった。

「今の車、何か気になるのか？」鷹野が尋ねてきた。

「いえ、よくわからないんですが……」そうつぶやいてから、塔子は首を横に振った。「すみません。気のせいだったみたいです」


塔子たちは捜査を再開して、昭島市に向かった。

次に会ったのは輿石《こしいし》という三十代の女性で、小さなスナックを経営していた。彼女はまだ客のいない店の中で、聞き込みに応じてくれた。西崎の死は、テレビのニュースで知ったという。

「西崎さんは三年ぐらい前からうちのスナックに来てくれてましたよ」メンソール煙草を吹かしながら、輿石は言った。「派手な飲み方はしない人でしたね。いつも隅のボックス席で、連れの人たちと何か話していました」

「その人たちの名前はわかりますか？」と鷹野。

「ごめんなさい。聞いたんですけど忘れちゃって……。四十歳ぐらいの白髪の人と、もう少し若い人。そっちは顎ひげを生やしてましたよ」

鷹野は手早く、資料ファイルからＡ４判の紙を取り出した。そこには何枚かの写真が印刷され、関係者の顔が一覧できるようになっている。鷹野はそうした紙を三枚、テーブルに並べた。

「この中に、連れの人はいますか？」

あえて、西崎とは関係ない人間の写真も交えてある。

「ああ、この人と……それからこの人、あと、この人も」

輿石が指差したのは和久井、続いて加賀、丹波の写真だった。これで和久井たち三人が西崎と会い、何か相談していたことの裏が取れた。それは金塊を探してこいという話だったのではないだろうか。

「この人はいませんでしたか」

鷹野は草壁の写真を指差した。輿石はしばらく見つめていたが、記憶にないと答えた。

もしかしたら和久井は、おもに西崎に指示を出していたのかもしれない。その仕事を、西崎は弟分の草壁とともにこなしていたのではないか。

「その四人は、仕事や金について話していませんでしたか？」塔子は尋ねた。

「ええ。いつもお金のことを話してたみたいですけど……」

質問を重ねてみたが、彼らの仕事の内容などは知らないという。和久井たちが犯罪絡みの仕事を西崎に流していたとすれば、大声で喋らなかったのは当然だろう。

そろそろ引き揚げる頃合いだろうか、と塔子が考え始めたとき、輿石は何か思い出したようだった。

「いつだったかしら、女の人も一緒にいたんですよね」

「女の人?」

「三十歳ぐらいだったかなあ。西崎さんとはあまり親しい感じじゃなかったけど」

「この三人の連れだったんでしょうか」塔子は和久井たちの写真を指差す。

「そうね。この人たちとはよく喋っていました」

和久井たちは犯罪に手を染め、大金を得ることも多かっただろう。その関係で、たまたま水商売の女性をスナックに連れてきただけだったのか。

——いや、何か引っかかる。

昨日から今日にかけての出来事を、塔子は順番に思い浮かべた。和久井たちを車で追跡したこと、青柳興業の事務所で見聞きしたこと、そのあとの地下壕での体験。メモ帳を見ながら考え続けるうち、はっとした。

今まで意識していなかったが、ふたつ気になることがあった。

塔子は自分の考えを、鷹野に耳打ちした。彼は眉をひそめていたが、資料ファイルから別の紙を抜き出し、テーブルの上に置いた。鷹野はその紙を輿石のほうに差し出す。

「今おっしゃった女性というのは、この人じゃありませんか？」

「ああ、そうです」彼女は指先で写真をつついた。「目と鼻のバランスに特徴があるでしょう。私、人相占いに興味があるから、お客さんの顔をよく見てるんですよ」

塔子と鷹野は顔を見合わせ、うなずき合った。

興石と別れたあと、鷹野は携帯電話で早瀬に連絡をとった。

「……鷹野です。西崎は昭島市内のスナックで、和久井たちのグループと会っていました。和久井と一緒にいたのは加賀、丹波、それともうひとり、宮下舞です」

早瀬は電話の向こうで驚きの声を上げたようだ。

ある女性が和久井たちと一緒にいた。そう聞いて塔子が思い出したのは、宮下のことだった。今日、捜査を始める前の打ち合わせで、こんな話が出た。江本の身に何かあれば宮下は悲しむだろう、と。彼女の連絡先を聞いているか、と手代木管理官が尋ねたとき、早瀬係長は「住所と自宅の電話番号、それから携帯番号も」聞いていると答えた。

あらためてそのやりとりを思い出したとき、塔子は引っかかるものを感じたのだ。

和久井たちの人質になった宮下は、携帯電話を取り上げられなかったのだろうか？

解放された宮下に捜査員が連絡先を尋ねたとき、携帯を奪われていたのなら「自分の連絡先」として携帯番号を告げることはないはずだ。だとすると、彼女は携帯を奪われていない可能性がある。それは彼女が和久井の仲間だったからではないか、と塔子は考えたのだった。

そうなるともう一点、気になることが出てくる。バッグの件だ。和久井と加賀が使っていたのは、おそらくジャックベアの黒いショルダーバッグふたつだろう。それに対して灰色と茶色、ふたつのショルダーバッグが江本の近くに置かれていた。あれは江本と宮下のものだったと思われるが、ふたりはトレッキングに出かけるのに、リュックサックではなくショルダーバッグを持ってきたのだろうか？　可能性ゼロとは言えないが、かなり違和感のあることだった。

「……ええ、そうなんです」鷹野は電話で説明を続けていた。「今得られた証言が事実なら、我々はとんでもない勘違いをしていたことになります。……至急、宮下舞から話を聞かないと」

鷹野は通話をしながら、メモ用紙に何か書き留めた。やがて電話を終えると、彼はこちらを向いた。

「宮下舞の居場所を確認してくれるよう、頼んでおいた。その結果によって我々は動くことにする」

覆面パトカーに乗り込んで、鷹野は腕時計に目をやった。

「もう八時半か……。これから事態が動くとなると、かなり遅くなってしまいそうだ」

塔子はあらためて状況を整理しようとした。

宮下舞が初めて姿を見せたのは、和久井たちが青柳興業に立てこもったときだ。事務所の中に男女ふたりの人質がいるのを知って、警察側は踏み込めなくなった。宮下と江本の安全を最優先とするため、徳重が時間をかけて交渉に臨むことになったのだ。だが先ほどの輿石の証言が事実なら、話はまったく変わってくる。

シートベルトを締めている鷹野に、塔子は話しかけた。

「彼女は——宮下舞は、和久井たちに捕まったという芝居をしていたわけですね？」

「そういうことになるな。パニック障害の発作も、嘘だったのかもしれない」

あれが演技だったとしたら、宮下には役者の素質があると言えそうだ。いや、もしかしたら彼女は、身近なところでパニック障害の人を見たことがあったのかもしれない。

「宮下はいつ和久井たちと合流したんでしょうか。もともと青柳興業の近くに待機していたとか？」

「いや、最初からワンボックスカーに乗っていたんじゃないだろうか」

「最初というと……和久井の木工所を出たときからですか？　でも、宮下が中に入っていくのを見たという報告はありませんでした」

「我々があの木工所を監視し始めたのは十月十四日だ。それ以前から、あそこに泊まり込んでいたのかもしれない」

たしかに、と塔子は思った。もともと和久井たちが何かの犯罪を計画していたのなら、数日前から仲間が集まっていてもおかしくはない。

昨日の午後三時四十二分、和久井はワンボックスカーに仲間を乗せて出発した。途中ホームセンターに寄ったが、そのとき車の中には宮下が隠れていたのかもしれない。

「我々に追われて、和久井たちは青柳興業に逃げ込んだ。外からよく見える事務所にこもったのは、人質がいるのをアピールするためだったんだろう。咄嗟にそんな演技プランを考えたのだとしたら、和久井もたいしたものだ」

「宮下は途中で具合が悪くなったふりをして、一足先に脱出した……。彼女はゆうべ、病院で治療を受けたはずですよね。捜査員の事情聴取も……」

「早瀬さんの話では、事情聴取のあと宮下は病院に一泊したそうだ。そして今朝九時ごろ退院した。今日は仕事を休むことにする、と言っていたらしい」

鷹野の携帯が振動した。彼は話を中断し、緊張した面持ちで電話に出た。

話をするうち、徐々に鷹野の表情が険しくなっていった。舌打ちしそうな雰囲気だったが、最後に彼は「わかりました」と言って電話を切った。

「早瀬係長ですか？」

「ああ。宮下から聞いていた番号に電話をかけたが、まったくつながらないそうだ。今、捜査員が自宅に向かっているところだが、おそらく住所もでたらめだろう」

塔子は考えを巡らした。青柳興業の事務所を出たあと、宮下は警察に身柄を保護されたはずだ。病院へ出発するまでの間、彼女は警察の布陣などを頭に入れ、メールなどで和久井に伝えたのではないか。だから和久井たちは、パトカーのいない西側へ逃走したのではないだろうか。

それだけではない。宮下は坊主頭の丹波に連絡をとり、ひそかに突入を支援していた可能性もある。立てこもっている和久井は、もちろん丹波に電話をかけていただろうが、宮下はそれを外からサポートしていたのではないか。彼女はパトカーの配置状況などを、丹波に伝えることができたはずだ。

「そうなると、もうひとりの人質だった江本則之も怪しい。奴も宮下と同じように、和久井の木工所からずっと車に乗っていたのかもしれない」

鷹野の言葉を聞いて、塔子は顔を上げた。その可能性については自分も考えていたところだ。だが、本当にそうだろうかと疑う気持ちがあった。

「今朝報告しましたが、和久井たちが青柳興業から脱出する前、江本さんは私にハサミを渡してくれたんです。いえ、はっきり見たわけじゃないんですが、たぶん間違いないと思うんです」

薬を打たれて塔子がふらついたとき、江本が体を支えてくれた。そのとき彼は和久井たちに気づかれないよう、こちらに目配せをしたのだ。

塔子が真剣にそう話すと、鷹野はわずかに首をかしげた。

「だとすると、江本則之は本当に人質だったということか？　しかし江本と宮下は、一緒にトレッキングに来て拉致されたと話していたんだ。ふたりが我々の前に姿を見せたタイミングも同じだった。宮下が和久井の仲間なら、江本もそうだったと考えるべきだ」

塔子は江本の顔を思い浮かべた。青いフレームの眼鏡をかけていて、髪は長め。とても真面目そうに見える人物だった。青柳興業の事務所で見たとき、彼の顔は強ばっていたが、あれも演技だったということなのか。

——私は江本さんを助けようと頑張ってきたのに。

裏切られた、という思いが強かった。だが、まだ腑《ふ》に落ちない部分もある。こちらを陥れるつもりなら、なぜ江本は塔子を助けるようなことをしたのだろう。

割り切れない思いを抱いたまま、塔子は江本のことを考え続けた。

5

午後九時、塔子たちの車は日野《ひの》市の郊外に到着した。

コインパーキングに車を停め、塔子と鷹野は街灯の下を歩いていった。企業の事務所や倉庫、アパートなどが混在する一帯で、人通りはあまりない。

目的の場所は、公園の隣に建つ木造アパートだった。一階の共用通路に入っていくと、一番奥に《堺篤弘《さかいあつひろ》》という表札があった。

鷹野がチャイムを鳴らすと、じきに足音がしてドアが開いた。顔を出したのは、三十歳ぐらいの男性だ。小太りで、額がやけに広い。トレーナーの上にセーターと青いジャンパーを着ていた。

「警視庁の鷹野といいます。堺さんですね？」

「はい、電話をもらったんで待っていました。どうぞ入ってください」

踵を返して、堺は奥へ戻っていく。失礼します、と言って鷹野と塔子は靴を脱いだ。

アパートの間取りは２ＤＫだと思われる。堺は塔子たちを台所のテーブルに案内し、椅子を勧めた。暑い部屋だな、と思って足下に目をやると、電気ストーブがついていた。

塔子の視線に気づいたのだろう、堺は頭を下げながら言った。

「すみません、ちょっと風邪をひいたみたいでね。今日は仕事を休んだんです」

「そうなんですか。具合の悪いときにお邪魔してしまって……」

「もともと体が丈夫じゃないもんですから。……あ、コーヒーと紅茶、どっちがいいですか？」

「いえ、すぐ失礼しますので、おかまいなく」鷹野は首を横に振った。「堺さん、早速ですが、質問させていただいてもよろしいですか」

「あ、そうですよね。すみません」

癖なのか、塔子たちの前で堺は何度も頭を下げている。

鷹野はメモ帳を取り出して、ページを開いた。

「電話でもうかがいましたが、西崎恭一さんが亡くなったことはご存じですよね？」

「ニュースで見てびっくりしました。一ヵ月ぐらい前に会ったばかりだったので」

「もともと、どういうお知り合いなんですか？」

「僕が勤めているサバイバルゲーム用品専門店に、西崎さんがよく来ていたんです。もう五年ぐらいのつきあいですね。商品の説明をしているうちに親しくなりまして」

おや、と塔子は思った。西崎にそういう趣味があるという話は、今までの捜査で一度も出ていないはずだ。

塔子の隣で、鷹野も眉をひそめていた。

「西崎さんはいつごろから、サバイバルゲームを？」

「五年前ですよ。初めて入ったサバゲーショップがうちだったそうですから。でもそのあと、いつだったかな、実弾を撃ったことがあるって自慢していました。海外に行くと、撃たせてくれる施設があるんですよね。僕は撃ったことがないので羨《うらや》ましかったんですが……」

「お店に来ていたとき、西崎さんはひとりでしたか？」

「最近はひとりでしたけど、二年半くらい前かな、何度か友達を連れてきていましたよ。西崎さんより少し若かったかも……」

「この写真の中に、その人はいるでしょうか」

鷹野は資料ファイルから三枚の紙を出して、テーブルに並べた。スナック経営者の輿石に見せたものと同じだ。

堺は軽く咳をしたあと、それらの紙に印刷された写真を見ていった。そのうち、あ、とつぶやいて顔を上げた。

「この人です。おとなしそうでしょう。サバゲーは初心者なのかな、と思ったんですけど、けっこういろいろ尋ねてきましたよ」

彼が指差した写真を見て、鷹野は塔子に目配せしてきた。青柳興業で立てこもり事件が発生している最中、鷹野が撮影したものだ。事務所の中に、男性の姿が見える。眼鏡をかけた、真面目そうな雰囲気の人物だった。

——江本則之は西崎とつながっていたんだ！

江本は西崎とともにサバイバルゲームの店に出入りしていた。その西崎は和久井たちとスナックで酒を飲んでいる。だとすると、江本が和久井たちとつながっていた可能性も出てくる。

人質だと思われていた江本は、やはり犯人たちの仲間だったのだ。

「この人の名前はわかりますか？」と鷹野。

「……すみません、そこまでは覚えていません」

「西崎さんたちはどんなことを話していましたか？」

「話の内容ですか。ええと、どうだったかな……」堺は記憶をたどる様子だったが、やがて鷹野に視線を戻した。「そういえば、この眼鏡の人が言っていました。『サバゲーをやっている人間のほうが、警官より銃の扱いはうまい』とかね。いや、そんなことはないでしょう、って僕が言ったら、『拳銃を持っていても、まともに使えない警官が多いから』なんて言うんです。まあたしかにアメリカなんかと違って、日本じゃ銃犯罪はほとんどないですからねえ」

ほかの写真もよく見るよう頼んでみたが、堺は考え込むばかりだ。和久井や加賀、丹波、宮下舞などの顔は知らないようだった。

礼を述べて、塔子たちは堺のアパートをあとにした。

面パトのほうへ歩きながら、鷹野は液晶画面を確認して電話をかけ始めた。今の聞き込みの間に、特捜本部から連絡が入っていたらしい。

通話を終えると、彼は足を止めてこちらを向いた。

「捜査会議で話が出ていたんだが、東京西部で行方不明になった人のリストを調べるという件、予備班でチェックが終わったそうだ。このあと早瀬さんからメールが来るらしい」

ちょうどそのとき、特捜本部からメールが届いた。街灯の下で、塔子も自分の携帯を確認する。メールにはこのようなリストが添付されていた。

[氏名]	[失踪年]	[年齢]	[住所]
尾形英美子	2年前	39歳	昭島市
大島哲郎	2年前	27歳	八王子市
鳥飼信光	2年前	34歳	福生市

浜辺美咲　2年前　22歳　日野市
結城正二郎　2年前　68歳　あきる野市

塔子たちが探しているのは伊原陽治という男性だ。あの地下壕で白骨化した人物が、二年前、行方不明になっているのではないかと踏んだからだった。

「伊原陽治という名前はありませんね」

「これは東京西部に絞り込んだリストだからな。失踪者はほかにも大勢いる。ただ、伊原陽治という男性が失踪したという届は、全国のどこにも出ていないそうだ」

「家族がいなかったとすれば届は出ませんよね？」

「それはそうだ」

伊原がひとり暮らしで、親族や親しい友人などもいなかった場合、人知れず失踪していることもあり得る。その場合は記録も残らず、捜索の対象にもならないわけだ。

塔子は携帯電話をバッグにしまった。

そのとき、ふと違和感を抱いて、塔子は辺りに目を走らせた。五十メートルほど向こうの暗がりに、黒っぽいセダンが停まっている。塔子は何気ないふうを装って、近くの路地に入った。それから小声で鷹野を呼んだ。

「どうした？」路地に入ってきて鷹野は尋ねた。

塔子はブロック塀の角から、そっと顔を出す。

「あの黒い車、さっきも見ました」

怪訝そうな顔をして、鷹野もその車を確認している。ややあって、彼はこちらを向いた。

「たしかに似ているな。ナンバーは読み取れないか？」

「暗くて見えません。近づいてみましょうか」

「よし。一ブロック回り込んで、うしろから接近すれば……」

そう話し合っているところへ、車のエンジン音が聞こえてきた。

はっとして、塔子たちはセダンのほうに目を戻す。こちらの気配を察したのか、その車は走り去ってしまった。結局、ナンバーも運転手の顔も、確認することはできなかった。

「俺たちをつけていたということか？」と鷹野。

「でも私たち、車で移動しているんですから、追われていれば絶対に気がつきます。つけられてはいませんでしたよ」

「だとすると、俺たちの行くところへ先回りしているとでも？　いや、それは無理だろう。いったいどこから情報を得るんだ？」

塔子は黙り込んだ。そのままあれこれ思案しているうち、ある考えが頭に浮かんだ。あまりに突飛すぎて、鷹野に話すのもためらわれるぐらいだった。

「あくまで可能性の話ですが……」塔子は言った。「情報ということなら、ひとつ方法があります。私たちは捜査中、特捜本部に連絡を入れていますよね。今どこにいるとか、次はどこへ行く予定だとか」

「そうだな。すべてを伝えているわけじゃないが、だいたいのことは……」

「その情報が漏れているとしたらどうでしょう」

え、と言って鷹野はまばたきをした。

「まさか、警察の誰かが情報を漏らしているというのか？」

「あるいは……あの車の人物が、警察の人間なのかも」

「そんな馬鹿な」

鷹野は眉をひそめている。塔子はこう続けた。

「十一係のメンバーはともかく、特捜本部に集まった所轄署員は知らない人ばかりです。理由はわかりませんが、その中の誰かが外部に情報をリークしているんじゃないでしょうか」

「……わかった。俺はそんなことはないと思うが、念のため早瀬さんに相談してみる」

鷹野は携帯電話で、早瀬係長に連絡をとり始めた。

その横で塔子も電話をかけてみた。相手は猪狩巡査長だ。

「はいはい、猪狩です」

「お疲れさまです、如月です。今ちょっとよろしいですか？」

そう断ったあと、塔子は黒いセダンが何回か目撃されていることを伝えた。猪狩は相づちを打ちながらしばらく聞いていたが、やがて低い声で唸った。

「気になる話ですね。もしかして、和久井たちが如月さんを追いかけているとか……」

「え？　どうしてですか」

「今回、如月さんはその……ひどい目に遭っていますよね。地下壕からは脱出できましたけど、もしかして連中はまだ何か企んでいるのかもしれません」

猪狩に言われて、塔子の中に黒い影のようなものが広がった。あの暗い空間での出来事が、急速に甦ってくる。鼓動が速くなった。落ち着かなければ、と塔子は深呼吸をした。

「その件は、あまり人に話さないほうがいいですね」猪狩は言った。「私も少し、周りに探りを入れてみます。まさかとは思いますが、何かあってからでは遅いので」

「わかりました。お願いします」と塔子。

「とにかく気持ちをしっかり持ってください。大丈夫ですよ。如月さんには、みんながついているんですから」

ありがとうございます、と言って塔子は電話を切った。鷹野はまだ携帯を持って、早瀬係長と相談を続けている。

これまでの記憶をたどってみた。知っている所轄刑事たちの顔を、塔子はひとりずつ思い出していく。誰か、気になることを口にした人物はいなかっただろうか？

塔子は暗い空に目をやった。夜になって雲が出てきたらしく、星はひとつも見えなかった。

第五章　ターゲット

1

十月十七日、午前八時半から捜査会議が始まった。

特捜本部では毎日定例となっている朝の会議だが、塔子は新鮮な気分で参加していた。西崎恭一が殺害された五日市事件、そして和久井たちの立てこもり事件があり、さらに塔子が地下壕に閉じ込められるという予想外の出来事があった。それらを経て、いつものように朝の会議を迎えられたのは本当にありがたいことだと思う。特捜本部の仲間たちには感謝しなければならない。

ただ、そう思いながらもすっきりしない気持ちがあった。昨日目撃した黒いセダンのせいだ。この捜査員たちの中の誰かが、犯罪者と通じているのではないか。そんなふうに考えると、どうしても不安になってくる。

メモ用紙を見ながら、早瀬係長はこう告げた。

「昨晩、鷹野組から報告があったとおり、和久井たちと宮下舞、西崎恭一はつながっていることがわかりました。また、西崎と江本則之が知り合いだったことから、江本も和久井たち犯人グループの一員だった可能性があります。今後、関係者への聞き込みを続けると同時に、彼らの行方についても捜査を進めていきます。……それから青柳興業について。現在社長とともに社屋のチェックをしていますが、事務所の備品や倉庫内の商品が非常に多いため、調査に時間がかかっているようです。今朝も早くから捜査員が現地入りしてリストを作成しています。このあと午前九時ごろ、一度連絡が入る手はずになっています。

その他の捜査状況について。丹波弘影の自宅を調べたところ、爆発物の製造法について調べていたことがわかりました。それから……地下壕で見つかった携帯に堂島周一郎の電話番号が登録されていましたが、渋谷区にある堂島邸付近で怪しい動きはありません。堂島は引退後まったく外出しなくなったそうで、我々も姿を確認できていませんが、当面、彼の身に危険はないものと思われます。それから、同じように携帯に登録されていた官公庁についても、不審な出来事がなかったか聞き込みを続けているところです」

各班の活動予定を確認すると、早瀬は朝の会議を終了させた。

捜査員たちはそれぞれ相棒とともに廊下へ出ていく。ホワイトボードのそばを離れて、早瀬がこちらにやってきた。

「鷹野、如月、ちょっといいか」

はい、と答えて塔子たちは椅子から立ち上がった。早瀬は眼鏡のフレームを押し上げながら、小声で言った。

「所轄から集まっている刑事について、今、確認を進めているところだ。素行に問題のある奴が見つかれば、捜査から外すことにする。五日市署の署長にもそれは話してある」

「ありがとうございます」鷹野は頭を下げた。「大丈夫だとは思うんですが、如月が気にしているものですから」

それを聞いて、早瀬は意外そうな顔をした。

「鷹野の考えではないのか？」

「ああ、もちろん私からのお願いでもあります。こう見えて如月の勘はけっこう当たりますから、馬鹿にできません」

「まあ、そうかもしれないな。相当、運もいいようだし……」

ふたりにそんなことを言われて、塔子はどう応じたものかと戸惑った。

「まあ、とにかく無理のないように捜査を続けてくれ。頼むぞ、如月」と早瀬。

「全力を尽くします」

塔子は背筋を伸ばして答えた。

早瀬が去っていったあと、鷹野は腕時計に目をやった。

「九時ごろ、青柳興業の調査結果がわかるということだったな。そのリストを確認してから捜査に出かけよう」

「わかりました」

少し時間があいたので、塔子は資料ファイルを見直していった。これまでの捜査で、何か気になることはなかっただろうか。

現場の写真を見ながら、塔子は鷹野に話しかけた。

「ふと思ったんですが、和久井たちは最初から、青柳興業に向かうつもりだった、とは考えられないでしょうか。社員旅行の日を狙ったのでは？」

鷹野は顔を上げて、思案する表情になった。

「俺も一度考えたんだが……。青柳興業で何かをするのが目的なら、旅行まで待たなくても夜に侵入すればよかったんじゃないだろうか」

「でも、セキュリティー装置があるから、普通の日に侵入すると警備会社が駆けつけて、社長が呼ばれます」

「昼だって警備会社が駆けつけるぞ。実際、一昨日もそうだった」

「駆けつけても、警備会社は社内の備品まで調べることはできませんよね。和久井たちが何をどうしていったのか、わからないはずです。社員に問い合わせようにも、みんな沖縄に行ってしまっているし……。仮に旅行に参加しなかった人がいても、社内のことを確認できるのは社長や管理職だけでしょう。つまり、社内の状況が明らかになるのは翌日の午後以降です。それまで、和久井たちは時間を自由に使えることになります」

たしかにそうだ、と鷹野は言った。その一方で、別の疑問が湧《わ》いたようだった。

「目的を持って青柳興業に侵入したとすると、和久井たちは確実に何かを計画していたわけだよな。しかし逃走したあと、和久井たちが事件を起こしたという情報はない。計画を変更したんだろうか？」

「そうですね。西崎殺しの捜査が進んでいる上、立てこもり事件を起こしてしまって、警察の捜査が予想以上に厳しくなった。それで計画がくるったんだと思います」

「せっかく青柳興業の社員旅行を狙ったのに、無駄に終わったわけか……」

「いえ、終わってはいないかもしれません。計画を延期しただけじゃないでしょうか」

「どこかに隠れて、実行のタイミングを待っている、と？」

「ええ、私にはそう思えるんです」

塔子は特捜本部の壁に掛けてあるカレンダーを見た。立てこもりが発生したのが十月十五日。あれから二日が経過している。

あのときはひどい雨だった。道路状況が悪い中、和久井たちは猛スピードで車を走らせ、警察の追跡から逃れたのだ。塔子はじきに意識を失ってしまったから、どこをどう走ったかはまったくわからなかった。

そういえば、と塔子は言った。

「昨日も報告しましたけど、私が青柳興業から連れ出されるとき、何か声が聞こえたんです。薬のせいで意識がはっきりしなかったんですが……」

塔子はバッグの中からメモを取り出した。

《……おうじの……いちびる……くだん……》と書いてある。

鷹野はそのメモを覗き込んだ。

「そうだったな。これが正確な言葉かどうかわからないが、考えてみるか」鷹野は自分のメモ帳に文字を書き込んだあと、顔を上げた。「最初は『王子の』だろうか？ それから『いちびる』というのは何だ？」

「たしか関西弁で『調子に乗る』といった意味ですよね。でも、関西弁を喋っていた犯人はいなかったし」

「最後は『九段』か、あるいは『件《くだん》』か？ 九段下《くだんした》駅なら神保町《じんぼうちょう》の近くだが」

「場所を表しているとしたら……」塔子はメモを見つめた。「『いちびる』は『ビル』の名前じゃないでしょうか。『なんとか第一ビル』とか」

「なるほど。その線はありそうだ。たとえば……王子の第一ビル、九段にある、と」

そこまで言って、鷹野は怪訝そうな顔になった。

「場所だというなら、『おうじ』は北区《きた》にある王子のことだろう。だとすると、九段という土地の名前をまた出すのはおかしい。なんとか第一ビルは王子にあるのか九段にあるのか、どっちなんだ」

「おうじ、おうじ……くだん」塔子は呪文《じゅもん》のようにつぶやいた。「いや、待ってください。今回の事件は東京の西部で起きていますよね。北区王子という考え方もありますけど、もっと可能性の高いものを思いつきました。『八王子《はちおうじ》』です」

鷹野は眉を大きく上下させたあと、塔子を見つめた。

「たしかに、その可能性が高いな」

メモを見ながらふたりが相談していると、データ分析班の尾留川がやってきた。普段は軽い言動の多い彼だが、今はいつになく険しい顔をしている。

「鷹野さん、青柳興業に行った捜査員から報告があったんですが、ちょっと見てもらえますか」

尾留川はＡ４サイズの紙を差し出した。青柳興業で紛失が確認された品物のリストだ。

　鷹野はその紙を受け取って目を通していく。数秒後、彼は大きな声を出した。

「硝酸アンモニウム！」鷹野は眉をひそめた。「化学肥料として使われるが、こいつは爆発物の原料にもなるぞ」

「ですよね」尾留川はうなずいた。「奴ら、とんでもないことを考えているんじゃないかと……」

　硝酸アンモニウムを使えば、比較的安価に爆発物を作ることができる。一部の化学肥料について、販売や管理に注意するよう警察庁からは通達が出されているのだ。

　その紙を持って、鷹野は早瀬係長に駆け寄った。内容を詳しく説明したあと、彼は言った。

「和久井たちは爆破テロを計画しているのかもしれません」

「そのために青柳興業に侵入したのか」と早瀬。

「あの日、和久井はホームセンターでボルトやナットを買っています。それ以前に鉄球なども買っていたかもしれません。爆発物にそれらを仕込んで、殺傷力を高めるつもりじゃないでしょうか」

「しかし、和久井たちに特定の思想や信条があったとは聞いていないが……」

　腕組みをする早瀬の横で、鷹野は続けた。

「彼らは五名ほどの犯罪グループだと思われます。規模が小さいから小回りが利きます。その機動性を活かして、ほかの組織や団体から仕事を請け負っていた可能性があります。西崎や草壁を使っていたように、和久井自身も誰かの下請けをしていたんじゃないでしょうか」

「……仮に爆破テロを計画しているとして、奴らはどこを狙っているんだ？」

早瀬に訊かれて、鷹野は塔子のほうを向いた。塔子はメモを差し出す。

「私が連れ去られたとき、車の中で聞いたことです。聞き違いがあるかもしれませんが……」

塔子は、先ほど鷹野とふたりで考えたことを説明した。早瀬はそれを聞いてから、メモを指差した。

「最後の『くだん』は？」

「『爆弾』じゃないでしょうか」

「八王子にある第一ビルで爆弾を使う、か」早瀬は考え込んだ。「その推測を信用してしまっていいかどうか、難しいところだな。……尾留川、八王子近辺に『第一ビル』か、それに近い名前のビルはどれくらいある？」

尾留川は備品のパソコンで、手早くネット検索を行った。

「ざっと調べただけでも十カ所ほどあります」

「よし、所在地を調べろ」尾留川に命じたあと、早瀬はこちらを向いた。「鷹野たちはそのリストに従って、八王子近辺の第一ビルに当たってみてくれ。何人ぐらい必要だ?」

「とりあえず、八人貸してください」

「わかった。聞き込みに出ているメンバーを集めて、門脇にコントロールさせる。鷹野と如月は一足先に、八王子へ向かってくれ。門脇たちと情報交換しながらビルを調べてほしい。何か発見したらすぐ報告を。そのときはSITの樫村さんにも情報を流す」

「了解しました。行くぞ、如月」

「はい!」

塔子は自分の席に駆け戻った。資料を片づけ、バッグを手に取る。

尾留川が印刷してくれたリストを持って、塔子と鷹野は特捜本部を出た。

2

昨日は鷹野の言葉に甘えたが、今日は塔子が面パトを運転することにした。

五日市署から八王子市まで、およそ四十分という行程だ。ほかの捜査員たちとは現地で合流する予定になっている。彼らが先に到着した場合は、作業分担に従ってビルの調査を始めるよう頼んであった。

ハンドルを操作しながら、塔子は鷹野に話しかけた。

「さっきの話ですが、もし和久井たちがテロを委託されたのなら、動機がわからなかったのも無理はないですね」

そうだな、と鷹野は言った。

「和久井が何か企んでいる気配は察知していたが、実態は謎のままだった。奴が誰かを恨んでいるのでなければ、身辺をいくら調べても動機が見つかるはずはない」

「それにしても爆破テロなんて……」

塔子の頭に、以前捜査した事件のことが浮かんできた。都内で爆破事件が相次ぎ、塔子をはじめ、多くの警察官が危険な目に遭った。今回もまたあんなことが起こるのだろうか。

「大丈夫だ」助手席から鷹野の声が聞こえた。「如月に無茶なことはさせない」

「鷹野さんも無茶はしないでくださいね」

「如月にそんなことを言われるとはな」鷹野は苦笑いを浮かべた。「俺はもともと慎重な性格なんだよ。俺に無茶をさせるのは、たいてい如月だ」

すみません、と頭を下げたあと、塔子は表情を引き締めた。

無茶で済めばいいが、今回はどうなるかわからなかった。和久井たちが作った爆発物には、いったいどれくらいの威力があるのだろう。それが爆発したとき、周辺にどれほどの被害が及ぶのか。

——一般市民への被害だけは防がないと……。

自分にそう言い聞かせながら、塔子はアクセルを踏み込んだ。

やがて面パトは八王子市街に入った。鷹野はリストを見ながら、門脇と電話で話している。調査するビルの割り振りについて、再確認を行っているようだ。

「駅の近くにいくつか第一ビルというのがある」電話を切って鷹野は言った。「如月、その交差点を左に曲がってくれ」

彼の指示に従って、塔子は車を進めていった。

ヨシナガ第一ビルという建物が見つかった。塔子たちは車を降りると、急ぎ足でエントランスから中に入っていく。管理人室があったので、ガラスを叩いて中年女性を呼んだ。

「警視庁の者です」鷹野が警察手帳を呈示した。「危険物が仕掛けられているという情報がありました。中を調べさせてもらえませんか」

えっ、と言って女性管理人はまばたきをした。突然、予想外の話を聞かされて面食らっているようだ。

「危険物って何ですか？」

「爆発物です」と鷹野。

「ば……爆弾？　なんでそんなものが、このビルに……」

「このビルでない可能性もあります。それを確認したいので、ご協力ください」

「わかりました」

管理人の顔色が変わっていた。彼女は塔子たちとともにエントランスやごみ収集ステーションなどを確認した。さらに非常階段を上り、二階から最上階まで共用通路をチェックしていく。

屋上まで見せてもらったが、不審なものは見つからなかった。

「ありがとうございました。このビルは問題ないようです」

塔子たちが建物から出ていこうとすると、女性管理人は慌てた調子で呼び止めた。

「もし何かあった場合はどうすればいいんですか」

「ああ、そうですね。ここへ連絡してもらえますか」

塔子は特捜本部の電話番号をメモして、相手に手渡した。管理人は不安そうな顔をしていたが、それ以上は何も言わなかった。

再び車に戻り、リストの二番目に書かれたビルへ向かう。その途中、鷹野の携帯に着信があった。

「鷹野です。今、ひとつ調べ終わったところですが……。え? ちょっと待ってください。本当ですか！」声を上げたあと、鷹野はメモ帳に何か書き付けた。「わかりました。現場に急行します」

電話を終えると、鷹野は塔子のほうを向いた。

「トクさんからの情報だ。八王子市内に堂島周一郎の住まいがあるらしい」

「堂島さんの？」驚いて、塔子はまばたきをした。「自宅は渋谷区だということでしたけど」

「八王子にあるのはセカンドハウスだそうだ。最近、堂島は八王子の家にこもりきりだとわかった。まったく外に出てこないのは、体を壊しているせいらしい」

そこまで聞いて、塔子はあることに思い当たった。

「ひょっとして、その家があるのは『第一ビル』ですか？」

「そのとおり。喜久田《きくた》第一ビルだ。このリストの三番目だな」

そういうことか、と塔子は納得した。そのビルこそ『当たり』に違いない。

「和久井たちは堂島さんを狙っているわけですね？」

「充分、考えられるな。堂島はすでに引退しているが、政界への影響力が大きいと言われている。特に今、国際条約の締結の件で、堂島をよく思っていない人間は多い。旗振り役の堂島がいなくなれば情勢が変わる、と考える者もいるだろう」

「和久井たちに政治的な背景はない。しかしどこかの組織なり団体なりの指示で、この仕事を請け負った……。そういうことですね」

「その見方が一番しっくりくる。とにかく現場へ急ごう。ビルの中に不審物があれば、奴らのターゲットは堂島周一郎だと断定できる」

「了解です」

塔子は目的地を変更して、車を走らせた。

五分後、面パトはクリーム色のビルの前で停まった。エントランスには《喜久田第一ビル》というプレートが掛かっている。七階建てで全体的に高級感のある造りだが、マンションというわけではない。ビルの外壁には企業の看板が設置されていた。堂島はこんなビルに住んでいるのだろうか、と塔子は不思議に思った。喜久田第一ビルの左右にあるのもオフィスビルだし、道路の向かい側の茶色いビルも同様だ。ただ、その茶色いビルは解体工事中らしく、鋼板で仮囲いが造られていた。

喜久田第一ビルの一階へ入っていくと、右手に守衛室があった。中にいるのは四十代半ばと見える、制服姿の男性だ。目のぎょろりとした人物だった。

塔子たちの姿を見ると、守衛は怪訝そうな顔をした。

「警察の者ですが、このビルに爆発物が仕掛けられた可能性があります」

鷹野は警察手帳を見せながら言った。守衛は眉をひそめる。

「どういうことです？」

ここでも疑いの目で見られることになった。鷹野と塔子は根気よく説明を続け、なんとか状況を理解してもらうことができた。

「爆弾だなんて……。それはまずい。非常にまずいです」

守衛は明らかに困惑した表情になっている。まずい、まずいと彼は繰り返した。

「このビルには、元政治家の堂島周一郎さんが住んでいますよね？」

鷹野が尋ねると、守衛はぎくりとした顔になった。

「それは……」

「隠さないでください。もしここで爆発が起こったら、堂島さんにも危険が及びますよ」

「いや、でも……本当なんですか？　私も、いい加減な情報で動くわけにはいかないし」

不安そうな表情なのだが、守衛は決断しかねている様子だった。もしかしたら過去に判断ミスがあって、責任を問われた経験があるのかもしれない。

塔子は彼に向かって口を開いた。

「爆発が起きたら取り返しがつきません。死者が出る可能性もあります」

死者と聞いて、守衛も驚いたようだ。ぎょろりとした目をますます大きくして、彼は塔子を見た。

「と……とりあえず、ビルの中を確認しましょう。万一不審なものが見つかったら、そのときは全館放送を流しますから」

やむを得ない、と塔子は思った。守衛の協力が得られなければ、人々を避難させることはできないだろう。だとしたら、まずは不審物を発見することだ。

先ほどのビルと同じように、塔子たちはエントランスや玄関などを調べていった。建物の脇にスロープがある。この下は地下駐車場だと聞いて、塔子たちは坂を下っていった。

コンクリートで固められた地下駐車場は、もともとあまり明るい場所ではない。車の陰や柱の向こうなど、あちこちに暗がりがある。

「ここは誰でも出入りできる場所ですね？」

鷹野が訊くと、守衛は何度かまばたきをしてから「違います」と言った。

「ここには、契約している人しか車を停められないことになっています」

「守衛さん、建前はいいんです。もしその気になれば、誰でも入ってこられますよね？」

「まあ、それはそうですが、ここには防犯カメラも……」

と守衛が答えかけたとき、塔子は大声で鷹野たちを呼んだ。

「見てください！」

鷹野と守衛が駆けてきた。壁の手前に、スーツケースほどの大きさの箱が置いてある。取っ手が付いていて、そこから伸びたワイヤーがコンクリートの柱にくくりつけられていた。太いワイヤーを切断しなければ、移動できない仕掛けだ。

「如月、近づくな！」鷹野が真剣な声で言った。「ゆっくりこっちへ戻ってこい」

そうだ。もしかしたら振動を検知するタイプかもしれない。言われたとおり、塔子は慎重に後退した。

「あ……あの、刑事さん。こっちにも……」

うしろから呼ばれて塔子ははっとした。鷹野とともに守衛のほうへ近づいていく。

彼が指差していたのは、八メートルほど離れた場所にある柱だった。そこにも金属製の箱が置かれ、コンクリートの柱に結びつけられている。

箱の内容を確認したわけではない。だが、これほど手の込んだいたずらをする人間がいるとは思えなかった。

「鷹野さん、リュックの中にボルトカッターがありましたよね。あれでワイヤーを切断するというのは……」

地下壕へ助けに来てくれたとき、鷹野が使ったものだ。それを入れたリュックは面パトの後部座席に置いてある。

「いや、この太さのワイヤーを切るのは無理だ。我々ではとても手に負えない。爆発物処理班を呼んでもらおう」

鷹野は電話をかけ始めた。その横で、塔子は腕時計に目をやった。現在の時刻、午前十一時二十分。

「早瀬係長、緊急連絡です！　八王子市内、喜久田第一ビルの地下駐車場で爆発物らしきものを発見。複数個あります。ほかにもあるかもしれません。……ええ、爆発物処理班を……」

電話を終えた鷹野は、すぐに塔子のほうを向いた。

「このあと門脇さんたちが来る。ＳＩＴの樫村さんもこちらへ向かうそうだ」

「爆発物処理班も、ですね？」

「ああ。できるだけ早く来てほしいんだが、場所が場所だからな」

そうか、と塔子は思った。ここは八王子なのだ。爆発物処理班がどれほど急いだとしても、準備をして到着するまで一時間、いや、場合によってはもっとかかるかもしれない。

塔子たち三人は注意しながら、さらに駐車場の中を調べていった。何もないと思われた柱の裏にも、同じ金属製の箱があった。消火栓の陰からも、またひとつ見つかった。

――いったい、いくつ仕掛けてあるの？

背中を冷たい汗が伝い落ちていく。

確認した結果、全部で八個の箱が設置されていることがわかった。

「まさか、こんなに……」守衛は落ち着きのない目で辺りを見回している。

塔子もこの状況下で、冷静さを失いかけていた。八個が同時に爆発したら、このビルはどうなってしまうのか。倒壊する可能性もあるのだろうか。そこまでには至らないとしても、何が起こるか予測できない。

八つの箱はすべて爆発物なのか。それらは時限式なのか、センサー式なのか、あるいは遠隔操作で起動するものなのか。何もわからない状態だ。だが、こうなってしまった以上、最悪の事態を想定して動く必要がある。

塔子たち三人は急いで地上に戻った。エントランスの外で鷹野が再び電話をかけた。

「……駐車場の確認を終わりました。不審物は全部で八個です。……はい、まずは避難を急がせなければ。……そうですね、了解しました」

携帯をポケットにしまって、鷹野は言った。

「ビルの人たちを避難させよう。ただし、不安を煽ればパニックになる。慎重に進める必要がある」

あの、という声が聞こえた。額に汗を浮かべて、守衛が塔子たちを見ていた。

「私はどうすれば……」

「地下駐車場は使用禁止になった、と放送してください。外から車が入ってこないよう、駐車場の入り口にはカラーコーンを置いて、貼り紙を出しましょう。あとは……ビルのオーナーに連絡をとって、爆発物が仕掛けられた可能性が高いことを伝えてください。警察がビル内で撤去作業をしますので、その許可もほしいですね」

「わ……わかりました」

守衛は慌てた様子で建物の中へ走っていく。

そこへ覆面パトカーが二台やってきた。前の車両から降りてきたのは門脇と、その相棒の所轄刑事だ。もう一台からも若手の刑事たちが現れた。手分けして第一ビルを調べていた捜査員たちが、早瀬の指示でここへ集まってきたのだ。残りの二台もじきに到着することだろう。

「見つかったらしいな」門脇が険しい顔で近づいてきた。

「確認できているだけでも八個です」と鷹野。

「景気のいい話だ」門脇は七階建てのビルを見上げた。「この場所なら、和久井たちは車で運び込んだはずだ。防犯カメラはないのか？」

「守衛が、あると言っていました。あとで確認しますが……」

「その前にみんなを避難させないとな。当然、この喜久田第一ビルからは全員避難だ。周辺住民はどうする？」

　周囲の建物を見回してから、鷹野は答えた。

「隣接するビルは危険だと思います。強制はできませんが、できれば避難してもらったほうがいいでしょう」

「わかった。周辺のビルは任せてくれ。所轄の捜査員を指揮して、なるべく迅速に避難させるようにする。おっと、そうだ。消防にも連絡しておこう」

「助かります。しかし、我々だけではどうにも手が足りませんね。この人数でどこまで対処できるか……」

　そんな話をしているところへ、さらに何台かの車が到着した。早瀬係長と尾留川、それに茶色の服を着た巨漢・猪狩巡査長だ。

「如月さん、助けに来ましたよ」猪狩は塔子の前で胸を張った。「我々がいれば、もう安心です」

　さらにワンボックスカーが走ってきて路上に停車し、四名の男性が降りてきた。先頭にいるのは、髪を七三に固めた樫村係長だ。彼はSITのメンバー三人を従えていた。

「鷹野くん、また大変な『当たり』を引いたらしいな」緊張した面持ちで樫村は言った。「我々四人はすぐ来られたが、ＳＩＴの本隊が到着するまでしばらく時間がかかる。警備部の爆発物処理班はもっと遅くなるだろう」

だとすると、当面は自分たち殺人班とＳＩＴの四名で対処しなければならない。

「地下で爆発物らしいものが見つかったと聞いている。まずは我々ＳＩＴで調べてみる」

「大丈夫ですか？　専用の機材がないのでは……」

鷹野が不安げな顔をすると、樫村は口元を緩めた。

「無理だと思ったら、手を出すのはやめるよ。そのときは警備部に任せることにする。うちも、よけいなことをして負傷者を出したくはないからね」

「よろしくお願いします」

鷹野が一礼すると、その横で早瀬係長も頭を下げた。樫村は力強くうなずいた。

ＳＩＴのメンバーはスロープから地下駐車場へ下りていった。

門脇や尾留川、所轄の刑事たちは周辺の建物へと散っていった。

塔子と鷹野、早瀬の三人は喜久田第一ビルに入り、守衛室に向かった。塔子たちを見て、先ほどの守衛がドアから出てきた。

「刑事さん、駐車場の件はＯＫです。オーナーにも連絡がとれました。次はどうしましょう？」
「あらためて放送をお願いします。『地下駐車場で危険物が見つかったため、全員避難してください』という内容で」
「エレベーターは使わないほうがいいだろう」
早瀬が助言してくれたので、鷹野はそのことも放送してくれるよう、守衛に依頼した。
マイクを持ち、深呼吸をひとつしてから守衛は放送を始めた。
「館内のみなさんにお知らせします。先ほど、地下駐車場で危険物が発見されまし
た。みなさんにおかれましては、すみやかに建物の外へ避難してくださるようお願い
いたします。……これは訓練ではありません。至急、避難してください。なお、エレ
ベーターは使わず、階段で下りていただけますよう……」
三分ほどすると階段室のドアが開いて、スーツ姿の会社員たちがぞろぞろと出てき
た。みな、不安そうな顔をしている。
「避難される方はこちらへお願いします。慌てず、ゆっくり進んでください」
待機していた所轄の捜査員が、彼らをビルの外へ誘導していく。
守衛室の内線電話が鳴った。守衛はすぐに受話器を取り、問い合わせてきた相手に
事情を説明し始めた。

何度目かの電話を受けたとき、彼は直立不動の姿勢になった。どうしたのだろう、と思いながら塔子はその様子を見ていた。

電話を切ると、守衛は顔を強ばらせてこちらにやってきた。

「先生が……」と言いかけて、彼は咳払いをした。「その……七階にお住まいの方が、なぜ避難しなければならないんだとおっしゃって……」

「もう隠す必要はありません。堂島周一郎さんでしょう？」

「あの……ちょっと待っていただけますか」

塔子たちにそう断ったあと、守衛は部屋の中でもう一度内線電話をかけた。かなり緊張しているようだ。やがて受話器を置くと、彼は塔子たちのところへ戻ってきた。

「警察の人を連れてくるように、と先生がおっしゃっています。すみませんが同行してもらえませんか」

「わかりました」早瀬が答えた。「その方に会って、避難してもらうようお願いすることにします」

塔子たち三人は守衛のあとを追って、直通エレベーターに向かった。

七階でドアが開くと、明らかにオフィスフロアとは雰囲気が異なっていた。廊下には絨毯が敷かれ、美術館にあるような展示台に花が生けてある。エレベーターを降りたところから、すでに個人の屋敷という扱いになっているのだろう。

下のフロアとは違って、エレベーターホールから廊下は右方向に延びている。守衛の案内で歩いていくと、やがて廊下は鉤《かぎ》の手に九十度曲がった。ここから先、窓に沿って十メートルほど直進する形になっている。

窓から外に目をやると、正面に茶色い廃ビルがあった。眼下の道路には警察車両が多数停まっている。それをよけながら大勢の人たちが避難していくのが見えた。

「こちらです」

廊下の突き当たりで守衛は足を止めた。目の前に重厚な造りのドアがある。表札は出ていない。

守衛がチャイムを鳴らすと、じきにインターホンから男性の声が聞こえてきた。守衛は自分の名を伝える。ややあって重そうなドアが開いた。中から顔を出したのは、黒いスーツを着た体格のいい男性だ。顔を隠す目的なのか、レンズに濃い色の付いた眼鏡をかけている。彼は隙のない目で来訪者を確認したあと、どうぞ、と言った。

塔子たちは靴を脱ぎ、スリッパを履いて廊下に上がった。

黒服の男が先に立って歩いていく。守衛に続いて早瀬、鷹野、塔子の順で廊下を進んだ。堂島宅は想像以上に豪華な造りだった。壁や天井には凝った装飾が施され、あちこちに油絵が掛かっている。

やがて黒服はあるドアをノックした。塔子たちのほうをちらりと見てから、静かにドアを開ける。中へ入るよう、彼は守衛に手振りで示した。

「失礼いたします。守衛の木部《きべ》です」姿勢を正して彼は言った。「警察の方をお連れしました」

塔子は室内を観察した。黒と茶をベースとした、落ち着いた色調の部屋だ。壁際には観葉植物の鉢がいくつか並び、棚のそばには巨大な液晶テレビが設置されている。ゆったりとした六人掛けのソファに、年老いた男性が座っていた。開いた脚の間に杖を立て、両手で握りの部分を持っている。

おそらく八十歳を超えているだろう。背は曲がり、髪はすっかり白くなって、顔には皺や染みがあった。だが塔子たちを見る目は現役時代と同様、鋭いものだ。彼の表情には、他人を見下す横柄さがあるように感じられる。これは苦手なタイプだな、と塔子は思った。

年齢に似合わないはっきりした声で、堂島周一郎は言った。

「君らは刑事部の捜査一課か？　今の刑事部長は吉富とかいう男だったな」不機嫌そうな顔で、彼は続けた。「君らは私が誰なのか、知っているか？」

「元衆議院議員の堂島周一郎さんですね」早瀬が口を開いた。「八王子に住んでいらっしゃるとは知りませんでした」

「知られていては困る」ふん、と堂島は鼻を鳴らした。「もともとここはセカンドハウスだったが、もう一年ほど私はここに住んでいる。なぜだかわかるか」

「体調が悪いとうかがいました」

「そうだ。都心にいたら、何だかんだと引っ張り出されてかなわん。だからずっと、ここにこもっている」

「今は、ほとんど外出なさらないとか」

「ほとんどではなく、外にはまったく出ないよ。最近、私の命を狙う者がいるらしいからな。あの愚かな連中は、私ひとり消せばすべて解決すると思っているんだ。くそ、忌々しい！」

黒服が不安そうな顔で堂島を見ている。興奮して血圧が上がることを気にしているのかもしれない。

「そういう状況なのに……」堂島は早瀬を凝視した。「君らは何の権利があって、私を追い出そうとするんだ？　ここを出て、どこに行けと言うのか」

「このビルの地下に爆発物が仕掛けられました」落ち着いた口調で早瀬は言った。「ほかのフロアでは、もう避難が始まっています。堂島さんにもご協力いただく必要があります」

「私はもう八十三だ。この歳になって、爆弾のひとつやふたつ怖くはない。まさかビルが倒れるというわけでもあるまい」

「いえ、その『まさか』が起こる可能性もあります」

「起こらない可能性もある。だったら私の生活を邪魔しないでもらいたい」

「いや、しかし……」

「もし危険だというのなら、君らも早く逃げるべきだ。こんな年寄りにかまっている暇はないだろう。もたもたしていると、お嬢さん、君も怪我をするんじゃないのか？」

そう言って堂島は塔子を見た。急に話しかけられて驚いたが、これを機に塔子は口を開いた。

「堂島さん、私たちは警察官です。危険が迫っている可能性がある以上、一般市民を放っておくわけにはいきません。どうか協力してください」

「ほう、一般市民と呼ぶのか、この私を」堂島は眉を大きく動かした。

「ええと……堂島さんはもうご高齢ですし、政治の世界からは引退しているわけですから……」

「まったく、無知というのは恐ろしいものだ」

「……はい？」塔子はまばたきをする。

「私は五十年間、この国の中枢で生きてきた人間だ。あそこは一日ごとにがらりと情勢が変わる、権謀術数の世界だよ。騙されて人生をめちゃくちゃにされた人間を、私は何十人も見てきた。スキャンダルの暴露など日常茶飯事だった」

話の行き先が見えず、塔子は戸惑った。この人はいったい何が言いたいのだろう。

「そんな世界で生き残るためには何が必要か、わかるか？　自分の経験を信じて行動すること、安易に人を信用しないこと、このふたつだ。私は今までそうやって生きてきたし、この先もそうするつもりだ。だから、君のような若造の指図は受けない。帰ってくれ」

堂島は厳しい表情でこちらを睨んでいる。まずかったか、と塔子は思った。堂島は騙し、騙される世界で長く生きてきた元政治家だ。それに対して塔子はまだ若く、経験も少ない。このプライドの高い男性に軽く見られても、仕方がないのかもしれない。

いや、待て。塔子は首を振った。若くても、自分には刑事としての経験がある。

「堂島さん、経験を積んだ人間の言葉なら聞いていただけるんですね？」

「そういう人間がいればな。君がそうだとでもいうのか」

ひとつ息をしたあと、塔子は尋ねた。

「あなたは爆発に巻き込まれたことがありますか？」

「何だと？」

意表を突かれたという顔で、堂島は塔子を見つめた。

「戦争中は子供だったからな……」

「去年の連続爆破テロを捜査したのは私たちです」塔子は続けた。「あのとき私たちは爆発の現場にいました。その前の事件でも、私は瓦礫《がれき》の中に閉じ込められて死を覚悟しました。そういう現場を踏んできた私が、この建物は危険だと言っているんです。どうか、経験者である私の指示に従ってください」

「この年寄りを強引に連れ出すつもりか？」

「ひとりで動けないとおっしゃるなら、そうさせていただきます」

怒鳴られることを覚悟したが、意外なことに堂島は黙り込んでしまった。杖の握りをこつこつ叩いていたが、やがて彼は塔子に尋ねた。

「君、名前は？」

「如月塔子です。捜査一課十一係の刑事です」

「……わかった。如月くん、私は避難することにしよう。だが、これは私が自分で決めたことだ。決して、警察官にあれこれ言われたからではない」

「もちろんです」塔子は表情を和らげた。「私たちは堂島さんの意思を尊重します」

早瀬と鷹野が驚いたという顔をしていた。

少し出しゃばりすぎたか、という思いはあったが、塔子は堂島の説得に成功したのだ。後悔はなかった。

「おい菊地《きくち》、出かけるぞ」堂島は黒いスーツの男性を呼んだ。「車の準備をさせろ」

「かしこまりました、先生」

黒服の菊地が答えたのを見て、鷹野が口を挟んだ。

「地下の駐車場は使えません。そこがもっとも危険な場所です」

「では、どうすれば？」と菊地。

「一階のエントランスから外に出ていただくことになります」

「待ってください。一般人がうろうろしている場所でしょう？　そんなところへ堂島先生をご案内するわけには……」

菊地は抗議するような口調で言った。だが、堂島がそれを遮った。

「かまわん。私は彼らの言うとおりにする。如月くん、それでいいんだろう？」

「ご協力に感謝します」

塔子は堂島に向かって、深く頭を下げた。

菊地に呼ばれて、もうひとり中田《なかた》という黒服がやってきた。菊地たちはこのあとふたりで、堂島の警護に当たるらしい。ハイヤーを呼んだので、中田が先にビルを出て誘導してくるという。三人はそれに乗って、市内のホテルへ向かうそうだ。

守衛はほっとしたようだった。彼を先頭にして早瀬、鷹野、塔子は堂島邸の玄関に向かう。

「如月がいてくれて助かった」早瀬が小声で言った。「長引いたら厄介なことになっていたかもしれない」

「ありがとうございます。とにかく、堂島さんには早く避難してもらいましょう」

一同は玄関にやってきた。堂島は脚が悪いらしく、黒服の手を借りて靴を履こうとしている。少し離れて早瀬がそれを見守っていた。塔子と鷹野は一足先に、ドアの外に出た。

窓際の廊下はここから十メートルほど続いている。塔子は堂島たちが出てくるのを待った。

そのときだ。窓の外に目をやった鷹野が、急におかしな動作をした。彼は髪を掻き上げながら塔子のほうを向いた。妙だな、と塔子は思った。普段彼がそんな仕草をすることはないからだ。

こちらを向いた鷹野の顔は強ばっていた。

「どうしたんですか？」塔子は窓のほうを確認しようとする。

「外を見るな」鷹野が耳元でささやいた。「何か用事を思い出したというふりをして、部屋に戻れ」

訳がわからないが、その言葉に従うことにした。

玄関から堂島たちが出てこようとしている。鷹野は慌てて彼らに声をかけた。

「堂島さん、ちょっと待ってもらえますか」

「何だ？　急ぐんじゃなかったのか」

「部屋に戻ってください。全員、外の廊下には出ないように」

鷹野の指示を受けて、みなドアの内側に入った。玄関のドアが重い音を立てて閉まった。

「どういうことだ？　鷹野……」早瀬が眉をひそめている。

「正面に廃ビルがありますね。あそこの八階に人影が見えました」

「……工事の人間じゃないのか？」

「そういう服装ではありませんでした。このドアからエレベーターホールへの曲がり角まで約十メートル、向こうのビルから丸見えです。腕のいい狙撃手なら、ターゲットを確実に仕留められます」

早瀬の顔に動揺の色が走った。信じられないという表情で、彼はまばたきを繰り返す。

「いきなり何を言い出すんだ。どうしてここでそんな話が……」

「和久井たちかもしれません」

「何だって？」

早瀬は目を大きく見開いた。

塔子も驚いていた。鷹野が何を言っているのか、まったく見当がつかない。

「ビルを爆破するのが目的じゃないんですか？」

塔子が尋ねると、鷹野は早口で説明した。

「俺の想像では、爆発物はたぶんダミーだ。……いや、もちろんかなりの殺傷力はあると思う。和久井たちはホームセンターでボルトやナットを買い、青柳興業で硝酸アンモニウムを手に入れて、あの爆発物を作ったはずだからな。しかしそれは騒ぎを起こすための下準備でしかない。このビルで爆発を起こせば、中にいる人間は全員避難する。普段七階にいてまったく外に出ない堂島さんも、当然逃げ出すだろう。それが奴らの狙いだ。正面に廃ビルがあるから、そこに潜んで狙撃のチャンスを待てばいい、というわけだ」

鷹野の話を聞いて、堂島の顔から血の気が引いていた。よろけそうになった彼を、横から菊地が支える。

塔子に向かって、鷹野は説明を続けた。

「カーテンがあるだろうから、家の中を狙うのは難しい。だがこの玄関からエレベーターホールの手前まで、十メートルほどの廊下は完全に無防備になる。あの廊下は、窓際に造られているからだ。堂島さんがエレベーターに向かう十メートルほどで、和久井たちは勝負を決めるつもりなんだろう。向かいにある廃ビルからこの喜久田第一ビルまで、道路を挟んで約二十メートル。射撃の訓練をした人間なら、簡単に的を撃ち抜ける距離だ。あの廃ビルは、奴らの最後の砦だったというわけだ」

「でも銃を使うなんて、いったいどんな訓練を……」

塔子は言いかけたが、前に聞き込みをしたときの情報を思い出した。

「そういえば、西崎恭一はサバイバルゲームが趣味でしたね。海外に行って実弾を撃っていたという情報もありました」

「西崎は江本則之とふたりで、サバゲーの店に出入りしていた。江本なのか和久井のグループの誰かだったのか、はっきりわからないが、一緒に海外で射撃をやっていたのかもしれない。あるいはもっと本格的に、どこかの組織に入ってライフルの指導を受けていた可能性もある」

日本で銃犯罪が起こることは非常に少ない。だが金さえ積めば、暴力団などを通じて銃器を手に入れるのは難しくないだろう。ライフルの入手となると少し難易度は高くなるが、それも不可能というわけではない。

「しかし銃を持っていたのなら、なぜ今まで使わなかったんだ？」不思議そうな顔で早瀬が尋ねた。「立てこもりのとき、奴らは相当追い込まれていたはずだ。あそこで銃を使えば、もっと早く脱出できたんじゃないのか」

「ライフルを持っているのがばれたら狙撃計画に支障が出る、と思ったんじゃないでしょうか。和久井たちがほかの組織から仕事を請け負ったのなら、失敗は許されないでしょうから」

「おい、いったい何なんだ。どこの誰が私を狙っているというんだ？」

唇を震わせながら堂島が言った。鷹野はゆっくりと首を振ってみせる。

「我々にはわかりません。あなたに何か心当たりは？」

「馬鹿を言うな。そんなこと……」

不快に思ったのだろう、堂島は鷹野を睨みつけた。だが、はっきりと否定する言葉は出てこない。

鷹野は振り返って早瀬に話しかけた。

「これから門脇さんたちと、向こうの廃ビルに潜入します」

「待て、鷹野。奴らは銃を持っている可能性があるんだろう？　こちらは用意できていないぞ」

「おそらくライフルはこのビルを狙っています。堂島さんがあの廊下に現れるまで、和久井たちは監視を続けるはずです。その隙を突きます」

「本来なら、ＳＩＴの本隊に任せたいところだが……」

「彼らの到着を待っている時間はありません。場合によっては、和久井たちは騒ぎを大きくするため、避難中の人たちを上から撃つかもしれない。それに、奴らを逮捕するのは我々殺人班の仕事ですよ。そうでなければ如月の努力が報われません」

塔子ははっとして鷹野の顔を見つめた。それから早瀬のほうを向いて、深くうなずいてみせた。

渋い表情で早瀬は考え込んでいる。だが数秒後、意を決したという顔になった。

「わかった。危険だと思ったら無茶はするな。……門脇に電話しておくから、下で落ち合うように。指揮車に防弾ベストがある。全員に使わせてくれ」

「了解です」そう言ったあと、鷹野は塔子に尋ねた。「如月はどうする？　無理はしなくていいぞ」

「私も行きます。和久井たちをこの手で逮捕してみせます」

「よし。すぐに出発だ」

鷹野は細めにドアを開け、隙間から廊下に出た。窓は腰の高さほどだ。窓側の壁際に寄り、向かい側の廃ビルから見えないよう、腰を屈めて進んでいく。塔子もそれにならった。

角を曲がってエレベーターホールまで来れば、もう窓からは見えなくなる。ふたりはエレベーターを使って一階に下りた。六階以下の会社員はすでに避難を終えたらしく、エントランスに人影はなかった。

塔子たちは、廃ビルから見えない場所で門脇たちと合流した。全員、防弾ベストを着用する。十一係のメンバーとしては門脇、鷹野、尾留川、塔子。所轄からは猪狩たち十名。合計十四名が事前の打ち合わせを行った。連絡役として徳重も参加してくれた。

「ビル内に何人いるかはわかりません」鷹野は捜査員たちを見回して言った。「八階にひとりいることは確認しました。その人物はライフルを持っている可能性がありますが、銃口は喜久田第一ビルを狙っているでしょう。咄嗟にこちらへ銃を向けることは難しいはずです」

「そのスナイパーはいいが……」門脇は記憶をたどる様子だ。「犯人が和久井たちに間違いないとして、ここに全員揃っているとするなら何人だ？　まずリーダーの和久井、こいつは白髪の男だな。それから顎ひげの加賀。この男はナイフの使い手だから注意が必要だ。そしてトラックで突っ込んできた、坊主頭の丹波」

「あとは人質のふりをしていた宮下舞と、江本則之ですね」尾留川が補足した。「ほかに仲間がいなければ全部で五人です」

「こいつはやり甲斐があるな。あとで表彰されるチャンスが、なんと五回だぞ」

門脇はにやりとした。冗談めかして言うことで、みなの緊張をほぐそうということだろう。

「連絡役は徳重巡査部長にお願いします。……トクさん、番号を教えてください」

鷹野に促され、徳重はスーツのポケットから携帯電話を取り出した。

「読み上げますよ、いいですか」

徳重が口にした番号を、みな自分の携帯に登録する。

「被疑者の身柄を確保したときか、または緊急時のみ連絡をお願いします」徳重は言った。「私の電話がつながらない場合は早瀬係長のほうにね。こちらからの情報は、通話ではなくメールで送信します」

「では、打ち合わせどおりに進めよう」と門脇。

塔子たちは目立たないように道路を渡り、廃ビルのそばにぴたりと張り付いた。建物の外側には仮囲いが、ぐるりと設けられている。上からの落下物が歩行者に当たらないよう、ひさしのような鋼板も設置されていた。そのひさしの下で、捜査員たちは顔を見合わせる。

十二時十五分、塔子たちは八階建ての廃ビルに潜入した。

3

警棒を握って、塔子はゆっくり足を運んでいく。廃ビルで何が起こるかわからないため、鷹野からリュックサックを借りて背負っていた。この中にはさまざまなツールが入っている。

電気が通じていないため、どのフロアも薄暗い状態だ。窓のある部屋はいいとして、建物内部の廊下にはあちこちに暗がりがある。

周辺の建物と同様、ここもオフィスビルとして使われていたようだった。各フロアには企業の事務所が入っていたらしいが、すでに机や椅子、什器《じゅうき》はすべて運び出されている。残っているのはごみばかりで、どの部屋もがらんとした状態だ。たまに段ボール箱が積まれていることもあったが、中身は古本や汚れた文具、破棄されたノートなどで、有用なものはひとつもない。そういう意味では、このビル全体が「廃棄物」と言えるのかもしれなかった。

十四名はふたりずつのコンビを組んでいる。塔子は普段どおり、鷹野とともに行動していた。そばには門脇組、猪狩組などもいて辺りに目を配っている。この建物は壁やパーティションが多く、思ったより入り組んだ構造になっていた。どこに被疑者が潜んでいるかわからないため、みな足音を立てないよう慎重に歩いていく。

エレベーターは動いていないから、和久井たちが移動するとしたら屋内階段か、外壁に設置された非常階段を使うはずだ。外の階段はほかの組に任せ、鷹野組、門脇組、猪狩組は屋内階段を上ることになっている。

塔子たちは三階の捜索を終え、屋内階段を使って四階へ上った。

四階に着いて、各部屋を順番に確認していく。鷹野組が損害保険会社の事務所を調べているとき、突然、廊下から靴音が聞こえた。

慌てて部屋から出ると、薄暗い場所で男たちが組み合っていた。かすかに射し込む光で、なんとか人物が識別できる。ひとりは緑色のジャンパーを着た若手捜査員、もうひとりは身長百八十センチほどの痩せた男だ。やけに手脚が長く、身のこなしも軽い。その姿はまるで蜘蛛のようだった。

——加賀だ！

そう気づいたとき、頭に血が上っていくのがわかった。塔子はあいつに頰を張られ、体中を蹴られたのだ。あのとき自分は、死の恐怖を肌で感じることになった。塔子にとって、それは人生で何番目かの鮮烈な体験となった。

その恐怖を思い出しながらも、塔子は決意していた。父のような刑事にはなれないかもしれない、だが自分は自分にしかできないことをする。どのような危険が伴うとしても、その責任はすべて自分が負う。最後まで、誰かのせいにしたりはしない。

警棒を握る手に力を込めた。

「加賀稔、おとなしくしなさい」と塔子。

彼は目を凝らしてこちらを見た。その隙にジャンパーの刑事が突進した。加賀はそれを軽くかわして、刑事の顎にパンチを決めた。

「久しぶりだな、如月」ゆっくりと歩きながら、加賀は言った。「おまえ、俺にいたぶられたのが、そんなによかったのか？」

薄闇の中で、加賀がナイフを取り出すのが見えた。

「和久井さんは見てねえからな。今度は少し傷つけちまおうかな」

「おい加賀、武器を捨てろ」

塔子のそばで、鷹野が威嚇するように言った。彼の手にも警棒が握られている。だが加賀の歩みは止まらない。

「うるせえな、おまえ。俺はこれから如月と楽しいことをするんだよ」

ナイフを構えて、加賀は走りだそうとした。だがそのとき、近くのドアが開いた。茶色い服の大男が飛び出してきて、加賀と揉み合いになった。

「猪狩さん！」

うおう、と猪狩は獣のような声を上げ、床を蹴った。加賀の体に組み付いたまま、彼は廊下を突進する。

「加賀、きさま犬塚を刺しやがって！」

次の瞬間、ふたりの体は宙に浮いた。彼らは組み合ったまま階段を転げ落ちていった。

「大丈夫ですか、猪狩さん！」

塔子は手すりにつかまって、階段の下を覗き込んだ。その横を通って、ジャンパーの刑事が階段を駆け下りていく。別の部屋を調べていた門脇組も、騒ぎを聞きつけてやってきた。

「如月さん、私は無事です」

猪狩は踊り場に倒れ込んで、こちらを見上げていた。うまく関節技を決めて、加賀を取り押さえたようだ。

よかった、と塔子は胸をなで下ろす。そのときだ。上のフロアから、何か倒れるような音が響いてきた。続いて男性の声。

「五階だ」鷹野が天井を見上げた。

「ここは私たちに任せて、早く上へ」ジャンパーの刑事の手を借りながら、猪狩が言った。「奴らを逃がさないでください」

鷹野と塔子、門脇、長髪の若手刑事の四人は、屋内階段を駆け上がった。

先ほどの声は何だろう、と塔子は考えた。非常階段を上っているグループが犯人と遭遇したのだろうか。捜査員が負傷したのか、それとも和久井たちの誰かが捕まって声を上げたのか。

塔子たち四人は五階に上がり、足を止めて耳を澄ました。

だが不審な物音も、男性の声も聞こえてこない。

鷹野が手近な部屋のドアをそっと開け、中の様子をチェックする。誰もいない。次の部屋を調べようとしたとき、フロアの奥からまた男性の声が聞こえた。悲鳴というのではなく、苦しんで漏らした呻き声のようだった。

薄暗い廊下に目を凝らしていると、二十メートルほど先を人影が横切った。廊下の左側にある部屋から、右側の部屋へ移動したのだ。

門脇と鷹野が目を見交わし、うなずき合った。門脇が先頭になって、廊下を静かに進んでいく。長髪の若い所轄刑事はひどく緊張しているらしく、指先がわずかに震えているのがわかった。

鷹野も塔子も、辺りに注意を払いながら移動した。手前のドアから順に中を覗いていく。左右の部屋を四つ確認して、先ほど人影が見えた辺りにやってきた。何者かが入っていったのは右側の司法書士事務所だ。門脇は警棒を振って、鷹野たちに目配せをした。突入の合図だ。

門脇を先頭に、四人はその部屋に飛び込んでいった。素早く室内を見回したが、人の姿はなかった。隠れられそうな場所もない。

いや、ひとつだけあった。塔子は黙ったまま、部屋の隅のドアを指差した。そこから隣の部屋に抜けられるようだ。

ためらうことなく、門脇がそのドアを開けた。四人は隣室に移動する。薄暗い部屋の中で、空気が動くのがわかった。

「あそこだ！」

門脇が声を上げた。彼の指し示すほうを見ると、廊下へのドアが開かれていた。逃走する靴音が聞こえる。一旦この部屋に隠れた人物が、捜索者に気づいて廊下へ逃げたのだろう。

その人影を追うため、四人はドアに向かった。ところが、先頭にいた長髪の刑事がいきなり転倒して悲鳴を上げた。驚いて塔子たちは足を止め、素早く身構える。靴の下に何か違和感があった。よく見ると、床の上に鉄球がばらまかれている。それを踏んで足を滑らせ、長髪の刑事は倒れたのだ。

「大丈夫か」

門脇が駆け寄ると、若い刑事は苦痛の呻き声を上げた。腕や脚にいくつも傷を負ったらしく、血が滲んでいる。

「くそ、何だこのトラップは」門脇は舌打ちをした。

建材の残りだろう、あちこちに板が置かれていた。それらの板には何本も釘《くぎ》が打ち付けられ、先端が上を向いている。鉄球を踏んだ刑事がそこへ倒れ込み、体のあちこちに太い釘が刺さったのだ。

「動けるか？」

「はい……。なんとか」若手刑事はうなずく。

暗がりの中で、また別の声が聞こえた。スーツ姿の男性が手足を縛られ、口にガムテープを貼られている。小柄なその男性には見覚えがあった。たしか、非常階段から上がるルートを担当していた刑事だ。

塔子は手早く、彼のガムテープを剝がした。

「すみません」かすれた声で、小柄な刑事は言った。「不審者を追って、ここに……。でも倒れてしまって……」

彼もまた、転倒したときにひどく負傷したようだ。頰にも釘が刺さったのだろう、深い傷があった。釘の位置が少しずれていれば、目に刺さっていたかもしれない。

先ほどの人影は、捜査員をおびき寄せるため、故意にあちこち移動していたのだ。

ロープを解いてやったが、その刑事は動けないようだった。塔子はリュックから救急セットを取り出し、怪我をしたふたりの応急処置をした。

「あとで助けに来る」門脇は小柄な刑事に言った。「携帯は使えるだろう？　負傷したことをトクさんに連絡しておけ」

「わかりました……」

小柄な刑事をその部屋に残して、塔子たち四人は廊下に出た。トラップがないか慎重に確認しながら先へ進んでいく。鷹野が携帯の液晶画面を見て、門脇に報告した。

「トクさんからメールがありました。かなり負傷者が出ているようです。我々と遭遇する前、加賀が一暴れしていたようで……」

「うちが捕まえたのは何人だ?」

「猪狩さんたちが加賀を捕らえたほか、尾留川たちが宮下舞を取り押さえたそうです」

「俺たちのほうは残り四人……いや、三人半か」

そう言いながら、門脇は長髪の刑事を見た。塔子の手当てで出血は止まったようだが、負傷した姿は痛々しい。よく見ると、右脚を少し引きずっているようだ。

「無理なら、ここで離脱してもいいぞ」

門脇が声をかけると、若手の刑事は首を横に振った。

「いえ、自分はまだやれます」

「わかった。この仕事が片づいたら、おまえの活躍を幹部に報告してやる」

「ありがとう……ございます」傷が痛むのだろう、彼は顔をしかめた。

六階、七階と調べていったが異状はみられなかった。次はいよいよ、誰かいると思われる八階だ。

鷹野によれば、狙撃手らしい影が見えたのは南西の部屋だという。今塔子たちがいるのは北寄りの屋内階段だから、このまま廊下を二十メートルほど直進する必要がある。

どこから敵が出てくるかわからなかった。神経を研ぎ澄まして、塔子たちは先を急ぐ。

左右の部屋をチェックしつつ、廊下を半分ほど進んだときだった。建物の外で大きな音がした。それは何かが破裂する音のようだった。

――まさか爆発が？

塔子は足を止める。鷹野たちも驚いた顔で様子をうかがっていた。

建物の外から人々の騒ぐ声が聞こえてきた。道路の向こう、喜久田第一ビルの地下で爆発があったのか。状況はどうなのだろう、と塔子は思った。ここからでは何もわからない。自分たちはこのまま進んでいいのだろうか。

携帯電話が振動した。徳重から届いた一斉配信メールを見て、塔子ははっとした。

《郵便受けで小規模爆発あり。地下は異状なし》

集合郵便受けの中までは調べていなかった。まさかそこに爆発物が仕掛けられていたとは――。

小規模な爆発ということだから、負傷者は出ていないと思われる。だが、それで安心するわけにはいかなかった。喜久田第一ビルに仕掛けられた爆発物は、確実に起爆することが証明されたのだ。

鷹野は眉をひそめて、門脇に何か耳打ちしている。

そのときだった。廊下の奥から男性の声が聞こえてきた。

「こそこそやってないで出てこいよ。そこにいるのはわかってるんだ」

忘れるはずはなかった。それは和久井裕弥の声だった。


残りの二部屋を素早くチェックしたあと、塔子たちは南西の部屋に向かった。

ドアはすでに開いていた。注意しながら門脇が中を覗き込む。

床に膝をついて、塔子も室内をそっと覗いた。中は学校の教室ほどの広さで、壁には書棚がいくつも並んでいる。床の上には古い本が散らばっていた。ここは企業の資料室か何かだったのかもしれない。

鷹野が言っていたとおり、正面奥、開け放たれた窓の近くにライフルが見えた。スタンドに固定され、銃口は窓の外に向いている。ライフルを構えているのは坊主頭の丹波弘影だ。

部屋の真ん中には椅子がふたつ置いてある。その一方に、総白髪の和久井裕弥が座っていた。追い詰められているはずなのに、彼の顔には余裕の笑みがあった。

「入ってこい。話をしよう」

和久井にそう促され、門脇が部屋の中に入った。塔子があとに続こうとすると、鷹野がそれを止めた。

「おまえはここに……」と鷹野。

塔子と長髪の刑事をドアの外に残して、鷹野は門脇のあとを追った。

今のやりとりを見ていたのだろう、和久井がこちらに話しかけてきた。

「如月か。元気そうだな。……しかしおまえら何を考えているんだ？　俺たちがここにいると気づいたのなら、もっと準備を整えるべきだったんじゃないか？」

「こっちも同じように考えていたところだ」門脇が口を開いた。「ターゲットを爆殺するというならともかく、ライフルで狙撃とはな。もっと確実な手を考えるべきじゃなかったのか？　和久井、おまえ今回の件を誰に依頼された？」

「そんなことはどうでもいい。交渉を始めよう」

「ここで交渉？」門脇は相手を見ながら、首を斜めに傾けた。「おまえたちにそんな権利があると思うのか」

「どっちに主導権があるか、よく考えろよ。見たところ、爆発物処理班はまだ到着していないようだが？」

門脇は黙り込む。その様子を観察しながら、和久井は小さな装置を掲げてみせた。ＩＣレコーダーほどのサイズで、いくつかのボタンが取り付けられている。

「さっきの一発で、単なる脅しじゃないことがわかっただろう。俺がボタンを押せば起爆装置が作動する。あのビルの地下で一斉に爆発が起これば、被害は甚大だ」

おい和久井、と鷹野が言った。

「一応訊いておきたい。おまえが爆破をあきらめるには、どんな条件が必要だ？」

「そうだな……。俺たちがここから脱出するまで、一切手を出さないこと。俺たちが逃走したあとも追跡しないこと。検問所を作って捕まえるなんてことも、なしだ」

「うまくいくわけがない」鷹野は首を左右に振った。「それで逃げ切れると思うのか」

「警察にとって悪い取引じゃないはずだ。ここで俺たちと交渉したことは黙っていればいい。組織ぐるみの隠蔽《いんぺい》だよ。おまえら、そういうのは得意だろう？　もし爆発が起こらなければ誰も怪我をしないし、建物の被害も出ない。あのビルはそのまま使うことができるわけだ。しかし地下で爆発が起きてしまえば、警察は責任を問われるだろうな。今年の重大ニュースのひとつになるんじゃないか？」

鷹野と和久井が話している間、塔子は周囲に目を配っていた。どこかに隙が出来れば、と思ったのだ。

そう考えていたのは塔子だけではなかったらしい。

突然、門脇が床を蹴って和久井に突進した。それに合わせて鷹野も走りだす。鷹野は窓際にいる丹波のほうへ向かった。

それぞれの間で揉み合いになった。門脇はスポーツで鍛えた体を活かし、和久井を組み伏せようとする。門脇が有利だ、と塔子が感じたその瞬間、辺りに大きな銃声が響いた。

「門脇さん！」塔子は声を上げた。

左脚を押さえて、門脇は床に倒れた。太ももから真っ赤な血が流れ出している。

「ふざけやがって」和久井の右手には、拳銃が握られていた。「頭を撃たれなかったことを感謝しろ」

「……くっ……ちくしょう」門脇は苦痛に顔を歪める。

「おい、鷹野！　俺の仲間から離れろ」振り返って和久井は命じた。

鷹野は丹波の腕を取り、ねじ上げているところだった。だが倒れた門脇を見て、抵抗はできないと悟ったようだ。彼は力を緩めた。

丹波は鷹野の手を振り払い、顔を殴りつけた。続いて右の太ももを蹴る。鷹野がよろけたところで、今度は上から首筋を殴った。防弾ベストで覆われていない部分を攻撃しているのだ。

鷹野は床に膝をついた。さらに丹波は殴る蹴るの暴行を加える。反撃できない立場となった鷹野は、倒れたまま頭をかばっていた。

「この、くそ野郎。いい気になるな！」

丹波は唾を吐いて、ようやく鷹野から離れた。鷹野は床の上で激しく咳き込んでいる。

門脇はと見ると、痛みに顔を歪めていた。

――この状況で私にできることは……。

塔子は考えた。自分はまだ自由に動くことができる。そして――そうだ、もうひとりいるではないか！

振り返ってドアの外を見た。だがそこで、塔子は両目を大きく見開いた。

長髪の若い刑事は、ドアのそばに倒れていたのだ。彼の近くにひとりの男性が立っていた。黒いジャンパーを着た三十代前半の人物。髪をオールバックにしている。

「あなたは……」

見たことのある人だ、と塔子は感じた。だが次の瞬間、自分の勘違いではないかと思った。以前見たときとは、表情がまったく違っている。プラスチックで出来た人形に似て、魂が宿っていないような、ひどく冷たい印象の顔だった。

「久しぶりだな、如月」

その声を聞いて、はっとした。やはりそうだ。江本則之だ。彼はうしろから所轄の刑事を殴打し、昏倒させたのだ。

塔子は一歩引いて警棒を構えた。

「その物騒なものを渡してもらおうか」

江本は素早く塔子の腕をひねった。あ、と思ったときにはもう警棒を取り上げられていた。続いてリュックサックを奪われた。

江本は中をあらため、ふん、と鼻を鳴らした。

「なんだこれは。刑事の持ち物じゃないな」

彼はリュックを床に投げ捨て、塔子の太ももを蹴った。バランスを崩しかけたところを、壁に突き飛ばされる。

痛みをこらえて塔子は起き上がり、江本の顔を見つめた。

「江本則之……。下のフロアのトラップは、あなたの仕業？」

黙ったまま江本は口元を緩めた。笑っているはずなのに、彼の両目にはまったく感情がないように見える。人形の口に、それらしい変化を付けただけ。そんなふうに思えた。

「だったら何だ？」わずかに首をかしげて、彼は尋ねた。「俺に説教でもするつもりか」

オールバックにした髪がわずかに乱れている。それを見ながら、塔子は言った。

「私は青柳興業の事務所で、あなたを助けなければと思っていたのに……」

「そうか。それは残念だったな」

江本は塔子を壁際に残して、部屋の中央に進んでいった。和久井に軽く頭を下げてから、彼はもう一度こちらを向いた。

「あんたたち警察官は、本当に無能だよ」

困ったものだ、と言いたげな顔で江本は首を振る。それから、右手でジャンパーの内ポケットを探った。

彼が取り出したのは拳銃だ。そうか、と塔子は思った。西崎とともに、江本はサバイバルゲームの店に出入りしていた。西崎と一緒に海外で実弾を撃ったこともあるのだろう。和久井や丹波とともに、射撃の訓練をした経験もあったのではないか。

――撃たれる！

塔子は目を閉じようとした。だが、麻痺《まひ》してしまったかのように体が言うことを聞かない。江本の右手が銃の安全装置を外した。銃口がターゲットを捉える。ためらうことなく、彼の指はトリガーを引く。

廃ビルの中に発砲音が響いた。

だが塔子は無事だった。撃たれたのは塔子でもなく、鷹野でもない。床に倒れたのは和久井裕弥だった。

塔子は両目を見開いた。今自分が見たものはいったい何だったのか。一瞬、周囲の状況がわからなくなった。

「……どうして？」そう尋ねるのが精一杯だった。

「うあああ！」

和久井は右脚を撃たれて、床の上で苦しんでいた。江本は無表情にその様子を見つめている。

「きさま！」

丹波がライフルを手に取ってこちらを向いた。だが、銃身の長い武器を取り回すのに手間取った。その間に江本は二発目を撃ち、丹波は床に倒れた。和久井と同様、彼も右脚に銃弾を受けていた。

和久井が落とした拳銃を、江本は自分のジャンパーのポケットにしまった。それから窓際に落ちていたライフルを拾い上げ、こちらに戻ってきた。

「どういうこと？　江本、あなたはいったい……」

塔子がそう問いかけると、江本は事も無げに言った。

「気にしないでくれ。俺はこいつに用があってね」

江本は倒れている和久井のほうに近づいていく。狙いを定めたかと思うと、今度は右の肩を撃った。

和久井は獣のような声を上げた。横たわったまま肩を押さえ、太ももを押さえて苦《く》悶《もん》の表情を浮かべる。

「何をするの！」塔子は叫んだ。「あなた、和久井の仲間なんでしょう？」

「仲間だよ。だがその前にこいつは俺の敵なんだ」

「いったい何を……」

「ああ、如月はやっぱり俺の正体に気づいていなかったんだな」江本は軽く息をついた。「江本というのは偽名でね。二年前の名前は伊原というんだが」

その名前を聞いても、すぐには誰なのかわからなかった。伊原、伊原……。どこかで聞いたはずなのに、動揺していて思い出せない。

「……地下壕の……メモに書かれていた名前だ」蹴られた脚を押さえながら、鷹野が言った。「二年前……西崎や草壁に閉じ込められて、死んだとされる男」

塔子は思い出した。そうだ。金塊探しの手伝いをさせられ、口封じのため監禁された人物。地下壕で手錠をかけられ、壁につながれた男性。

「伊原陽治さんは死んだはずなのに……」

「あれは俺じゃない。死体が持っていた免許証には、鳥飼信光《とりかいのぶみつ》と書いてあったな」

状況がまったくわからなかった。塔子は黙ったまま、江本の顔を見つめていた。

4

廃墟となったビルの八階で、塔子は江本則之と対峙していた。

辺りには血の臭いが漂っていた。門脇は左脚を撃たれ、所轄の刑事は殴打されて気絶している。一方、犯人側も手負いの状態だ。丹波は右脚に、和久井は右脚と右肩に銃弾を受けている。

外傷がないのは塔子と鷹野だけだが、その鷹野も先ほど丹波から激しい暴行を受けた。今は壁に寄りかかり、なんとか立っているという状態だ。

——私がなんとかしないと。

塔子は自分にそう言い聞かせた。銃で撃たれた負傷者は、すぐに手当てしなければならない。だが江本の前でそれはできないだろう。今はどうにかして江本を投降させるか、それが無理ならここから立ち去らせる必要があった。

とにかく相手を落ち着かせなければならない。そのためには穏やかに話し合うことだ。急いでいるときこそ、相手の事情を聞いてやるべきなのだ。

「江本……さん、あなたはいつ、どんな経緯で名前を変えたんですか？」

相手を刺激しないよう、塔子は呼び方を変えて話しかけた。

江本は拳銃をもてあそびながら答えた。

「如月、今回、俺はあんたを事件に巻き込んでしまった。悪いことをしたという気持ちが少しある。だからあんたには本当のことを聞かせてやるよ」

門脇や鷹野に目をやってから、江本は話しだした。

「如月を地下壕に連れていくことで、俺は過去の事件を警察に調べさせようとしたんだ。伊原陽治が西崎や草壁を告発したという形で、メモを残しておいた。そうやって俺は、自分が死んだと見せかけようとした。白骨になってしまえば、すぐに身元確認するのは難しくなるだろう。だから、別の人間の遺体をあの地下壕に置いたんだ。そして俺は伊原という名前を捨て、別人として生活し始めた」

「それで江本という名前になったの？」

「いや、違う。俺はいろんな名前を使い分けていてね。昔は阿川猛《あがわたけし》といったんだ。その後、暴力団の下請けを始めたとき、伊原陽治に変えた。地下壕での事件のあとは植田義朗《うえだよしろう》と名乗って和久井に近づいた。そして今回の立てこもりでは江本則之という名前にした。俺みたいに敵が多いと、いろいろ大変なんだよ。自分で間違えないよう、あいうえお順で名前を付けるようにしていた」

塔子は頭の中で、彼の名前の変遷を整理した。

◆阿川猛………本名
　↓
◆伊原陽治……西崎恭一らと地下壕へ。

↓
◆植田義朗……和久井裕弥の仲間となる。
↓
◆江本則之……人質として塔子に接する。

あいうえお順に名前を変えることに、江本はひそかな喜びを感じていたのだろうか。塔子は首をかしげた。

「そういう名前の付け方に、こだわりがあったということ？」

「ああ、そうだよ。名前を見れば、どういう自分なのかわかるじゃないか。これは本来の俺、これは復讐者の俺、これは気弱な人質の俺……。俺にはいろんな姿があるんだ」

「江本さんにとっては、それが大事だったということですか？　名前を変えても本質は変わらないと思うけれど……」

「あんたみたいな奴にはわからないだろうな」

江本は首をすくめて、塔子をからかうような仕草をした。

和久井がかすかに呻き声を上げた。江本は彼に近づくと、爪先で顔を蹴った。和久井は横になったまま、荒い呼吸を繰り返している。

ふん、と鼻を鳴らしたあと、江本はこちらを向いた。

「俺は伊原と名乗り、何でも屋のような仕事をして重宝されていたんだ。サバゲーで親しくなった西崎から、二年前に依頼を受けて西多摩郡の山を案内した。だがお宝が見つかったところで、俺は地下壕に閉じ込められた。奴らは俺に手錠をかけて、パイプにつないで逃げたんだ。三日間苦しんだ挙げ句、なんとか壁のパイプを壊して脱出したが、あのとき俺は本当に死にかけたんだよ。西崎と草壁のことは絶対に許せなかった……」

江本は過去の経緯を塔子に説明した。

地下壕から脱出したあと、伊原から植田という名前に変えたという。かつて自分を殺そうとした西崎らに、「植田」は復讐することにした。情報屋なども使いながら調べていったところ、西崎と草壁は和久井裕弥という男に雇われていたことがわかった。和久井が、伊原を殺して口封じをするよう命じていたのだ。

それを知って植田は激昂《げきこう》した。そういうことなら自分は西崎たちだけでなく、和久井にも復讐しなければならない。そいつも絶対に殺す、と植田は決めた。

聞けば、和久井は犯罪グループを作っているという。それならちょうどいい。仲間になって奴の懐に入り込み、殺すチャンスを待てばいいではないか。

自分の顔を知っているのは西崎と草壁だけだ。これは好都合だった。植田は犯罪者仲間に和久井を紹介してもらい、グループに入った。そして和久井に忠誠を誓い、全力で働いたのだという。もちろん、西崎と草壁には会わないよう慎重に行動した。

やがて信用を得た植田は、和久井のもとに大きな犯罪計画を持ち込んだ。元衆議院議員である堂島周一郎の暗殺計画だ。これはあるテロ組織が過去に考えたものだが、堂島がテロを恐れて引きこもってしまったため中止になったらしい。それを植田があらたに練り直し、実行可能な計画としてテロ組織に持ちかけた。乗り気になった組織はその実行を植田に委託し、植田は新しい儲《もう》け話としてそれを和久井に相談したというわけだった。

計画の細部はすべて植田が立案した。和久井はその計画に乗った。テロ組織から多額の報酬があると、植田が説明したからだった。

「計画の実行日が決まると、俺はすぐに西崎を殺した」

話しながら、江本はハンカチを取り出した。塔子の前で江本はそのハンカチを使い、拳銃の銃身を拭き始めた。

「西崎の遺体に手錠をかけておいたのは、ささやかな意趣返しだよ。それから、遺体のポケットには和久井の名が載っているアドレス帳を入れておいた」

そうやって植田は、和久井が殺しに関わっているように偽装したのだ。

青柳興業の休業日にゆっくり化学薬品を盗み出そうとしたが、警察に追われ、立てこもるしかなくなった――。これが和久井たちの認識だった。だが実際は、計画がことごとく悪い方向へ進むよう、植田がコントロールしていたのだった。もし警察の追跡がなかった場合は、薬品を盗んでいるとき、特捜本部にたれ込んで捜査員を呼ぼうと考えていたらしい。

「あのとき、俺は江本と名乗ることを、和久井に提案した。人質がいれば警察も手出しできなくなるからだ。仲間の丸山恵美《まるやまめぐみ》には宮下舞と名乗らせた。そうやって、ふたりの人質がいるように見せかけた。

車で青柳興業から脱出するときには、『この女の刑事は俺が監禁してくる』と和久井に申し出たんだ。青柳興業から車で一時間ほど走ったところに例の地下壕がある。あそこに連れていけば、二年前の監禁事件を警察に知らせることができるだろう。もちろん、あんたを地下壕に連れていくことは、和久井たちには黙っていた」

青柳興業の営業車に乗っていたのは江本と塔子、ふたりだけだったのだ。

「車で約一時間走ってから、俺は雨の中、あんたを背負って地下壕まで運んだ。ずいぶん手間のかかることだと驚くかもしれないな。だが、あとであんたが目を覚ましたら、白骨遺体を見て泣き喚くはずだ。それを想像するとぞくぞくして、たまらない気分になった」

江本は冷たい笑みを浮かべていた。人質として振る舞っていたときには、とても想像できなかった表情だ。

「いつまで私を閉じ込めておくつもりだったの？」

「それはあんた次第だった。俺は如月のために、携帯電話と予備のバッテリーを地下壕に残してやったんだ。バッグにハサミも入れてやったよな。うまく救出されればそれでよし、無理ならどこかのタイミングで警察に知らせてやろうと思っていた。俺はものすごく親切な人間なんだよ」

そんなことを言って、江本はまた笑った。

山梨県で車を乗り捨てたあと、再集合する時刻までは和久井たちと別行動をとっていた。その間に江本は、青梅市のウィークリーマンションで草壁を殺害したのだ。彼の部屋にジャックベアのタグを残したのは、和久井の仕業だと見せかけるためだった。

そして最後の計画を実行する今日、江本は和久井たちと合流した。獅子《しし》身中の虫として、和久井にとどめを刺すために——。

「俺にとっては、こいつを殺すことが最大の目的なんだ」

倒れている和久井を指差しながら、江本は言った。

「だって俺は、あの地下壕で一度死んだようなものだからな。こいつさえ始末できれば、堂島を殺す計画はどうでもよかった。むしろ俺は堂島の暗殺計画を、警察への餌《えさ》として使おうと思った。だから地下壕の携帯に、堂島の家の番号を登録しておいたんだ。和久井は報酬をほしがっていたから、この暗殺を成功させようと躍起になっていた。そこへ警察がやってくれば、和久井にとっては、ご馳走の周りを飛び回る蝿《はえ》のようなものだ。奴は相当いらいらするだろう。それを見て俺は楽しむというわけだ」

そう言いながらも、江本はまったく楽しそうには見えなかった。いくら笑ってみせても、そこには感情がこもっていないのだ。

「さて、和久井はもうじき死ぬ。これで俺は一番の目的を果たせるわけだが、事件の幕を下ろす前にどうしても話しておきたいことがある。如月と鷹野、あんたたちに関係することだ」

江本の言う意味がわからなかった。彼はいったい何を考えているのか。

「如月、あんたは鷹野といいコンビらしいな」

「……え？」

突然、予想外のことを言われて塔子は戸惑った。相手の真意が読めない。

「警察が反社会的勢力と呼ぶような連中の間で、あんたらはすごく有名だよ。父親の遺志を継いで刑事になった如月塔子巡査部長。そして捜査一課のエース・鷹野秀昭警部補。この凸凹コンビに周りはみんな一目置いているそうじゃないか。俺はそういう浮かれた奴らが大嫌いでね。大きなミスをさせて、評価を地に落としてやりたくなったんだ」

江本は悪意のこもった目でこちらを見ている。塔子ははっとした。

「私たちを車で追っていたのは、あなただったんですか？」

「ようやくわかったかい」

「つまり、あなたのターゲットは私だったと……」

それには答えず、江本は独り言のようにつぶやいた。

「まったく、日本の警官はレベルが低いな。拳銃は使えないし、犠牲者は出すし、おまけに勘も鈍い」

何か引っかかるものがあった。塔子は最近、拳銃について、誰かから話を聞かなかっただろうか。

考え続けるうち、気がついた。和久井の木工所を監視していたとき、鷹野が言ったのだ。「制服警官だったころは、拳銃の扱いが本当に苦手」だったと。

さらに塔子は思い出した。サバイバルゲーム用品専門店で、江本はこう言っていたそうだ。「サバゲーをやっている人間のほうが、警官より銃の扱いはうまい」とか「拳銃を持っていても、まともに使えない警官が多い」などと。

もしかしたら、と思った。

「江本さん、あなたはうちの鷹野を狙っていたんじゃありませんか？」

塔子が尋ねると、江本は意外そうな顔をした。

「どうやら、勘が鈍いというのは訂正する必要がありそうだな」そう言ってから、彼は鷹野のほうを向いた。「あんた、俺を覚えているかい？」

鷹野は眉をひそめた。記憶をたどる様子だったが、黙ったままだ。

江本は塔子に背を向け、ゆっくりと鷹野のほうへ近づいていく。

「昔、俺は丸山恵美の姉とつきあっていた。当時の俺はとても真面目な人間でね、交通違反のひとつもしたことがなかった。八年前の夏、彼女は俺と待ち合わせをしていて、通り魔に刺された。その犯人はほかにも何人か刺して、制服警官に追われているところだったらしい。わかるかい。彼女を刺す前、警官が通り魔を追いかけていたんだ。その警官はもちろん拳銃を持っていた。それなのに発砲するのをためらって、結果的に被害を大きくしてしまった。犯人はあとで捕まったが、俺の彼女は病院で死んだ。ひどい話だろう？　そのときの制服警官というのが、鷹野、おまえだったんだよ」

そっと顔色をうかがうと、鷹野は動揺しているようだった。痛めた脚を押さえ、壁に寄りかかっている。

「鷹野さん、今の話……」

塔子が問いかけると、彼は真顔でこちらを見た。

「たしかにそういうことがあった。しかし江本、あの場で拳銃を使うことはできなかったんだ。あんな人通りの多い場所で発砲したら、どうなるか……」

「今さら言い訳か？　みっともない」

江本は鷹野の前に立ち、右手に持った拳銃の銃把で側頭部を殴った。鷹野が倒れると、今度は靴の先で背中を何度も蹴った。

「鷹野さん！」塔子は声を上げた。「話を……江本さん、落ち着いて話をしましょう」

ひとしきり暴行を続けてから、江本は荒い息をついた。

「彼女が死んでから、俺は真面目に生きるのが馬鹿らしくなったんだよ。違法カジノに通ううち、誘われて暴力団の仕事を手伝うようになった。何年かたって、ある刑事の噂を聞いたんだ。やけに手強い、鷹野って奴が捜査一課にいるってな。話を聞くうち俺は思い出した。鷹野って、あの鷹野か？　俺の彼女を死なせた、臆病者《おくびょうもの》の新米警官だった奴か？　まったく驚いたよ。何が捜査一課のエースだ、ふざけるな！」

床に唾を吐き、江本は鷹野の肩を踏みつけた。

「俺は鷹野を困らせ、苦しませてやろうと思っていた。ところが二年前、地下壕で西崎たちに殺されそうになったんだ。まったく、油断したものだと反省しているよ。……地下壕から脱出したあと、俺は和久井たちを殺すことにした。だがそれは、鷹野に復讐するための下準備だった。和久井たちを殺せば必ず捜査一課が動く。これは一石二鳥じゃないか。俺は鷹野のことを調べ、如月のことも調べた。あんたらは、みんなが羨む仲よしコンビなんだってな」

江本は倒れている鷹野の太ももを蹴った。暴行を繰り返され、鷹野は起き上がれないようだ。

「俺は面白い手を考えたんだ。如月を捕まえて地下壕に閉じ込めれば、鷹野は精神的なダメージを受けるだろう。俺は遠くからそれを眺めてにやにやするというわけだ。……では、あんたたちを事件現場に引っ張り出すにはどうしたらいいか。いろいろ調べてみたよ。捜査一課にはいくつかの係があって、順番に捜査本部に入る。あんたたちの動きを見ていたら、前の捜査が終わって、先週は毎日警視庁本部に出勤していることがわかった。これはつまり待機番ということだろう。だから俺はそのタイミングで西崎を殺した。その結果、あんたたち十一係が五日市署に出てきたわけだ」

塔子たちは江本の計画どおりに動かされていたということだ。待機番という制度のせいで、こちらの動きを江本に知られてしまっていたのだ。

オールバックの髪を撫でつけながら、江本は続けた。

「さらに、如月が救出されたあと、あんたたちをつけ回してやればプレッシャーを与えることができると思った。隙を見て嫌がらせをすることも可能だ。だから車であんたたちを見張った。そうやって様子を探ると同時に、あんたたちが和久井のアジトを見つけてしまわないか、俺は注意していたんだ。和久井たちが一生懸命作っている爆発物を、途中で取り上げられたら困るからな」

「でも、どうして？」塔子は尋ねた。「あなたはずっと、私たちの車を追っていたわけではなかったでしょう。それなのに都合よく私たちの行く先に現れたなんて……」

江本はこちらを振り返って、にやりとした。

「如月を地下壕に閉じ込めたことには、もうひとつ理由があった。あんた、いつも使っているバッグがあるよな。あの中をきちんと調べなかっただろう？」

「バッグって……」今、この場には持ってきていない。面パトの中だ。「どういうこと？」

「底板を剝がしてみるといい。そこにGPSの発信機が仕込んであったんだよ」

「発信機？」

塔子は耳を疑った。たしかに、バッグの中を隅々まで調べたことはない。底板を剝がそうなどとは、考えたこともなかった。

「最近の発信機は小さいのに精度が高くてね。おかげで、あんたたちの居場所は簡単につかめた。捜査本部は五日市署の中だよな？　そこから出発してどこへ聞き込みに行ったか、手に取るようにわかったよ。今日、あんたたちが八王子市内に来たことも把握できていた」

あまりの衝撃に言葉が出なかった。あの黒いセダンを呼び寄せていたのは、塔子自身だったのだ。

塔子が黙り込んでいると、江本はさらに続けた。

「ああ、そうだった。如月を車で運ぶとき、八王子の喜久田第一ビルに爆弾を仕掛ける、と話してやったんだが覚えていたか？　警察にヒントを与えてやったんだよ。……ジャックベアのショルダーバッグを和久井たちに与えたのは俺だ。使いやすいから、ぜひどうぞってな。青柳興業の事務所や草壁のウィークリーマンションに証拠品を置いたのも俺だよ。そうしておけば警察は、西崎殺しや草壁殺しを和久井の仕業だと思うはずだからな」

塔子は驚きの目で江本を見つめていた。運のよさに助けられた部分はあるだろう。だが和久井たちと警察を罠にかけるため、そこまで考え抜くというのが信じられなかった。

「江本。それだけ計算できるというのに、なぜこんなことをする？」

苦しげな声で鷹野が言った。床の上で体を起こそうとしたが、あちこちに痛みがあるのだろう、険しい表情をしている。

「ああ？　どういう意味だ？」と江本。

「おまえは頭の切れる人間だ。他人を手玉に取って、最悪の状態まで叩き落とすことができる男だ。だが肝心のところが抜けているよ。こんなに手の込んだ計画を立てて、おまえ自身は最後にどうするつもりだ？　このビルの下には大勢の警察官がいる。目的を果たしても、ここからは逃げられないぞ」

それを聞いて江本は笑いだした。血の臭いの漂うフロアに、空虚な笑い声が響き渡る。そこに含まれているのは、一線を越えてしまった人間の狂気ではないか、と塔子は思った。

「鷹野、あんた俺のことを心配してくれるのか？　優しいなあ」

「心配するわけじゃないが、気にはなっている。おまえは破滅願望でも持っているんじゃないのか？」

「そうだな。彼女を失って、地下壕に閉じ込められて、あのときネジが外れてしまったのかもしれない。でも俺はこの計画を立てている間、すごく楽しかったんだよ。鷹野、あんたには、わかってもらえるような気がするんだがな」

「どういうことだ？」と鷹野。

「あんたと俺は似ていると思うんだ。俺は事件を起こすためにあれこれ計画を立てる。あんたは事件を調べて解決しようとする。方向はまるで逆だが、犯罪について知恵を絞るのは同じだろう？　どうやったらあんたをやり込めることができるか、俺は真剣に考えた。そうするうち、あんたと知恵比べをしているような気分になってきた。如月を地下壕に閉じ込めておきながら、わざわざ携帯やバッテリーやハサミを用意してやったのは、鷹野や如月がどう知恵を絞るか見てみたかったからだよ。駄目なら、あらためて警察にヒントでも出してやろうと思っていた。……我ながらやっていることが矛盾していると思うけどね、たぶんあれは、好きな相手をいじめたくなるって心理なんだろうな」

話を聞くうち、塔子は強い違和感を抱いた。

江本は鷹野をライバルのように捉えていたのだろうか。それが高じて塔子を地下壕に閉じ込め、鷹野を苦しませようとしたのか。

「江本さん」塔子は言った。「あなたがうちの鷹野を恨んだことは、言いがかりのように思えます。それで、あなたは満足できたんですか?」

「言いがかりでも何でも、あんたらは受け入れなくちゃいけないんだ。偉そうに人を見下して、ミスを認めず、いつも仲間を守ろうとする。そんなあんたらは恨まれて当然だよ。刑事ってのはそういう仕事だろう? あんたらはそれがわかった上で、刑事を続けてるんじゃないのか」

塔子の父・功も、かつて関わった犯罪者たちに恨まれていたという。今でも脅迫状めいたものが届く、と母が言っていた。父はもう十一年も前に亡くなっているのに、まだ犯罪者たちは怨嗟《えんさ》の言葉を送りつけてくるのだ。

「たしかに……」考えながら塔子は答えた。「私たちは、恨まれても仕方がない立場なのかもしれない。でも、だからといって、その恨みを甘んじて受けるつもりはありません。理由がどうであれ、あなたがしたことは重大な犯罪です。私たちはあなたを捕らえて、罪を償わせます。それが警察官である、私の仕事だからです」

江本は険しい顔で塔子を睨みつけた。左の頬がぴくりと痙攣《けいれん》した。このとき初めて、塔子は彼の顔に表情を見たような気がした。

「そろそろ終わりにしよう」江本は言った。「ガタイのいい刑事、門脇だっけ？　そいつは助けてやるよ。丹波はどうするかな」

床の上で苦しんでいた丹波が、ぎくりとした顔で江本を見上げた。

「や……やめてくれ」丹波は弱々しい声で言った。「俺はあとから和久井の仲間になったんだ。話は聞いたけど、地下壕のことには関わっていない。金塊の分け前ももらってない。あれは和久井と加賀で山分けしたって話だ」

「おまえも利用されただけなんだろうな。わかったよ、このままにしておいてやる」

そう言ってから、江本は和久井のほうを振り返った。右手を伸ばして、銃口を彼の頭に向ける。

「じゃあ、やっぱりこういう結論だな。……和久井、まず死ぬのはおまえだ」

「頼む、助けてくれ」和久井は子供のように首を左右に振った。「俺が悪かった」

「おい江本、やめろ！」

鷹野が声を張り上げた。江本は不愉快そうに顔を歪めて、彼を見つめた。

「偉そうに指図するな。この役立たずが」

「おまえの彼女を守れなかったのは俺の責任だ。だから……」

「安心しろ」江本は冷たい調子で言った。「和久井の次はあんたの番だ」

そのときだった。苦痛の表情を浮かべていた和久井が、両目を見開いた。

「くそおおお！　死ぬぐらいなら、こうしてやる！」

和久井は隠し持っていたボタンを押した。

次の瞬間、どん、と強い揺れがやってきた。真下から突き上げてくる振動だ。塔子は目を見張った。

壁に設置されていた書棚が音を立てて倒れた。天井からばらばらと建材が降ってくる。埃《ほこり》が舞い上がって前が見えなくなった。揺れは二回、三回と続く。塔子は立っていられなくなり、床にしゃがみ込んだ。

「和久井、何をした？」埃の向こうから鷹野の声が聞こえた。「どこを爆破したんだ？　このビルか？」

「くそ、この本棚をどかしてくれ！」書棚の下から和久井が喚いた。「そうだよ！

このビルにも爆薬を仕掛けておいた」

「どうしてそんなことを？」

「江本が……植田が、裏切るんじゃないかと疑っていたんだ。あいつ、ときどきひとりで何かしていたから。……おい、早く助けてくれ」

やがて揺れはおさまった。どうやらビルの倒壊だけは免れたようだ、と思ったそのとき——。

目の前で、信じられないことが起こった。突然、八階の床が抜けたのだ。

塔子は飛び退いて柱につかまった。コンクリートの砕ける音、鉄筋のねじ曲がる悲鳴のような音が、辺りにこだまする。建材が下の床に激突し、地響きのような振動が伝わってきた。

埃の中で目を凝らすと、フロアの中央に大きな穴が開き、鉄骨が剝《む》き出しになっていた。その穴のそばに人影が見える。

「鷹野さん！」

塔子は足下に注意しながら、彼のところへ走った。

穴の縁で、鷹野は腹這《はらば》いになっていた。危ない姿勢で右手を下ろし、歯を食いしばっている。

上から覗き込んで、塔子は状況を理解した。

爆発の威力は相当大きかったのだろう、八階だけでなく七階の床も崩れている。何もない空中に、江本の体がぶら下がっていた。床の崩壊で落ちそうになった彼の右手を、鷹野が咄嗟につかんだのだ。

「江本、今、引き上げてやる」

苦しげな顔で鷹野が言った。だが穴の縁になんとか留《とど》まった彼も、ひどく体勢が悪い。ぎぎ、ぎ、と床で嫌な音がした。ぱらぱらとコンクリートのかけらが落ちていく。

宙吊りの状態で、江本はこちらを見上げた。

「おい……手を離せよ。恩を……売るつもりか？」

「違う」鷹野は強い調子で答えた。「せっかくおまえを捕まえたのに、手を離してたまるか！」

鷹野は右腕に力を込めた。その直後、バランスを崩して穴に落ちそうになった。塔子は慌てて、うしろから彼の体を支えた。どうにか鷹野は体勢を立て直したが、危険であることに変わりはない。このままでは、じきに力尽きてしまうだろう。

何かないか、と塔子は辺りを見回した。数メートル先にリュックサックが落ちていた。

塔子は鷹野から離れて、リュックのそばへ走った。中に入っている針金やペンチ、ドライバーセットなどを押しやって、ロープを取り出す。

母の言葉が頭に甦った。怖さを知った上で、自分の身は自分で守ってくれ、と母は言った。そして、父はこう話していたそうだ。自分を守れない人間に、他人を守ることはできない、と。それができてこそ一人前の刑事なのだ、と。

——私は自分の身を守った上で、他人も守ってみせる。

左手の腕時計に触れてから、塔子は作業に取りかかった。

束になったロープをほぐして先端に輪を作る。鷹野のそばに駆け寄り、素早くその輪を下ろしていった。

「これにつかまって！」

塔子の声を聞いて、江本はあいていた左手を動かした。ロープの先端、輪になった部分をしっかりとつかむ。

塔子はロープの反対側を持ってフロアを走った。丈夫そうな柱を見つけ、うしろを通す。ロープの先端を自分の腰に結びつけて、鷹野のほうに戻ってきた。

「鷹野さん、引き上げましょう！」

「わかった」

柱のうしろを通したロープは、V字状になっている。塔子は綱引きの要領でロープを思い切り引いた。何度か足が滑ったが、歯を食い縛り、体重をかけて後方に引き続けた。それに合わせて、鷹野も右腕を力いっぱい上に引く。

ふたりがかりで、ようやく江本を引き上げることができた。よろけそうになる江本を支え、塔子は急いで穴の縁から離れた。

「まさか、ここで体力作りが役に立つとはな……」

鷹野は肩で息をしている。そういえば彼はハンドグリップを握ったり、ジョギングをしたり、体力作りをしていると話していた。思わぬところでその成果が出たのだ。

さすがに動揺したらしく、助けられた江本は顔色を失っていた。彼は右脚を引きずっている。床が崩れたときに負傷したのだろう。

「くそ、よけいなことを！」江本は唇を震わせた。「誰も助けてくれなんて言わなかっただろう？　あんたら警察はいつもそうだ。肝心なときには役に立たないくせに、頼んでもいないことをして……」

「過去にミスはあったかもしれません」腰のロープをほどきながら、塔子は言った。「でも私たちは……鷹野と私は、同じ失敗を二度と繰り返さないつもりです」

眉をひそめて江本は黙り込む。

「江本、おとなしくして。あなたはもう逃げられません」

「わかってるよ」

もはや、江本に抵抗する意思はないようだ。身体検査をしたが、拳銃はどこにもなかった。二丁とも下に落としてしまったのだろう。

ポケットから手錠を取り出し、塔子は江本に告げた。

「殺人未遂の現行犯で逮捕します。ほかにも、あなたには二件の殺人容疑がありま
す」

両手に手錠をかけ、塔子は彼の身柄を確保した。

江本はあきらめたような表情で、手錠をじっと見つめている。

「ここまで手こずらされたのは初めてだ」右の肩をさすりながら鷹野が言った。「江本、いや阿川。おまえのことは忘れないからな」

「それはこっちの台詞《せりふ》だ」と江本。

そこへ、みしみしと気味の悪い音が響いてきた。まずい、と塔子は思った。このフロアはかなり不安定な状態にある。何が起こるかわからなかった。

「早くこの部屋を出たほうがいい」と鷹野。

塔子は室内を見回した。自分も重傷を負っているというのに、門脇は和久井の体を抱きかかえてドアのそばへ退避していた。

「門脇さん、脚の怪我は？」

「大丈夫だ。ネクタイで縛って止血した」門脇は壁に寄りかかりながら、窓のほうを指差した。「それより丹波を見てやれ」

「わかりました」

壁伝いに丹波のそばへ近づき、肩を貸して立ち上がらせる。いてえ、と丹波は弱々しい声で言った。右脚の傷からかなり出血している。

「鷹野、如月！　無事か？」

ドアのほうから声が聞こえた。早瀬や徳重、尾留川が駆けつけてくれたのだ。塔子は叫んだ。

「係長、ここです。負傷者を連れて早く脱出を！」

わかった、と答えて早瀬たちは部屋に入ってきた。負傷者を助けて廊下へ運び出す。塔子も尾留川の手を借りて、丹波を部屋の外へ運んだ。ドアの向こうで気絶していた若手刑事も、すでに目を覚ましていた。

「……早瀬だ。至急、担架を用意してくれ」早瀬は携帯で部下に連絡した。「階段で八階まで。あちこち崩落しているから気をつけろ」

廊下に出て、塔子は和久井の傷を確認した。肩と脚を撃たれているから、この中ではもっとも重傷だ。

「もうじき担架が来ます」

塔子が言うと、和久井は苦しげな咳をした。それから彼はこう尋ねた。

「堂島は……どうなった？」

「あのままいつまで待っても、あなたたちは狙撃できなかったはずですよ」

「なぜだ？」

「堂島さんはもう避難しています。窓から見えないようにエレベーターホールまで移動するよう、私たちが指示しておいたんです」

「あいつがこそこそ隠れて逃げたっていうのか」和久井は眉間に皺を寄せている。

鷹野が横から口を挟んだ。

「黒服のボディーガードたちが、しゃがんで引っ張っていったんじゃないか？　堂島さんも命は惜しいはずだ。多少みっともない恰好でも我慢したに違いない。今ごろは、ホテルでコーヒーでも飲んでいるだろうな」

「あの、くそじじい……」

和久井は舌打ちをした。そのあと痛みが強まったのか、顔をしかめた。

少し離れた場所に江本がいた。尾留川に促され、彼は階段のほうに向かう。一度立ち止まって、江本は鷹野をじっと見つめた。その表情は今も険しかった。

背後から大きな音が響いてきた。不安定になっていた床の一部が、また崩落したようだ。

「担架が着いたぞ」早瀬の声が聞こえた。「負傷者を乗せてくれ」

「みなさん、急ぎましょう」

塔子の呼びかけに応えて、捜査員たちはてきぱきと作業を始めた。

5

クリーム色のビルの周囲に、黄色い立ち入り禁止テープが張り巡らされている。道路の向こう側、工事の仮囲いがある茶色いビルにも、同様のテープが張られていた。その一帯は通行止めとなり、救急車両、消防車両、警察車両などが多数停まっている。辺りには救急隊員、消防隊員のほか、制服警官や私服捜査員、SIT、警備部の爆発物処理班などが集まって、ものものしい雰囲気になっていた。

それらの活動の映像が徐々に小さくなり、画面はスタジオに切り替わった。

女性アナウンサーが緊張した表情で口を開く。

「ご覧いただいたのは、一昨日の爆破事件現場の様子です。十七日午後、八王子市にある解体工事中のビルで爆発が起こり、一時、警察の爆発物処理班が出動するなど、付近は騒然とした状態になりました。この事件で警察の捜査員を含む十二名が負傷し、そのうち三名が重傷です。当時、これらふたつのビルでは警察の捜査が行われていたということで……」

そろそろ会議だな、と言って捜査員のひとりがリモコンを手に取った。電源が切られ、画面は暗くなった。

塔子たちはテレビから離れて、それぞれ自分の席に向かう。誰を見ても、顔色が冴えなかった。

起立、礼の号令のあと、早瀬係長がホワイトボードの前に立った。

「では会議を始めます」

十月十九日、午前八時三十分。五日市警察署の講堂で捜査会議が始まった。

資料を開いて、早瀬はみなを見回す。

「十七日の爆破事件のあと、和久井裕弥、加賀稔、丹波弘影、宮下舞こと丸山恵美、江本則之こと阿川猛、この五名を逮捕しました。彼らは犯罪グループを形成しており、和久井がそのリーダーでした。和久井と丹波は銃弾を受けて重傷、現在は入院加療が必要なため、取調べは行われていません。加賀、丸山、阿川は軽傷ですので、昨日から取調べを開始しています。加賀はのらりくらりと話をはぐらかしていますが、丸山、阿川は供述を始めたということです。今後はこのふたりの話を中心に、事件の背景を探っていくことになるでしょう。……なお、警察側にも負傷者が多数出ていて、十一係の門脇警部補が重傷です。しばらく入院が必要ですが、幸い命に別状はありません」

捜査員席のあちこちから安堵の声が漏れた。塔子は昨日のうちにその知らせを聞いていたが、あらためてほっと息をついた。

救急車に乗せられる前、門脇は鷹野にこう言った。

「あとのことは任せる。俺のいない間、おまえがみんなを引っ張ってくれ」

その言葉を、鷹野は重く受け止めたはずだ。

幹部席から神谷課長がみなを見回した。

「爆破を阻止できなかったことは本当に残念だ。ニュースで報じられているから、この件で警察を批判する向きもあるだろう。だが、それについては我々幹部が責任を負う。おまえたちは裏付け捜査に専念してくれ」

ここ数日、警視庁や警察庁の上層部から、神谷は何度も説明を求められているそうだ。捜査一課の責任者として、彼はそれに応じているという。いわば防波堤となって、神谷は捜査員たちを守ってくれているのだろう。

手代木管理官が鷹野のほうに視線を向けた。

「報告によると、阿川は鷹野に恨みを持っていたそうだな。それについて、どう考えている？」

手代木は黙ったままこちらを見ている。しばらく考える様子だったが、鷹野は口を開いた。

「『あんたと俺は似ている』と阿川は私に言いました。彼は稀に見る知能犯です。他人がまったく想像しないようなことを思いついて、そこに喜びを見出すタイプなんでしょう」

「それがおまえと似ている、というのか？」

「ええ。いつも犯罪のことを考えている、という意味では……。そうやって得られた着想を、阿川は犯行に使いました。私のほうは、着想を事件の解決に使っています。もし阿川が刑事になっていたら、我々の強い味方になっていたかもしれません」

それは違う、と手代木は言った。彼は蛍光ペンの先を鷹野に向けた。

「阿川の過去には同情の余地があるかもしれない。だが、もしおまえが同じ目に遭ったとして、奴のようなことをするか？」

「……いえ、しないと思います」

「そうだろう。我々は、なるべくして警察官になったんだ。自分という人間に、誇りを持たなくてどうする？」

「たしかに……おっしゃるとおりです」

手代木は鷹野の顔をじっと見ていたが、やがて蛍光ペンの先にキャップを嵌めた。

「我々は個人で捜査をしているわけじゃない。今後、もしおまえが誰かに狙われるようなことがあれば、我々は全力でおまえを守る。だから何かあったときはすぐに報告しろ。恰好つけて、自分ひとりで対処しようとするなよ。いいな？」

「わかりました」鷹野はうなずいた。「肝に銘じておきます」

手代木の言葉を聞いて、塔子は少し驚いていた。普段部下に厳しい彼が、そんな言葉をかけてくるとは思わなかったのだ。鷹野が素直に返事をしたのも、その驚きがあったからだろう。

塔子がじっと見つめていると、手代木は眉をひそめて尋ねた。

「なんだ如月？　言いたいことでもあるのか」

「あ……いえ、何でもありません」

「鷹野だけじゃなく、如月も気をつけろ。おまえも、ちょこまか動きすぎるんだ。今回だって……」そこで手代木は言い直した。「いや、今回はおまえのせいではなかったか。まあとにかくだ、鷹野も如月も、自分たちだけで突っ走るのはよせ。我々は組織で活動しているんだから、人に頼ることも考えろ」

「ありがとうございます」

手代木に向かって、塔子は深く頭を下げた。

捜査はこれからも続く。和久井たちの犯罪グループが検挙されたことで、暴力団などから請け負ってきた仕事が解明されるはずだ。それにより、未解決だった事件の捜査が進む可能性があった。

塔子はメモ帳を開いた。

これまでの取調べで、江本——阿川猛が供述した内容を、塔子は思い出した。彼が取調官に話す様子を、塔子と鷹野はマジックミラー越しに見ていたのだ。

＊

「今日、鷹野って刑事はいないのか？　まあいい。あとであいつに伝えておいてくれ。二年前に俺がどれほどひどい目に遭ったかということをな。俺は今まで、この件を誰にも話せなかった。でも鷹野は、俺と深く関わった人間だ。あいつには俺の恨み言を引き受ける義務があると思うんだ。

もともと俺には登山や洞窟《どうくつ》探検の趣味があった。それで俺は二年前、西崎の依頼を受けて西多摩郡の山を案内したんだ。西崎たちは何かの資料を持っているようで、洞窟などを調べたいということだった。

山歩きと洞窟探検を始めて二日目、俺たちは木の枝で首吊りしたらしい遺体を発見した。それは男性で、半ば白骨化して地面に落ちていた。西崎は遺体のリュックを調べて免許証を見つけた。自殺したのは鳥飼信光という男らしいとわかった。リュックにはお茶のペットボトル三本と、菓子なんかが入っていた。

午後、俺たちは例の地下壕にたどり着いた。入り口には細工がしてあって、かなりわかりにくい場所だったよ。西崎たちが資料を持っていなければ気づかなかったかもしれない。

西崎たちは懐中電灯を使って、その地下壕に入っていった。中には三つの部屋があった。

二番目の部屋には、トランクに入った金塊があった。それを見たとき、俺はようやく事情を察した。西崎と草壁の目的は宝探しだったんだ。西崎たちは金塊を見つけて上機嫌だった。何か祝儀でももらえるんじゃないかと、俺も笑顔になっていた。

だが奥の部屋を調べているとき、俺はいきなりうしろから殴られたんだ。右の太ももをナイフで刺され、左手に手錠をかけられて、壁のパイプにつながれてしまった。隣の部屋からトランクを運び出す物音が聞こえた。俺は叫んだ。ここで見たことは誰にも話さない。もちろん分け前も要求しない。だから助けてくれ、と。だが、やがてふたりはトランクを運び出したんだろう、辺りはすっかり静かになってしまった。

真っ暗な中、俺は手錠を外そうと努力した。しかし手錠は頑丈だ。次に俺は、叩いたり蹴ったりして壁のパイプを壊そうとした。でも、それも簡単にはいかなかった。そのうち手首の皮が裂け、血が滲んで痛みだした。刺された右脚からの出血も続いていた。

絶望的な状況だった。いっそこの腕を切断してしまったら外に逃げられるだろうか。溢れる血をものともせず、激しい痛みに耐えて、この腕を切ったら……。実際そこにナイフの一本でもあれば、俺は錯乱して自分を傷つけていたかもしれない。この真っ暗な地下壕で死ぬのか、と俺は思った。いったい俺が何をしたっていうんだ？　ただ、頼まれて山の案内をしただけなのに。その結果奴らはお宝を見つけることができたんだ。感謝されることはあっても、殺されるなんておかしいだろう！

暗闇の中で、俺は決意した。このまま死ぬわけにはいかない。必ず脱出して、西崎たちを殺す。めちゃくちゃに痛めつけて殺してやる。

それだけを目標に、俺はあがき続けた。三日かけて、ようやくパイプを壊すことができた。脚の傷からの出血で意識朦朧とした状態だったが、俺はなんとか立ち上がり、部屋から出た。このときドアの鍵がかかっていなかったのは幸いだったよ。西崎たちは錠があることに気づかなかったんだろうか。それとも、うしろめたさから鍵をかけていかなかったのか。とにかく俺は、右脚を引きずって地下壕から脱出した。

三日間飲まず食わずだったんだ。ひどく喉が渇いて、腹も減っていた。少し歩いたものの、目が回って座り込んでしまった。だがそのとき、俺はあることを思い出した。消耗した体に鞭打《むち》って、また歩きだした。

俺は首吊り死体のところに行った。自殺した鳥飼という男は、飲み物や食料を持っていたんだ。古くなってはいたが、俺はペットボトルのお茶を飲み、菓子を食べた。

急ぎすぎて少し吐いてしまったが、なんとか落ち着くことができた。迷いながら獣道を歩いて、やっと舗装道路に出られた。俺は農家を見つけて助けを求めた。左手の手錠を袖の中に隠しながらね。農家の夫婦は、山で遭難したという俺の説明を信じてくれたようだった。人のいい夫婦は、コンビニで買ってきた食べ物をくれた。

俺はこの夫婦に金を借りて自宅に戻った。ヤバい仕事をしている身だから、今回の監禁事件を警察に届けることはできなかった。一方で、自分が生きていることを西崎たちに知られたら、また狙われるかもしれない。俺は自宅に戻って体調を整えたあと、もう一度地下壕に向かった。途中で、鳥飼の首吊り死体を布団袋に詰めて運んだ。臭いがひどかったが、こっちは一度死にかけた身だ。たいていのことは我慢できた。

俺はその遺体を、地下壕の一番奥の部屋に運び込んだ。それから、十日前に自分が着ていた服を着せた。遺体があちこち崩れそうで大変だったけどな。

そのあと遺体の左手を手錠で壁につなぎ、ブランケットをかけた。最後に、その部屋で伊原が死んだと想像できるようなメモを残した。不自然にならないよう、ボールペンをきちんと残しておくことも忘れなかった。

こうして、俺は自分を死んだように見せかけた。そこから先はあんたたちも知っているとおりだ。

なあ、和久井はまだ生きているのか？　そうだとしたら本当に残念だ。あの野郎、いつの間にかあんな爆薬を仕掛けやがって。のんびりしていないで早く頭を撃ち抜くべきだった。くそ！　ちくしょう！

……ああ、いや、わかってるよ。……大丈夫だ、暴れたりはしない。

もうひとつの心残りは鷹野のことだ。あいつにはまだ八年前の礼ができていない。どこの誰とも知らない奴に刺されて、俺の彼女は死んだ。病院のベッドの上で彼女はずっと震えていた。命が削られていく中で、助けて、助けてと繰り返していた。わかるか？　死ぬ間際まで犯罪者の幻に怯えていたんだ。彼女が最期に口にしたのは、家族のことでも俺のことでもない、あの通り魔のことだったんだよ。

鷹野は、あの殺人鬼の犯行を黙認したようなものだ。違うか？

……ふん。まあ、そうだよな。あんたらは仲間をかばうだろう。わかってるよ。

鷹野には話したんだが、あいつと俺は似ているような気がする。鷹野がこっち側の世界に来ていれば、俺とコンビを組んで、でかい仕事がたくさんできたと思うよ。あいつ、どうして刑事なんかになったんだろうな。あれだけ切れる奴なのに、警察にいるなんてもったいないじゃないか。

いつかまた鷹野と勝負がしたいもんだな。そう、命懸けのやつがいい。そのときには如月も参加させてやろう。あいつがいると、いろいろ面白いからな。……俺がそう言っていたと、鷹野たちに伝えてくれよ。勝負できるかどうかはわからないが、俺はでかい犯罪計画をずっと考え続ける。死刑になるまで時間はまだまだ、たっぷりあるだろうからな」

*

取調べの様子を思い出しながら、塔子は考えた。

二年前に東京西部で行方不明になった人物の中に、鳥飼信光という名前があった。おそらく彼は地下壕の存在は知らず、たまたま近くまで来て自殺してしまったのだろう。その遺体を、阿川は利用したのだ。

それにしても、と塔子は思う。

人質の江本として現れたとき、彼の演技は完璧なものだった。それに対して、供述を重ねる阿川の表情はひどく歪《いびつ》なものに見えた。いったい、どちらが本当の姿だったのだろう。

阿川がこんなふうになってしまったのは、地下壕で死にかけた経験のせいに違いない。おそらく、あの一件で精神のタガが外れてしまったのだ。彼の行動には破滅願望のようなものが感じられたが、その一方で冷静さや計算高さも垣間見ることができた。その二面性に、塔子は何とも言えない気味の悪さを感じる。

彼の怖さは、ある意味ストーカー的なものでもあった。塔子のショルダーバッグを調べたところ、阿川が言ったとおりGPSの発信機が見つかった。彼はこれを仕掛けるために、わざわざ塔子を地下壕へ連れていき、そのあと鷹野の元へ戻したのだ。いくら鷹野に執着しているといっても、普通そこまでするだろうか。

捜査会議のあと、猪狩巡査長がこちらにやってきた。

「如月さん、鷹野さん。今回は本当にお世話になりました」

「猪狩さんもいろいろと活躍してくださいましたね」

塔子が言うと、猪狩は表情を和らげた。

「あの蜘蛛野郎――加賀稔を自分の手で逮捕できたのは、本当に嬉しいことでした。犬塚にも伝えておきましたよ」

「その後、犬塚さんはどうですか？」

「おかげさまで順調に回復しているようです。早く現場に戻りたいって、きゃんきゃん騒いでました」

「よかった。安心しました」

塔子と猪狩が話しているのを、鷹野がちらちらと見ていた。そのうち彼は、遠慮がちに口を開いた。

「猪狩さんに、ひとつ謝らなくちゃいけないことがあるんです」

「え？　私にですか？」

まばたきをする猪狩に、鷹野は真面目な顔で言った。

「黒いセダンを見つけたとき、我々の捜査情報が漏れているんじゃないか、と如月が相談したでしょう」

「ああ、そうでしたね。それが何か……」

「そのとき猪狩さんは『その件は、あまり人に話さないほうがいい』と言ったそうですね。あとで如月からそれを聞いて、私は猪狩さんのことを一度疑ったんです。もしかしたら、猪狩さんが情報を外部に流しているんじゃないかと」

「ええっ。それはひどい！」猪狩はオーバーに顔をしかめてみせた。「私は鷹野さんや如月さんのことを、誰よりも心配していたんですよ。それこそ、子を思う親のような気持ちで。……いや、私に子供はいませんけどね」

そんなことを言って、猪狩は屈託のない笑顔を見せた。

尾留川と徳重が、塔子たちのそばにやってきた。

「一応、和久井たちの件は解決に向かっていますし、今夜あたり、どうです？」

鷹野に向かって、尾留川がグラスを傾ける仕草をした。ああ、そうだな、と鷹野は答える。

「門脇さんの見舞いに行って、その帰りに一杯やろうか」

「何です？　飲みの話ですか」

酒が好きなのだろう、猪狩が首を突っ込んできた。

「うちのチームでは飲みながら打ち合わせをするんです。それが事件の解決に役立つんですよ」

尾留川がそう説明すると、猪狩は感心したような顔になった。

「へえ、無敗のイレブンの強さには、そんな秘密が……」

「何か旨いものが食べたいですねえ」徳重が太鼓腹を撫でながら言った。「猪狩さん、近くにいい店はないですか」

「イノシシを使った、ぼたん鍋なんかどうです？」と猪狩。

「お、いいですね。そんなものを出す店がこのへんに？」

「とっておきの店があります。旨いですよ」

「それは楽しみだな」

徳重は口元を緩めたが、じきにため息をついた。表情を曇らせて、彼は窓の外に目をやった。

「しかし門脇さんの怪我は心配ですね。早く退院できるといいんですが……」

「門脇さんのためにも我々がしっかりしないとね。明日からの捜査のためにも、今夜は飲みましょう。猪狩さん、店の名前を教えてもらえますか」

尾留川はタブレットPCで、店の情報を検索し始めた。


あとで連絡をとり合うことにして、十一係のメンバーはそれぞれ捜査に出発した。被疑者の供述について、裏を取っていく作業が中心だ。

塔子と鷹野は、署の駐車場に向かった。

覆面パトカーの運転席に座って、塔子はエンジンをかける。ルームミラーを調整してから、昭島市へと車を走らせた。

窓を開けると、外気が車内に入ってきた。今日は気温が高めだから、風が気持ちよく感じられる。

赤信号でブレーキをかけたとき、鷹野がこちらを見ているのに気がついた。

「あ、寒かったですか？　窓、閉めましょうか」

「いや、そうじゃないんだ」

不思議に思って、塔子は鷹野の顔を見つめた。彼は指先でこめかみを掻きながら言った。

「如月、大丈夫なのか？」

「はい？」

「今回の捜査では大変な目に遭ったただろう。そのことが気になっているんだが……」

「鷹野さんこそ大丈夫ですか？　阿川からあんなふうに恨まれてしまって」

「俺のことはともかく、如月は精神的にも肉体的にも、相当つらかったんじゃないかと思うんだ」

「そんなに気をつかわないでください。今のところ、捜査中に気分が悪くなることもないし、夜うなされることもないですから。私、案外鈍感なのかもしれません」

塔子は明るい調子で答えた。鷹野は黙ってその様子を見ていたが、やがてまた口を開いた。

「たいしたものだよ。そろそろ半人前とは言いづらくなってきたかな」

「本当ですか？」眉を大きく上げて、塔子は口元を緩めた。「ありがとうございます。頑張ってきた甲斐《かい》がありました」

「手代木さんも言っていたが、我々は組織で活動しているんだ。ひとりで全部抱え込むことはないんだぞ。きついときはそう言ってくれ」

「もう少し、先輩方に甘えてもいいってことですか？」

「いや、そういうわけじゃないんだが……」鷹野は困ったような顔をしている。

信号が青になった。塔子はギアを切り換えて車をスタートさせた。

「正直な話……」考えながら塔子は言った。「かなりきつい事件でした。でも私にとって、得るものはあったと思うんです。自分の弱さとか、脆いところとか、そういうものがよくわかりましたから」

「人間はみんな弱いんだよ。俺だってそうだ」

真面目な調子で鷹野はつぶやいた。その言葉に、塔子は深くうなずいてみせる。

「たぶん、それでいいと思うんです。自分が弱いとわかっていれば、カバーする方法はいくらでも見つかりますよね。今日は駄目でも、明日はきっとうまくいきます。だから鷹野さん、一緒に頑張りましょう」

意外だという顔で、鷹野はこちらを見ている。

「この俺が、如月に励まされるとは思わなかった」

「だって、私は鷹野さんの相棒ですから」

開いた窓から外の空気が流れ込んでくる。やはり今日の風は気持ちがいい。

よく晴れた秋空の下、目的地に向かって塔子は車を走らせた。

◆参考文献

『警視庁捜査一課殺人班』毛利文彦　角川文庫
『警視庁捜査一課刑事』飯田裕久　朝日文庫
『ミステリーファンのための警察学読本』斉藤直隆編著　アスペクト

解説

関口苑生（文芸評論家）

二〇一九年十二月現在、麻見和史の著作数は二十八冊になる。

驚くのは、そのうちの半数近くにあたる十二作が、本書『鷹の砦　警視庁捜査一課十一係』（文庫化にあたり、「警視庁殺人分析班」に改題）を含む《警視庁殺人分析班》シリーズだということだ。これは単純に、そのまま本シリーズの人気の高さを表す数字と考えていいだろう（もちろん、発行累計部数の多さも加味してだが）。実際に、ここから麻見和史の魅力にハマったという読者の声はよく聞かれるし、それだけに作者の力の入れようも並々ならぬものがあるのかもしれない。

第一作『石の繭《まゆ》』が発表されたのが二〇一一年の五月、十二作目の『天空の鏡』（講談社ノベルス）の刊行が二〇一九年十月と、八年で十二作なのである。彼はほかにもいくつかシリーズを抱えているが、この数字は段違いで凄い。

言ってみれば、もはや名実ともに麻見和史の代表作であると称して差し支えない存在がこのシリーズなのだった。

ところで、これもまた多くの方が指摘していることなのだが、彼のデビュー作『ヴェサリウスの柩』（第十六回鮎川哲也賞受賞作、二〇〇六年）と、第二長編『真夜中のタランテラ』（二〇〇八年）が、医学・医療の世界に題材をとった探偵小説的風味も備えた本格ミステリであったのに対し、少し時間を置いて書かれた『石の繭』は、前二作とはがらりと趣向を変えた警察小説であった。芯《しん》となる部分では共通する要素があるにせよ、この思い切った作風の変化にはちょっと驚かされたものだ。とはいえ、今にして思えばこの第三のデビュー作とも言える勝負作が、結果として麻見和史を真の人気作家へと歩ませるきっかけとなったのだった。

しかしながら、それにしても、どうして警察小説だったのか。

これについて彼は自身のブログ「麻見和史のミステリー日記」（旧タイトル「麻見和史のイベント・シンポジウム日記」）で、おりにふれ語っている。

たとえば二〇一一年三月二十四日、まさに『石の繭』の発売が決まり、ゲラ刷りのチェックをしていた時期の記事には、

「ひとことで言うと、今、社会的な不安がとても大きくなっていると感じるからです」

と記している。

現在、日本（とはいわず、世界はというべきなのだろうが）を覆う社会的な不安要

因は増大する一方で、それも日々深刻化しているのが現状だ。人々はただただ安全で安寧な暮らしを願っているだけなのに、それを阻《はば》む要因はとどまるところを知らず増加していくばかりだ。景気の低迷、貧困、少子高齢化、格差と差別、環境汚染、ネット通信などによる個人情報の漏洩、最先端ＩＴ技術の進歩で尖鋭化する価値観の急激な変化……等々、不安要因はいたるところに見え隠れする。

そしてまた、これに呼応するかのように犯罪も増えている。今まで考えられなかったような巧妙複雑かつ新手の犯罪が発生し、動機の説明がつかない不可解で残酷な事件も起きている。

そういった社会状況となってきた今、現実的な対応は公的な担当部局にゆだねるとしても、個人の立場で、また小説を書く人間の立場からは何ができるか。麻見和史はひたむきに考えたのだった。自分にもきっと何かできることがあるに違いないと。その結果、彼が導き出した決意のほどを、少々長いが引用してみる。

「まずは、揺らぐことのない正義を描くことではないか、と考えました。刑事たちが複雑怪奇な事件を解決することで、安定した状態が保たれ、平和が維持される。作り物であったとしても、そうした問題解決のモデルを示すことで、読んでくださる方の気持ちが、すっきりするのではないかと思うのです。

警察官というと、高圧的だとか隠蔽体質があるとか、よくないイメージで語られることが少なくありません。しかし大部分の警官は、秩序を守るために日夜努力していると信じたい。少なくとも創作物の中では、ヒーローとして活躍してほしいという気持ちがあります。

私が書くのはエンターテインメント作品ですから、やはり最後は気持ちよく終わらせたいと思っています。警察官というキャラクターを使い、難事件を解決することで、それは実現できる。こういう時代だからこそ、わかりやすい『正義の味方』を登場させ、正しいものは正しい、悪いものは悪いとはっきり言わせたい。これが、麻見和史が警察小説を書く理由です」

何とも堂々とした決意宣言なのである。

かくして誕生した《警視庁殺人分析班》シリーズは、その言葉通りに正義の心情に満ち溢《あふ》れた刑事たちが、正義を守るために奮闘努力する、気持ちのいい熱血ドラマとなっていた。が、しかし、小難しい言い方になるが、正義の姿、ありようというのは決してひとつとは限らないのが現実である。ある人物が正しいことだと思っていても、他の人物にはそれが悪と感じられる場合もあるからだ。世界全体におけるポリティカル・パワー・バランスという〝大状況〟から始まって、国家や民族の生き方を模索する〝中状況〟も、個人の行動と運命に視点を置く〝小状況〟も、すべてがそれぞれに自分の思う正義を信じて行動するのである。そこで謳《うた》われる正義はさまざまで、状況次第では人を殺すことも許されるとする場合もあるだろう。するとどういうことになるか。もしかしたら、人の数だけ正義があってもいいことにもなりかねなくなるのだ。かりにそれが正義というならばだ。極論すれば、絶対的な正義など世界のどこにもないかもしれないのである。

そんなことは百も承知に違いない。だが麻見和史は、あえて断固としてわかりやすい、揺るぎのない正義をと提唱したのだった。この覚悟と信念がシリーズの根幹にあり、そこで紡《つむ》ぎあげられる物語が、多くの読者から圧倒的な共感と支持を得られることになったのだ。彼が描く刑事たちは、ある意味で実にわかりやすい形の正義を全うしようと努力し、昼夜を問わず駆け回る。乱暴な言い方をすると、悪いことをした人間は捕まえる。いかなる事情があったとしても、罪を犯した人間には裁きを受けさせる、とそういうことだ。難しいことは考えず、安定した状態の社会を保つために、諸々の感情は胸の内にごくりと呑み込んで、これが刑事の仕事なのだときわめてシンプルに割り切って行動する。少なくとも表面上はそう見える。

ではあるのだが、もちろんそこには時に激しい葛藤も生まれてこよう。とりわけ「情」の部分では顕著に表れる。

新米刑事の如月塔子《きさらぎとうこ》は、幾度もそういう思いを味わい、苦しんできた。事件が起こって捜査が進み、やがてその背後に潜んでいたおぞましい真相――ことに、犯人の動機や、犯人と被害者ほか事件当事者たちとの人間関係が明らかになってくるにつれ、彼女の悩み、葛藤は深まっていく。そのたびに塔子は、刑事という仕事の難しさと奥深さを感じていくのだった。この葛藤の深さ、大きさが、物語におけるひとつの重要な素因となっているのは言うまでもない。

そんな塔子に対して、指導教官役の鷹野《たかの》を筆頭に先輩刑事や上司らは、どんな接し方をしていくのか、はたまたどういう指導を行っていくのか。その結果、塔子はどんな風に成長し、変貌していくのか。さらには、犯罪および犯人に対して抱く感情はどうなのか。そうした心の機微を描いた人間ドラマも読みどころのひとつとなっている。

個々の具体例は控えるが、個人的に印象深かったのは『雨色の仔羊』の中の一場面。塔子が九歳の少年に語りかけ、捜査員たちが犯人を捕まえようとするのは単に仕事だからというわけではないと諭《さと》し、

「仕事のエネルギーになるのは、これが正しいっていう信念と、うまくいったときの達成感……」

自分でもまだよくわかっていないことを、いささか戸惑いながらも、真摯に説明しようとする場面だ。刑事として成長していく過程にあって、迷うばかりだった塔子にもようやく一筋の道らしきものが見えてきた、という気がしたのである。それを九歳

の少年に説明するときには、こんなにもわかりやすい言葉となっていることに、ある種の清々しささえ感じたものだった。

あるいはまた『聖者の凶数』では、路上の雑誌販売員から人間は何のために生きているのかと問われて、

「人間は、いつも誰かに影響を与えながら、生きているんじゃないでしょうか」

と答える場面も忘れ難かった。これらの言葉は、刑事という仕事を通して芽生《めば》えてきた塔子の思いではあるが、同時に、作者が《警視庁殺人分析班》シリーズを書く上での覚悟――決意宣言で吐露した思いそのものでもあったろう。

加えてもうひとつ。本シリーズの最大の特徴にも触れておかねばならない。が、しかしまあ、こちらはこれまでの文庫解説などでも触れられているので、多くを語る必要はないかもしれない。簡単に言うと、麻見和史はこのシリーズで、謎解き本格ミステリと警察小説の大胆な融合という、コロンブスの卵的な大技を成し遂げたのだった。

組織小説でもある警察小説という器に、難解で複雑な謎と仕掛けを論理的に解くことを重視する本格ミステリの美学――死体損壊や残忍な殺害方法など猟奇的な要素を盛り込んで、組織で動く刑事たちが、ひとりの探偵に代わって複雑怪奇な事件の謎を解いてみせたのである。このことだけでも驚くのに、作者の仕掛けはそればかりでは

なかった。これも本人のブログによれば、シリーズの奇数巻と偶数巻では、意識して直球勝負と変化球勝負とを使い分けているというのだ。確かめてみると、実際その通りになっていたからまたまた驚いた。が、それがどのようなものであるかはここでは書かない。咄嗟《とっさ》に頭に浮かんだのは「あやしさ」――怪しさ、妖しさ、奇しさ、危しさ……といった言葉だった。

ただし十作目の本書『鷹の砦』は、それまでにないサスペンスとアクションに満ちた、一大変化球であることは指摘しておこう。

物語は、五日市署管内で起こった殺人事件の容疑者二名を行確追尾中、ちょっとしたアクシデントで気づかれ、逃亡されたことから始まる。ふたりの男は、やがてとある会社の事務所に逃げ込み、一般人の男女を人質にして立てこもる。現場は緊迫した雰囲気に包まれ交渉を開始するが、その後、男たちは人質のひとりと塔子の身柄交換を要求、さらには注射で眠らせた塔子を連れて逃走してしまうのだった。

ここまでが全体のおよそ三分の一。展開の早さではシリーズ中随一かもしれない。しかも、開巻当初から全編に漂う緊張感と緊迫感は尋常なものではなく、いつもとはまったく雰囲気が違うのだ。この冒頭部分だけでも本書がシリーズ内では異色作であることがよくわかる。何しろ犯人は最初から見えている。難解な謎を解く展開にはなっていないのだ。となると、あとは鷹野たち警察組織による犯人の追跡行と塔子の救出劇という、サスペンス重視のわかりやすい警察小説が中心になるのだろうと思っても不思議はない。いや、それだからこそ、このシリーズにあっては異色作となるのだった。

ところが、だ。麻見和史はそんな読者の想像のはるか上を行き、ここから物語は二転三転して、およそ予想がつかず、先もまったく読めない展開となっていく。それだけに、迂闊《うかつ》に内容を紹介できないのがもどかしい。何を書いてもネタバレになってしまうおそれがあるからだ。先にも記したが、今回は超絶技巧のひねりがある謎解きの興味を優先したストーリーにはなっていない。だが、次から次と新たな事態が発生し、一見無関係に見えるそれらの事どもの間には密接な繋がりがあることがわかってくる展開には、また別種の興奮が身内に湧き上がってくる。小説作りの手法としてはごく当たり前のことなのだが、いやあ麻見和史は本当に巧いと思った。

たとえば、男どもに連れ去られた塔子が真っ暗な室内で目覚め、両手には手錠をかけられていると知ったときの恐怖と絶望感もそのひとつだ。これまで数々の危機を乗り越えてきた彼女にしても、かつてない最大最悪の経験であったろう。このとき、塔子は警察官としてのプライドも正義感も忘れ去り、ひたすら本能的な恐怖しか感じていなかった。

ここで描かれるのは、塔子の過去を含めたシリーズにおける一方のテーマである人間ドラマ的な素の感情であり、この窮地を脱するための現実的な方法だ。だがもう一方で、なぜ彼らはこんな形で塔子を置き去りにしたのか。そこには何かしらの理由が……？　という疑問も暗に提示されている。

とまあ、あれこれ書いているときりがなくなる。詳しくは書けないが、最初は単純な事件と思われた案件が、どんどんとおかしな方向にずれていき、次第に緊迫感と興奮に身を包まれ、ラストで待っていたのが超弩級《ちょうどきゅう》のアクション。こんな、驚異に満ちた小説を読まないという選択肢は絶対にない。

最後にこれはトリビア的なネタになるんだろうが、シリーズもこれだけ長く続いていると、レギュラー陣だけではない馴染みの人物も増えてくる。物語の前半から塔子や鷹野と行動をともにする、五日市署の猪狩《いがり》巡査長は『雨色の仔羊』で登場した熱血漢だったし、ＳＩＴの樫村《かしむら》係長は『石の繭』『虚空の糸』『奈落の偶像』に続く四度目の登場。だが、何といっても驚いたのは、本書の後半に重要な役割で登場する政治家だった。この人物は『水晶の鼓動』で名前だけ出てくるのだが、これがある爆破テロ組織の犯行声明の中で糾弾されている人物なのである。おお、こんなところで繋がってくるのかと、何だか思わず嬉しくなってしまったのは、われながら不思議だった。

ああそれから、冒頭で立てこもり犯を監視するのに塔子が使っていた双眼鏡は『奈落の偶像』で科捜研の河上《かわかみ》研究員からプレゼントされたものだが、鷹野はあまりいい気持ちはしていないようだ。

まだまだ書きたいことはあるのだが、いささか長くなりすぎてしまった。機会があればいずれまた。

二〇二〇年一月

この作品は、二〇一七年十二月に小社より『鷹の砦　警視庁捜査一課十一係』として刊行された作品を改題したものです。

この作品はフィクションであり、実在する個人や団体などとは一切関係ありません。

|著者|麻見和史　1965年、千葉県生まれ。2006年『ヴェサリウスの柩』で第16回鮎川哲也賞を受賞しデビュー。ドラマ化され人気を博した「警視庁殺人分析班」シリーズに『石の繭《まゆ》』『蟻の階段』『水晶の鼓動』『虚空の糸』『聖者の凶数』『女神の骨格』『蝶の力学』『雨色の仔羊』『奈落の偶像』『鷹の砦』（本書）『凪《なぎ》の残響』『天空の鏡』、「警視庁文書捜査官」シリーズに『警視庁文書捜査官』『永久囚人』『影の斜塔』『愚者の檻』がある。その他の著作に『水葬の迷宮　警視庁特捜7』『死者の盟約　警視庁特捜7』『深紅の断片　警防課救命チーム』など。

鷹《たか》の砦《とりで》　警視庁殺人分析班《けいしちょうさつじんぶんせきはん》
麻見和史《あさみかずし》

2020年2月14日第1刷発行
2020年3月23日第2刷発行

講談社文庫
定価はカバーに表示してあります

発行者――渡瀬昌彦
発行所――株式会社　講談社
東京都文京区音羽2-12-21　〒112-8001
電話　出版（03）5395-3510
　　　販売（03）5395-5817
　　　業務（03）5395-3615

デザイン―菊地信義
本文データ制作―講談社デジタル製作
印刷―――中央精版印刷株式会社
製本―――中央精版印刷株式会社

Printed in Japan

ISBN978-4-06-518681-7

講談社文庫刊行の辞

二十一世紀の到来を目睫に望みながら、われわれはいま、人類史上かつて例を見ない巨大な転換期をむかえようとしている。

世界も、日本も、激動の予兆に対する期待とおののきを内に蔵して、未知の時代に歩み入ろうとしている。このときにあたり、創業の人野間清治の「ナショナル・エデュケイター」への志を現代に甦らせようと意図して、われわれはここに古今の文芸作品はいうまでもなく、ひろく人文・社会・自然の諸科学から東西の名著を網羅する、新しい綜合文庫の発刊を決意した。

激動の転換期はまた断絶の時代である。われわれは戦後二十五年間の出版文化のありかたへの深い反省をこめて、この断絶の時代にあえて人間的な持続を求めようとする。いたずらに浮薄な商業主義のあだ花を追い求めることなく、長期にわたって良書に生命をあたえようとつとめるところにしか、今後の出版文化の真の繁栄はあり得ないと信じるからである。

同時にわれわれはこの綜合文庫の刊行を通じて、人文・社会・自然の諸科学が、結局人間の学にほかならないことを立証しようと願っている。かつて知識とは、「汝自身を知る」ことにつきていた。現代社会の瑣末な情報の氾濫のなかから、力強い知識の源泉を掘り起し、技術文明のただなかに、生きた人間の姿を復活させること。それこそわれわれの切なる希求である。

われわれは権威に盲従せず、俗流に媚びることなく、渾然一体となって日本の「草の根」をかたちづくる若く新しい世代の人々に、心をこめてこの新しい綜合文庫をおくり届けたい。それは知識の泉であるとともに感受性のふるさとであり、もっとも有機的に組織され、社会に開かれた万人のための大学をめざしている。大方の支援と協力を衷心より切望してやまない。

一九七一年七月

野間省一

講談社文庫　目録

安藤祐介　営業零課《ぜろか》接待班
安藤祐介　被取締役《とりしまられやく》新入社員
安藤祐介　おい！山田〈大翔製菓広報宣伝部〉
安藤祐介　宝くじが当たったら
安藤祐介　一〇〇〇ヘクトパスカル
安藤祐介　テノヒラ幕府株式会社
青木理　絞首刑
天祢涼　議員探偵・漆原翔太郎〈セシューズ・ハイ〉
天祢涼　都知事探偵・漆原翔太郎〈セシューズ・ハイ〉
麻見和史　石の繭〈警視庁殺人分析班〉
麻見和史　蟻《あり》の階段〈警視庁殺人分析班〉
麻見和史　水晶の鼓動〈警視庁殺人分析班〉
麻見和史　虚空の糸〈警視庁殺人分析班〉
麻見和史　聖者の凶数〈警視庁殺人分析班〉
麻見和史　女神の骨格〈警視庁殺人分析班〉
麻見和史　蝶の力学〈警視庁殺人分析班〉
麻見和史　雨色の仔羊〈警視庁殺人分析班〉
麻見和史　奈落の偶像〈警視庁殺人分析班〉
麻見和史　深紅の断片〈警防課救命チーム〉

赤坂憲雄　岡本太郎という思想
有川浩　三匹のおっさん
有川浩　三匹のおっさん　ふたたび
有川浩　ヒア・カムズ・ザ・サン
有川浩　旅猫リポート
青山七恵　わたしの彼氏
青山七恵　快楽
荒崎一海　無流心月剣〈宗元寺隼人密命帖㈠〉
荒崎一海　幽霊の足〈宗元寺隼人密命帖㈡〉
荒崎一海　名花散る〈宗元寺隼人密命帖㈢〉
荒崎一海　江都落涙〈宗元寺隼人密命帖㈣〉
荒崎一海　門前仲町〈九頭竜覚山　浮世綴㈠〉
荒崎一海　蓬莱橋雨景〈九頭竜覚山　浮世綴㈡〉
荒崎一海　寺町哀感〈九頭竜覚山　浮世綴㈢〉
荒崎一海　小《お》名《な》木《き》川《がわ》〈九頭竜覚山　浮世綴㈣〉
浅野里沙子　花篝《はなかがり》御探し物請負屋
朱野帰子《かえるこ》　駅物語
朱野帰子　超聴覚者　七川小春〈真実への潜入〉
東浩紀　一般意志2・0〈ルソー、フロイト、グーグル〉

朝倉宏景　白球アフロ
朝倉宏景　野球部ひとり
朝倉宏景　つよく結べ、ポニーテール
安達瑶　奈落の花〈堕ちたエリート〉
朝井リョウ　スペードの3
朝井リョウ　世にも奇妙な君物語
足立紳　弱虫日記
有沢ゆう希　ムサヲ原作　恋と嘘〈映画ノベライズ〉
有沢ゆう希　末次由紀原作　〈小説〉ちはやふる　上の句
有沢ゆう希　末次由紀原作　〈小説〉ちはやふる　下の句
有沢ゆう希　末次由紀原作　〈小説〉ちはやふる　結び
有沢ゆう希　ろびこ原作　〈小説〉となりの怪物くん
有沢ゆう希　小説パーフェクトワールド〈君といる奇跡〉
蒼井凜花　女唇《ルージュ》の伝言
秋川滝美　幸《こう》腹《ふく》な百貨店
秋川滝美　幸腹な百貨店〈デパ地下おにぎり騒動〉
東芙美子　原作　雲田はるこ　脚本　羽原大介　小説　昭和元禄落語心中
赤神諒　神遊の城
彩瀬まる　やがて海へと届く

講談社文庫　目録

講談社文庫　目録

講談社文庫　目録

池井戸 潤　仇敵
池井戸 潤　BT'63(上)(下)
池井戸 潤　空飛ぶタイヤ(上)(下)
池井戸 潤　鉄の骨
池井戸 潤　新装版 銀行総務特命
池井戸 潤　新装版 不祥事
池井戸 潤　ルーズヴェルト・ゲーム
池井戸 潤　半沢直樹1〈オレたちバブル入行組〉
池井戸 潤　半沢直樹2〈オレたち花のバブル組〉
池井戸 潤　半沢直樹3〈ロスジェネの逆襲〉
池井戸 潤　半沢直樹4〈銀翼のイカロス〉
岩瀬達哉　新聞が面白くない理由
岩瀬達哉　完全版 年金大崩壊
石月正広　糸のさだめ〈結わえ師・紋重郎始末記〉
糸井重里　ほぼ日刊イトイ新聞の本
岩井志麻子　私小説
乾 荘次郎　妻《め》敵《がたき》討《う》ち〈鴉《からす》道場日月抄〉
乾 荘次郎　夜襲〈鴉《からす》道場日月抄〉
乾 荘次郎　介錯〈鴉《からす》道場日月抄〉

石田衣良　LAST[ラスト]
石田衣良　東京DOLL
石田衣良　てのひらの迷路
石田衣良　40《フォーティ》翼ふたたび
石田衣良　sex
石田衣良　逆《さか》島《しま》断《たつ》雄《お》〈進駐官養成高校の決闘編1〉
石田衣良　逆島断雄〈進駐官養成高校の決闘編2〉
石田衣良　逆島断雄〈本土最終防衛決戦編1〉
石田衣良　逆島断雄〈本土最終防衛決戦編2〉
井上荒野　ひどい感じ—父・井上光晴
井上荒野　不恰好な朝の馬
飯田譲治・梓河人　黒帯
稲葉 稔　椋鳥の影〈八丁堀手控え帖〉
池永 陽　風を断つ
池永 陽　炎《えん》を薙《な》ぐ
井川香四郎　冬の蝶〈梟与力吟味帳〉
井川香四郎　日照り草《かずら》〈梟与力吟味帳〉
井川香四郎　忍《すい》冬〈梟与力吟味帳〉
井川香四郎　花《はな》詞《ことば》〈梟与力吟味帳〉

井川香四郎　雪の花火〈梟与力吟味帳〉
井川香四郎　鬼《き》雨《う》〈梟与力吟味帳〉
井川香四郎　科《しな》戸《と》の風〈梟与力吟味帳〉
井川香四郎　紅《くれない》の露〈梟与力吟味帳〉
井川香四郎　惻《そく》隠《いん》の灯《ひ》〈梟与力吟味帳〉
井川香四郎　三人羽織〈梟与力吟味帳〉
井川香四郎　吹《すい》花《か》の風〈梟与力吟味帳〉
井川香四郎　飯盛り侍
井川香四郎　飯盛り侍 鯛評定
井川香四郎　飯盛り侍 城攻め猪
井川香四郎　飯盛り侍 すっぽん天下
井川香四郎　御三家が斬る!
井川香四郎　御三家が斬る!〈殺しの鬼棲む妻籠宿〉
伊坂幸太郎　チルドレン
伊坂幸太郎　魔王
伊坂幸太郎　モダンタイムス(上)(下)
伊坂幸太郎　PK
伊坂幸太郎　サブマリン
岩井三四二　逆ろうて候

2019年12月15日現在